小学館文庫

旅立ち寿ぎ申し候

〈新装版〉

永井紗耶子

小学館

目次

序

藍色《あいいろ》の暖簾《のれん》をくぐり外へ出ると、視界は真っ白な雪に覆《おお》われていた。

日本橋本石町《にほんばしほんごくちょう》の紙問屋、永岡屋《ながおかや》の手代《てだい》で、この年、十八になる勘七《かんしち》は、頬《ほお》をすり抜ける風の冷たさに思わず首を竦《すく》める。肩先を摩《さす》りながら店の中を振り返った。

「旦那さま、すっかり積もっておりますよ」

そう言いながら奥へ向かい、蓑《みの》を肩からかける。笠《かさ》を手にして再び店先に向かうと、主人の善五郎《ぜんごろう》が暖簾から顔を出して外を見ていた。

「桃の節句だというのに、これでは残念だね」

善五郎は穏やかな口調でそう言って勘七を振り返る。

安政《あんせい》七年（一八六〇）、三月三日。前夜から降っていた雪は、昼になっても止《や》むことなく、季節外れの積雪になっていた。

「雪の節句になってしまいましたね」

勘七は風呂敷包みを油紙で覆うと、それを蓑の内に入れた。

「忘れ物はないかい」

「はい」

勘七は包みを軽く掲げて見せた。

「確かにお届けしてまいります」

この日、永岡屋が懇意にしている旗本邸《やしき》で、姫の初節句がある。その祝いの品を届けにいくことになっていた。

善五郎は一つうなずくと、暖簾を上げて勘七を送り出す。勘七は一歩、店の外へ出た。

「行って参ります」

「勘七」

踵《きびす》を返しかけた勘七に、善五郎が声をかけた。

「はい」

「節句の日だから登城《とじょう》があるだろう。くれぐれも失礼のないように」

「はい」

「ついでに行列見物もしておいで」

勘七は目を見開く。

「よろしいんですか」

思わず声を上げた勘七の顔を見て、善五郎が笑う。

「そのための使いでもある。足軽株を買った唐木屋《からきや》の直次郎《なおじろう》が、今回の行列に出るかもしれないと、十日も前から言っていたじゃないか」

「そうなんです。覚えていてくださったんですね」

勘七は逸《はや》る気持ちを抑えるように、声を弾ませた。

唐木屋は、駿河町《するがちょう》にある呉服問屋だ。そこの次男である直次郎は、勘七と共に手習い所に通っていた。片や奉公人、片や主《あるじ》の子と、立場は違うが、幼いころから共に育ち、幼馴染《おさななじみ》であった。それが二年ほど前に足軽株を買い、直次郎は武士になったのだった。

「どこのお屋敷だったかな」

「はい、彦根《ひこね》藩です」

「そうか……それは大層なお大名だ。気軽に声なぞかけてはいかんぞ」

「そんなまねは致しませんよ」

と、勘七は笑って答える。善五郎は勘七の背を押した。勘七は善五郎に一つ頭を下げると、そのまま走り出しかけた。

「ちょいと勘七」

暖簾の奥から声がして、ひょいと内儀の千代《ちよ》が顔を覗《のぞ》かせた。

「帰りに豊島屋《としまや》の白酒を買ってきておくれよ」

すると善五郎が眉《まゆ》を寄せる。

「豊島屋は行列になるだろう。他のでもいいじゃないか」

すると千代は善五郎を睨《にら》む。

「年中、酒をたしなむあなたには分かりますまいが、年に一度の酒くらい、美味《おい》しいものが飲みたいじゃないさ。頼んだよ」

勘七は主夫婦のやりとりを聞いて、笑いながらうなずいた。

「分かりました。帰りに豊島屋にも寄ってまいります」

「気をつけるんだよ」

善五郎の声に、はい、と答えると勘七は歩き始めた。

日本橋の通りでは、昨日までは通り一面に雛人形《ひなにんぎょう》を売る人形屋の屋台が出ていたが、それもすっかり取り払われている。どこかの商店の娘が、初節句でせっかく着飾ったものの、奉公人に抱えられて通りを歩いていた。

常の年であれば、暖かい春の陽気の中で楽しむ節句が、こんなに雪深くなるとは思いもしなかった。

日本橋の通りには、雪であっても人出は多く、積もる先から雪は踏みしめられていく。そのため橋の上は濡《ぬ》れて滑りやすくなっており、勘七はそろそろと進んでいた。

勘七は十の年からこの江戸にいる。

長岡《ながおか》藩の御用も賜《たまわ》り、苗字《みょうじ》も頂く御用商人である永岡屋の善五郎とは縁続き。奉公に来たのだった。

善五郎夫婦には子がないので、

「いずれお前が継ぐのではないか」

などと、奉公人たちから言われることも少なくない。

しかし、勘七は跡取りになりたいと願っているわけではない。今は日々、商いをしているのが面白く、江戸の町で暮らすことも楽しい。それで十分であった。

「穏やかなのは結構だが、もう少し気骨があれば良いものを」

長く仕える番頭の与平《よへい》は勘七のことをそう評する。善五郎はそれを笑って受け流し、勘七も苦笑で応《こた》える。それでも気質は変わらない。争うことは苦手なのだ。

黙々と足を進めて呉服橋《ごふくばし》を渡り、外堀沿いを歩くと、右手には城が威風堂々と聳《そび》えていた。勘七はそれを見上げて嘆息する。

十のころから、江戸のお城を眺めるたびに、このお膝元で商いをしていることを誇らしく思っていた。

そして、その幼い時に机を並べていた幼馴染の直次郎は、この城に上がる一行に連なるという。

「大したものだ」

思わずそう口にする。そしてふと視線を先にやると、堀端近くに何人かの男がこの寒空の下にたたずんでいるのが見えた。

節句の登城はみな知っている。とはいえ、町人がぞろぞろと見物に来るものでもなく、門前にこの辺りの武士や、勘七のような御用商人などがちらほらと集まっているだけだった。

勘七は逸る思いで堀端まで走る。そして彦根藩邸を望む桜田門《さくらだもん》の近くで止まった。

ふと隣を見ると、同じように行列を待っている男がいた。笠を目深《まぶか》に被《かぶ》り、じっと動かない。張り詰めた空気を纏《まと》ったその男のことをちらりと見たが、その手に武鑑《ぶかん》を持っていることに気付いた。武鑑は、大名諸氏の名を記したもの。田舎《いなか》侍が大名行列を見物する際には、よく手にしているものでもあった。どうやらこの男も行列見物らしい。

勘七がじっと見ていたことに気付いたのか、その男が笠を擡《もた》げて勘七を見た。目が合ったので、勘七は思わず会釈《えしゃく》を返した。

「お侍さまも、行列見物で」

勘七が愛想よく話しかけると、男は武鑑を隠すように持ち、勘七から離れていった。

勘七は苦笑する。自ら武家に話しかけるなど滅多にすることではない。どうやら自分は行列見物に浮かれているらしい。

勘七は改めて侍たちから離れて、建物の陰に隠れるように立った。そして雪の中で行列を待つことにした。

直次郎は読み書き算盤《そろばん》はほどほどに得意であったが、それ以上に剣術が上手《うま》かった。近くの道場では、町人相手にも剣術を教えており、そこに武士の子に混じって通っていたが、中でも一等強かった。いつかは武士になりたいとかねてから言っており、十六の年に、足軽になった。足軽など俸禄《ほうろく》も安く、武士とは名ばかりの身分である。それに金をかけるなど馬鹿げていると笑う人もあった。しかし当の直次郎は無為徒食の商家の次男坊でいるよりも、武士として忠義を尽くす身分になることを、大層、喜んでいた。

「商人《しょうにん》から武士になった」

直次郎は誇らしそうにそう自慢した。はじめは渋っていた直次郎の父も、武士となった息子のために、祝いの宴《うたげ》まで開いた。

それまで毎日、日本橋界隈《かいわい》で顔を合わせていたのだが、以来、文《ふみ》を時折やりとりするだけになった。その文も近ごろは間遠《まどお》になり、身分が変わると付き合いも変わるものかと諦めていた。

それがつい十日前に、行列に入るという知らせが来た。勘七は、何とかしてその行列を見に行きたいと、節句の日には使いに出ることばかりを願っていた。善五郎はそれを承知で行かせてくれたのだろう。

ドン、という先触れの太鼓の音が聞こえる。

勘七はふと首をめぐらせた。右手にはお城の桜田門が見える。そして、左手には彦根藩井伊掃部頭《いいかもんのかみ》、すなわち、大老井伊直弼《なおすけ》の邸があった。その邸の門が、ぎぎぎ……と軋《きし》む音と共に開き始めた。

直次郎が仕えている彦根藩の藩主の井伊直弼は、黒船来航以後、開国を推進してきた大老である。その姿を勘七は無論、見たことはとてもないが、その剛腕ぶりについては、瓦版や町の噂《うわさ》で聞いていた。大老の行列が間近を通る機会などそうそうあるものではない。ましてやそこに、幼馴染が並ぶ姿など見られるものではない。勘七は胸が高鳴った。

勘七は大名屋敷の物陰に身を引き、笠をとると、雪の降る中で頭を下げながら、行列が目の前を通り過ぎるのを待っていた。

行列は駕籠《かご》を中心に、供が六十名ほどであろうか。みな目深に笠を被り、刀の柄《つか》には柄袋がかけられていた。刀が雪に濡れては台無しだというのであろう。雪が降らねばもう少し威容を誇れたものを、残念な次第だと勘七は思った。

その時、行列の駕籠の後ろに連なる直次郎の姿を見つけた。

笠を被り、合羽を羽織っていたが、腰に刀を差して背筋を伸ばす有様は、まさに足軽らしい。幼いころのやんちゃぶりを知っているだけに、粛々《しゅくしゅく》と歩いている様が何やらおかしくも思われた。

行列にいる直次郎も物陰にいる勘七の姿に気付いたようで、こちらをちらと見て笠の下からのぞく口元に笑みをのぞかせた。

「声などかけるな」

善五郎に言われていなければ、思わず声をかけてやりたくなる。懐かしい顔に変わらぬ様子を見つけて、勘七は嬉《うれ》しくなると共に誇らしい気持ちでそれを見ていた。

まもなく行列が桜田門に差し掛かろうというときに、門に程近いところに立っていた男が駕籠に向かって駆け寄った。

「直訴《じきそ》」

男の声が雪の中で響いた。そしてうずくまるように頭を下げると、そのまま顔を上げ、訴状を高く差し出した。何事かと勘七がそちらに目をやると、先頭にいた侍が男の訴状を受け取ろうと歩み寄る。

その瞬間、うずくまっていた男は、俄《にわか》に顔を上げると同時に刀を抜き放ち、その刀を下段からなぎ払う。侍は血飛沫《ちしぶき》を上げながらそのままどうと、仰向《あおむ》けに倒れ込んだ。

侍が雪の中に倒れ込んでから暫《しばら》く、辺りから音が消えたように思われた。勘七もまた息を呑《の》み、そのままそこに硬直して動けずにいた。

静寂を裂くように、何かが爆発するような音が響いた。それが短筒《たんづつ》によるものだということは、音のするほうを見て初めて気付いた。

その音に弾《はじ》かれるように、先ほど武鑑を持っていた男も、道の向こうにいた男も、雄叫《おたけ》びのような声を上げながら、一斉に駕籠に群がるように走り寄る。

供の侍たちは、刀の柄にかかる柄袋を取ることに手間取っていた。そうしている間に、男たちの刃《やいば》は侍たちを襲い、駕籠に肉迫する。叫びと、怒号にも似た声が響いている。

「殿を、殿をお守りせよ」

駕籠の傍《かたわ》らにいた侍の一人がそう叫び、刀を二本握り、左右に迫り来る男たちを流れるような所作で斬りつけていく。

駕籠を守ろうとして斬られ、駕籠に寄りかかるように倒れ込む者もいた。逃げ出そうと駆け出した中間《ちゅうげん》は、背から斬られて堀へと転がり落ちていく。

勘七は目の前で何が起きているのか分からなかった。先ほどまでの華やいだ心地は一転して、凍りつくような寒さが胸を打つ。息をすることも忘れて、一歩も動くことができない。

その時、勘七の頬に一片《ひとひら》の雪が当たる。その冷たさに我に返った勘七は、慌てて直次郎の行方を視線で追った。

「直次郎」

見ると直次郎は駕籠を背に立ち、腰の刀を抜き放っていた。切っ先を凶刃に向けて構える。一人の男が直次郎に向かって斬りかかり、直次郎はそれを受けた。何合ともなく打ち合いながら、駕籠から引き離されていく。二人は塊《かたまり》になって勘七のすぐ傍らまでなだれ込んできた。

すぐ手が届きそうなところまで来て、直次郎たちは再び刃を合わせる。体がぶつかり合い、刀と刀が間近でぶつかり合い、金物がこすれあう音が耳を劈《つんざ》いた。

勘七はただ、なす術《すべ》もなくそこに立ち尽くすほかにない。

その時、甲高《かんだか》い気合の声が駕籠の近くで響いた。

勘七がそちらに目をやると、一人の男が刃を高く振り上げた。

「お命頂戴《ちょうだい》」

声は、辺りの気を震わせるほどに響いた。そしてそのまま男は刀を駕籠に突き通した。そして駕籠の戸を開き、男は中から裃《かみしも》姿の武家を引きずり出す。

「殿」

勘七のすぐ側《そば》にまで迫っていた直次郎が、声を張り上げる。直次郎が駕籠に気をとられた瞬間、刃が直次郎の体を袈裟懸《けさが》けに裂いた。

「直次郎」

勘七は思わず声を上げた。

直次郎の体が勘七の目の前で仰《の》け反《ぞ》り、そのまま雪の地面に向かって倒れ込む。相手の男のほうもかなりな深手を負っているらしく、足を引きずりながら身を躱《かわ》し、駕籠のほうへと走っていく。

勘七は雪上に倒れ込む直次郎に向かって駆け寄り、体を抱き起こす。

「直次郎、直次郎」

直次郎は低く呻《うめ》きながら、勘七を見上げる。

「直次郎、分かるか、勘七だ」

直次郎は小さくうなずいて、微《かす》かに笑ったように見えた。

「勘七……」

「そうだ、しっかりしろ」

「殿は……いかがされた」

直次郎の言葉に、勘七は駕籠へと目をやった。

「キエーッ」

気合の声が響き、勘七の視界の先で駕籠から引きずり出された裃姿の武家に向かって、男が刀を振り下ろした。鈍くものをたたきつけるような音が三度ほどして、次の瞬間、男は高く真っ赤な丸い塊を掲げた。

「おおお」

獣の咆哮《ほうこう》にも似た声が辺りに轟《とどろ》き、続いて銃声が響く。火薬の臭いが漂ってきた。

駕籠に群がっていた男たちは、満身創痍《そうい》で血だらけの有様だ。そのまま自らの体を引きずるようにして、男たちは散り散りに去って行った。

後には、雪の上に真っ赤な血溜《ち》まりがあちこちに残り、倒れる人々の姿。そして、駕籠から転がりだしたような形で残る、首のない裃だった。

無傷だった供の者たちは、裃姿の体を駕籠に押し込めると、その戸を閉めた。そして、元来た道を慌てふためくように戻っていく。

勘七は、直次郎を支えている腕に、不意にぐっと強い力を感じた。見ると、血まみれの直次郎が勘七を見上げている。

「勘七、殿は、ご無事か」

直次郎の肩口から血が溢《あふ》れており、顔は蒼白《そうはく》だった。背を抱える勘七の手には、直次郎の生温かい血が止まることなく流れていた。

「今はしゃべるな。すぐに助けるから」

勘七は直次郎の手を握り、辺りを見回す。

しかし辺りにはもう、助けてくれる人影はない。駕籠は既に藩邸の中へと駆け込むように去ろうとしており、残っているのは、白い雪の上に散らばるいくつもの骸《むくろ》と、瀕死《ひんし》の侍たちである。

「誰か、誰か」

勘七は震える声を絞り、張り上げる。

だが、それを制するように、直次郎が再び勘七の手を握り返す。

「殿は、ご無事でお戻りか」

直次郎は繰り返し尋ねる。勘七は言葉に詰まった。

あの時、あの男が高らかに掲げていたのは、人の首ではなかったか。あれが大老の首だとすれば、命は無論ない。

勘七の手の中で、直次郎の手はみるみる冷たくなっていく。勘七はそれを強く握った。

「ご無事だ。ご無事だから、しっかりしろ」

勘七は、己の声が震えているのに気付く。しかし、直次郎はほっとしたように力を抜いた。

「そうか」

小さな声でそう言うと、穏やかな笑みを浮かべた。そして、そのまますっと目を閉じた。

「直次郎、おいどうした」

勘七は直次郎を揺さぶる。握っている手からは熱が引いていき、命が絶えていくのが分かった。

「こんなことがあるか」

今日は晴れの日だったはずだ。真新しい装いで誇らしげに歩いていた直次郎が、なぜ、この身を血に染めてここで倒れているのか。いつも見上げていた城への門をくぐる日だったのに、なぜ門前でこんな形で死ななければならないのか。

「おい、起きろ」

音が消えた雪の中で、勘七の声だけが空《むな》しく響く。勘七は、目の前で起きたことの次第を解せずにいた。

やがて再び井伊家の門が開き、わらわらと数人の中間と思《おぼ》しき男たちが、戸板を持って駆けてくる。そして、倒れている侍たちを次々と戸板に載せていく。

勘七の傍らにやって来ると、直次郎の遺体を引き剝《は》がそうとする。

「どうなさるのです」

勘七が問いかけても、何も答えない。ただ慌ただしく勘七を直次郎からはなす。直次郎の身は力なく中間たちに抱えられ、戸板に載せられた。中間たちは勘七を一瞥《いちべつ》した。

「町人、このことはくれぐれも、他言無用」

勘七は、しばらく呆然《ぼうぜん》とそこに座り込んでいた。戸板がそのまま彦根藩の上屋敷《かみやしき》へと運び込まれるのを見ていた。

「何があったんだい」

「行列に浪士が斬り込んだって」

その声はあちこちから聞こえ、辺りに人が集まり始めていた。勘七はようやっと立ち上がる。

そして自らの身が血まみれであることに気付いた。

身のうちから湧き上がる震えを振り払うように、頭を一つ大きく振ると、そのまま踵を返して元来た道を駆けていった。

第一章　門出

細雪《ささめゆき》が止《や》み、晴れた青い空が広がった。静けさの中で、木々から零《こぼ》れる雪の音だけが響いている。

文久《ぶんきゅう》三年（一八六三）、正月。谷中《やなか》。

勘七は天王寺《てんのうじ》の境内《けいだい》をゆっくりと歩いていた。立ち並ぶ墓石の間を縫いながら、まだ新しいその墓を遠くに見留め、そちらに向かって歩いていた。

墓の手前まで来たところで、勘七は足を止めた。その墓の前に、一人の二十歳《はたち》ほどの女がいた。武家風の装いで、美しい若草の小袖《こそで》を纏《まと》っていた。静かに手を合わせる白い横顔は端整で、侵しがたい気品があり、勘七は思わずその女に見とれていた。

すると女は静かに立ち上がった。そして勘七のほうを向くと、こちらに向かったので、歩いてきた。勘七はそこに立ち尽くしていた。相手が武家であることが分かったので、静かに目を伏せていた。女が近づくと、衣擦《きぬず》れの音と共に甘い沈香《じんこう》の香りがした。

「永岡屋さん」

女が不意に勘七に向かって声をかける。勘七は慌てて顔を上げ、それが見知った人であることに気付いて驚く。

「松嶋《まつしま》さま」

松嶋と呼ばれた女は、それ以上は何も言わず、静かに伏目勝ちに会釈をする。勘七も何も言わず、黙って頭を下げた。そしてそのまま墓所を出て行く松嶋の背を見送った。

勘七は松嶋が去ったのを確かめて、急ぎ、目当ての墓の前に向かう。そこには今しがた立ち去った松嶋の沈香の香りが残っていた。勘七は墓石を撫《な》でる。

「直次郎、あの人と知り合いか」

勘七が墓石に向かって声をかけ、手を合わせる。

桜田門外の変で亡くなった直次郎の墓である。あれから既に三年の月日が過ぎていた。

「ここに参るのは、せいぜい私と唐木屋の人くらいかと思っていたが……」

勘七はしばらくその物言わぬ石に一人つぶやいた。

「勘七」

声をかけられて顔を上げると、永岡屋主人の善五郎が勘七に向かって手を上げた。

「旦那さま、御用は」

「終わったよ」

この日、善五郎は谷中の寺に新年の挨拶《あいさつ》を兼ねて、写経のための紙を届けに勘七を伴って訪れていた。住職と善五郎が話があるというので、勘七はこの墓所へと足を延ばしていたのだ。

善五郎は丸い顔に人好きのする笑みを浮かべて歩み寄る。

「おや、ずいぶんといい香りがする。勘七が手向《たむ》けたのかい」

善五郎は漂う沈香の香りに問いかける。

「いえ。先ほど、松嶋さまがおいでだったので」

「松嶋さま」

善五郎は眉を寄せて勘七を見上げた。

「弘前藩《ひろさき》のご祐筆《ゆうひつ》の、松嶋さまのことかい」

「ええ」

弘前藩には、永岡屋も御用でしばしば出向く。奥向きの紙の手配などについて、何度か顔を合わせていたのが、奥方様付きの祐筆の松嶋であった。

「何か縁がおありなんでしょうか」

善五郎は首を傾《かし》げた。

「唐木屋さんが、弘前藩の御用を受けていたのかもしれないね」

先ほどの松嶋の様子は、何やらもう少し深い縁のようにも思われた。

「そうなのでしょうか」

「気になるならば、いつかうかがってみたらいい」

善五郎の言葉に勘七は目を丸くする。

「滅相もない。叱られてしまいますよ」

勘七は、そう答えて話を終えた。

勘七に代わって善五郎が墓に手を合わせる。しばらく静かな時が流れていた。

「もう三年になるのか」

善五郎が顔を上げて問いかけた。

「はい」

勘七は静かにうなずく。

「大変だったな」

善五郎は嘆息交じりに言う。勘七はうなずきながら、じっと墓石を見詰めた。

「あのころは、あの件を幾度も夢に見ました。ただ、己の心が波立つのを抑えることに必死で、口惜しさや苦しさばかりが先にたっていましたが、三年が経《た》った今になって、改めて悲しいと思うのです」

あの桜田門外の印象が強すぎるあまり、直次郎のことを思い返すだけで息が詰まった。しかし最近になって、幼い日の楽しかった思い出が蘇《よみがえ》るようになり、その都度苦しくなり、改めてその死を悲しめるようになった。

善五郎がゆっくりと立ち上がり、勘七の肩を叩《たた》いた。

「大きくなったね、勘七は」

勘七は笑う。

「いつまでも小僧のままではおりませんよ」

「それはそうだが、見上げるようになるとは思わなかったな」

善五郎は勘七を見上げて微笑《ほほえ》む。勘七は六尺とまではいかないが、やや背が高く、善五郎は小柄な体軀《たいく》だったので、自然、善五郎はいつも勘七を見上げるようになっていた。

「お前がこの直次郎と遊んでいたのは、まだ十二くらいだったな。あのころは私よりも小さかったのに」

善五郎は懐かしそうに話す。

「お前が江戸へ来て、もう十一年になるのか」

「そうですね」

二人はゆっくりと並んで、日本橋への道を歩き始めた。

松本にある勘七の生家に善五郎が訪ねてきたのは、十一年前のことになる。

善五郎は勘七の父にとって甥《おい》、勘七の従兄《いとこ》に当たると聞いていた。勘七の父の年の離れた姉が、先代の永岡屋主人に嫁いでいたからだ。善五郎は、奉公人を探しており、勘七の実家を訪れたのだった。

勘七は、八人兄弟の七番目。兄が三人、姉が三人、妹が一人いた。家は当然、十五歳年上の兄が継ぐことになっており、既に嫁も来ていた。次兄は松本の商家に養子に出ており、三番目の兄は、庄屋への婿入《むこい》りの話があるという。そこで勘七は江戸へ奉公に出ることになった。

父や母と離れることは寂しかったし、江戸というところが想像もつかなかった。奉公は辛《つら》いものだと、次兄が殊更《ことさら》大げさに勘七を脅《おど》かすので、それも怖くて仕方なかった。

こっそりと泣く勘七を見つけた母は、小さな観音像の入った守り袋を手渡した。

「いつでも帰ってくればいい」

そう言われて、母に抱かれたことで心が落ち着いたのを昨日のことのように覚えている。その守り袋は、今でも懐《ふところ》にある。幼い日には、これを首から提げたときにじわりと重く感じられたものだった。そして、これが何やら不可思議な力を持ち、ご利益《りやく》を与えてくれるものだと固く信じていた。

親戚といえども遠く離れて住んでおり、初めて会ってからわずか三日にしかならない善五郎と、二人きりで旅をした。

「商家の主人というのは、奉公人をいびるものだ」

次兄が言っていた言葉を思い出し、道中もびくびくと歩いていた。しかし善五郎は歩くたびに勘七を振り返り、

「速すぎはしないか。疲れてはいないか」

と、気遣ってくれる。その度、ふるふると首を横に振ることしかできず、気付けば新しい草鞋《わらじ》に慣れない足に肉刺《まめ》ができ、血だらけになっていた。途中の宿でそのことに気付いた善五郎が勘七の足に油を塗りながら、

「すまんなあ、すまんなあ」

と、何度も言ってくれた。

実の父は子沢山でもあったせいか、勘七と交流を持つことはほとんどなかった。口を利くことも少ないほどで、行儀が悪ければひどく叱られた。怪我《けが》をした時にも母は飛んで来てくれたが、父はそのことすら知らなかっただろうし、知ったところで関心はなかっただろう。

それからというもの、善五郎は勘七と歩調を合わせて歩いてくれた。時には手を引

き、船にも乗せてくれた。

「ここから江戸だよ」

少しずつ、人気《ひとけ》が増し、田畑の広がる景色から建物が増えていく。そして初めて日本橋に着いたとき、勘七は息を呑《の》んだ。

小さな勘七の視界は、行きかう人の足元から立ち上る土煙ではじめはぼんやりと霞《かす》んでいた。やがて目が慣れてくると、そこから町が広がる様が見えてきた。

物売りたちの威勢のいい掛け声。煌《きら》びやかに着飾った女たちが行きかう様。どこからともなく聞こえる三味線の音、歌う声。ずらりと通りに並ぶ店には、あらゆるものが溢《あふ》れていた。

「おいで」

善五郎に手を引かれて歩きながら、勘七は絶えず左右を見渡した。美しい着物、小間物、美味《おい》しそうな野菜、魚。甘い香りの立ち上る先には、団子屋があった。

「団子を食べよう、私も一服したい」

善五郎はそう言って、団子屋の店先に置かれた床几《しょうぎ》に勘七と並んで腰掛けた。出された団子はとても大きく、黄な粉と餡《あん》の甘い香りに、勘七は心躍らせた。

「うまいかい」

と問われて、ただうなずくことしかできなかった。そして、善五郎は勘七の肩を叩いた。

「この町は、商いの町だ。お前の生まれ育った村とは違うだろう。だが、ここでの商いは、町の人々、ひいては、お武家様や将軍様のお役に立つ。ここで商人《あきんど》になりなさい」

口いっぱいに広がる団子の味をかみ締めながら、勘七はじっと善五郎を見上げた。商人になるということの意味など何も分からなかったが、この善五郎という人についていけば大丈夫なのだと思った。

「はい」

そう答えたとき、善五郎は嬉《うれ》しそうに微笑んで勘七の頭を撫でてくれた。その時はそれだけが嬉しくて、満足だった。

谷中からの道すがら、木々の狭間《はざま》から、冬の日差しが木漏《こも》れ日となって零れ落ちる。勘七はずっと善五郎の後について歩いていた。すると、善五郎はふと勘七を振り返った。

「お前が来た翌日に、ひどい熱を出してしまったことがあったね」

「その節はお世話になりました」

江戸に着いた翌日、勘七は熱を出して寝込み、内儀の千代に看病されることになった。母のように勘七を世話してくれる千代がいてくれたことで、不安が和らいだものだった。

「私たちには子がいなかったから、いちいち大慌てしてね。でもそれが楽しくもあった」

　勘七はその言葉を静かに聞いていた。

　その時ふと、善五郎が足を止めた。

「旦那さま、どうなさいました」

　勘七が問うと、善五郎は勘七を真《ま》っ直《す》ぐに見上げた。

「勘七、お前、私の子になってはくれないか」

「は」

　勘七は思いがけない言葉に、拍子抜けした声を出した。善五郎は真剣な表情で、勘七に歩み寄る。

「無理なことだろうか」

「いえ、あの」

　勘七は困惑して頭を掻《か》いた。改めて善五郎を見詰めて首を傾《かし》げる。

「私が、旦那さまの子になるということですか」

「そうだ」

勘七はどういう顔でその話を聞いてよいものか分からず、再び頭を掻いた。

「それはその」

「永岡屋の若旦那になって、いずれは継いでもらいたいと思っているんだよ」

勘七は全《すべ》ての動きを止めて、善五郎を見詰めた。善五郎は冗談を言っている様子はなく、至極真面目《まじめ》に、やや緊張した面持《おもも》ちで問いかけていることが分かった。

「私が、若旦那でございますか」

善五郎は深くうなずく。

「お前に受けてもらいたいんだよ」

善五郎はそう言うと勘七の手を取った。

「いえ、しかし、内儀さんは」

「千代は昔からそう望んでいたんだ」

「しかし、番頭さんは」

「番頭の与平にも、年末に話して承知してもらっている」

勘七はゆっくりと事の次第が掴《つか》めてきた。自分の手を握る善五郎の熱がじわりと伝わり、胸の奥が熱くなるのを感じた。

「私なぞで良いのでしょうか」

すると善五郎は静かに頭を横に振る。

「私なぞ、と言うのは止めなさい。お前の悪い癖だ。お前を十《とお》から育てているのは私だから、私のほうがお前をよく知っているよ」

勘七は思わず赤面して顔を伏せた。善五郎は言葉を接《つ》いだ。

「お前はまだ二十一の若造で、商人としてはまだまだひよっこだ。だから、私はお前に任せれば安心だと言っているわけではない。ただ、お前になら譲りたいと思ったんだよ」

「それは、何ゆえ」

勘七は不安げに善五郎を見る。善五郎は勘七の手を放し、ゆっくりと歩き始める。

勘七はそれについていく。

「あの桜田門の一件のとき、お前は慌てて店に戻ってきたね」

「はい」

桜田門外で大老が殺され、慌てて店に戻ってきた勘七は、店に飛び込むなり、そのことを善五郎と番頭の与平に告げた。

「それからどうしたか、お前は覚えているか」

「はい、旗本邸《やしき》へ行きました」

事の次第を告げた後、勘七は着物を脱ぐと井戸の水を浴び、塩をまき、着物を改めると、風呂敷を替えて、今来た道を引き返していった。

「何ゆえあのようなことをしたのか覚えているかい」

「血で、汚れていましたもので。初節句のお祝いに穢《けが》れがあっては、先様に失礼と存じまして」

善五郎はうん、とうなずいた。

「お前はあの時、直次郎の死という不慮の大事に立ち会った。しかし、その大事を前にしても、慌てるだけではなく、先様のことを考え、店のことを考える。お前はそうして、誰かのために、何も考えずとも動くことができる。それは得がたいことなのだよ」

善五郎は勘七の背を撫でるように叩いた。勘七は思わず背筋を伸ばす。その姿を見て、善五郎は静かに深くうなずいた。

「お前に譲るなら、悔いはないと私は思っているんだよ」

善五郎の言葉に、勘七は感極まって涙が溢れそうになるのを堪《こら》えていた。

やがて二人の道の先に、日本橋が見えてきた。正月の活気に満ち、どこからともなく囃子《はやし》の音色が聞こえ、道を舞う獅子舞《ししまい》の姿が見えている。

勘七は見慣れたはずの日本橋の風景が、幼いあの日に初めて見た日本橋の姿のように、鮮やかに映った。一つの店を背負うということの意味が、静かに胸の内に広がっていた。

○

横山町《よこやまちょう》にある料亭、菊十《きくじゅう》の座敷で、勘七は杯を片手に座らされていた。

「良かったなあ、若旦那」

幇間《ほうかん》のような軽い口調で勘七の杯に酒を注《つ》いでいるのは、この料亭菊十の倅《せがれ》、紀之《きの》介《すけ》である。小紋の着物に縞《しま》の羽織という明るい装いのこの男は、勘七と同年で、共に手習いに通った幼馴染《おさななじみ》であった。

「勘七もこれで立派に日本橋の旦那になるわけだ」

「紀之介に言われても、からかわれているようにしか聞こえない」

「まあ、黙って飲めよ」

そこへ、襖《ふすま》がすらりと開いて紺の格子の着物に黒の長羽織の男が入ってくる。羽振りの良い蔵前辺りによくいる男ぶりである。

「新三郎《しんざぶろう》」

勘七が酒を飲む手を止めて声をかける。蔵前の男、新三郎は、薄く笑って勘七の前に座った。

「勘七が若旦那になったって聞いてね。これは祝わねばということで、店を抜けてきた」

新三郎は静かな調子で答える。勘七は、ああとうなずいた。

新三郎、紀之介の二人は、直次郎ともども、勘七にとっては手習い所で共に学んだ幼馴染の仲である。

「今日は勘七の祝いだからって、姉さんのおごりだから」

「お蔦《つた》姉さんが」

紀之介の姉、蔦は、勘七も幼いときから知っている。今では菊十の板長を婿にとり、切り盛りを手伝っている。勘七のことも紀之介と同じように叱り、可愛《かわい》がる気のいい姉である。

「では、有難くいただこう」

新三郎は、丁寧に手を合わせてから箸《はし》を伸ばす。

「相変わらず、お前はかたいな」

紀之介は新三郎を見て、からかった。

「仕方がない、性分だ」

「堅物《かたぶつ》でも女に嫌われないから、余計にいやらしい」

紀之介の言葉を新三郎は受け流し、静かに肴《さかな》をつまんでいた。

新三郎は元は御徒士《おかち》の子である。その名の通り三男坊で、継ぐ家もない。そのため十の時には、日本橋で商人をしている叔父《おじ》の元に養子に入った。その叔父の商いも、武士の商売とあってどうにもうまくいかなくなり、人を介して蔵前の札差《ふださし》、大口屋《おおぐちや》に奉公している。

札差は、江戸の金の流れを牛耳《ぎゅうじ》っている。武士がいただく俸禄《ほうろく》は、札差で換金され、初めて懐に入る。そのため、どんな武士でも行き付けの札差があり、そこで借金もできる。ただし、借金を全額返済するまでは、他の札差に移ることはできないという決まりがあった。そのため、札差は常に金回りがよく、その旦那などは、金を惜しむことなく使ったことで、多くの逸話が残されていた。

新三郎のような手代といえども、取引相手から賂《まいない》などをもらうことも多く、着物なぞは自腹を切ることがないという。いずれは番頭になると噂《うわさ》されている新三郎が着ている着物も、一見は質素にも見えるが、その実、衣の艶《つや》が美しい逸品であることは、勘七も見てとれた。

「景気のいい蔵前の旦那にまで、酒をおごるのは癪《しゃく》だが、この際、いい。飲め」

紀之介はそう言って新三郎の杯にも酒を注ぐ。

「働かずして食える紀之介のような若旦那風情は、私のようなものに金を流して尽くして、やっと帳尻が合うものだ」

新三郎の言葉に紀之介は顔を顰《しか》める。そして新三郎は勘七に視線を向ける。

「それを言うなら、勘七もこれから晴れて若旦那だ。奉公人より自由がきくだろう」

新三郎のその言葉に、紀之介はぽんと手を打った。

「いっそこれから吉原《よしわら》で花魁《おいらん》を買い、ぱっと遊ぶというのはどうだ」

「お前が言うと冗談に聞こえないからやめてくれ」

三人はそう言って、声を揃《そろ》えて笑う。

ひとしきり笑い終えると、新三郎がふと、勘七の顔をじっと見詰める。

「せっかく若旦那になったというのに、お前は浮かれていないな、勘七」

勘七は、ふと肴を運ぶ手を止めて、自分の顔を手のひらで一撫でした。

「そうか」

新三郎は、静かにうなずいた。

「そうだ。何せお前は良くも悪くも嘘《うそ》がつけん。すぐに顔に出る」

勘七は苦笑する。

「まあ、浮かれ喜ぶというよりは、まだ戸惑っているというところだ」

奉公人として、店の主《あるじ》になることを目指してきたわけではない。ただ、目の前にあることを主の善五郎のためだけにやってきた小さな商人でしかない。それなのに、いずれは店を背負うとなると、これまでとは全く違う道が目の前に広がっているような心もとなさもあった。

「おめでとうと言われれば、嬉しい。めでたいことなのだと思う。だが、同時に肩が重くなるようでもある」

「とんだ阿呆《あほう》だな、お前は」

間髪をいれずに紀之介が言う。勘七は紀之介を見上げた。

「俺にだって若旦那くらいできるんだ。気にするな」

紀之介の言葉に、勘七は半ばうなずき、半ばうつむく。

「紀之介と勘七は違うさ。紀之介がどれだけ放蕩《ほうとう》息子でも、親父《おやじ》さんにしてみれば息子は息子。馬鹿な子ほど可愛いってな。だが、勘七は違う。そうだろう」

新三郎の言葉に勘七は、小さくうなずいた。

主夫婦が実の父母以上に可愛がってくれているのは、重々承知している。しかしそれでも義理というものはあると思う。

「まあ、商いで返せばいい」

新三郎は静かな口調で言う。

「商いで返すと言っても……これまでのことをこれまで通りに続けていくだけだよ」

勘七の言葉に新三郎は眉を寄せる。

「主となるものがそれではいかん。新しいことにも手を伸ばし、更に儲《もう》けを出すことも考えるべきだと思うぞ」

勘七は、うん、と唸《うな》ったままじっと考える。

永岡屋は今、長岡藩をはじめとした藩の御用と、武家、役人の御用、寺社の御用、それにいくらかの小売を担っている。安定して支払いのあるそれらの仕事が、店を保ってきた。大きな儲けを求めるわけではないからこその商いでもある。

「しかし……」

「ああ、もうつまらん」

勘七が新三郎に話しかけた言葉を遮るように、紀之介が声を上げた。

「男ばかりで集まると、すぐにこういう話になるのは楽しくない」

決然と紀之介が立ち上がる。そして、

「お」

と声を上げ、縁側の障子に寄る。

「どうした、紀之介」

勘七が問うと、紀之介は口の端を上げて笑う。

「玉屋《たまや》の小糸《こいと》の声がする」

そう言うが早いか、紀之介は障子を開けた。回り縁の向こうに、確かに一人、薄紅色の着物を纏った芸者がいた。

「待ってろ」

紀之介はそう言うが早いか、そのまま躍り出るように座敷を出て行くと、廊下を渡っていく。

玉屋の小糸は、ここ最近、日本橋界隈《かいわい》で人気の芸者である。今年十七になるというが、大人びた顔立ちで、唄の声も三味線も逸品。踊りも艶《あで》やかに美しいと評判で、絵草紙屋でも姿絵が売られている売れっ子である。

勘七と新三郎が見守る先で、偶然を装って小糸に近づいた紀之介は、殊更大げさに小糸に話しかけている。その声は、ところどころ風に乗って聞こえてきた。

「あいつはまるで幇間のようだな」

新三郎はその紀之介の様子を見て笑う。

紀之介という男は、さほどの美男というわけではない。しかし女からの人気が高く、深川《ふかがわ》や向島《むこうじま》の芸者や、吉原の花魁からの文も絶えない。

「お足がないなら、こちらがもつから来ておくれなんし」

という文が花魁から来るというのだから、なかなか天晴《あっぱ》れなものである。

その紀之介は小糸の前に立ち、誉《ほ》めそやしたようなしぐさをしたかと思うと、今度は手を合わせて拝むしぐさをする。ついと小糸は紀之介から目を逸《そ》らしたが、やがて小さくうなずくと、二人は連れ立って、こちらに戻ってくる。

「連れてくるぞ」

勘七と新三郎は何食わぬ顔で座に戻る。そして紀之介は座敷に戻るなり声を上げた。

「いやいや、勘七。売れっ子の小糸姐《ねえ》さんが、お前を祝うために舞ってくださるそうだ」

紀之介はどうやら、勘七をダシに使ったらしい。

「若旦那になられたそうで、おめでとうございます」

小糸という芸者は丁寧に手をついて、勘七に頭を下げる。目の前にしてみると、なるほど売れっ子というだけあって、垢抜《あかぬ》けて美しい。場が一気に華やいだ。

「ありがとうございます」

勘七は、丁寧に頭を下げる。

紀之介は座敷に置かれた三味線を手に取ると、調子を合わせて音を鳴らす。

「さて、何にしましょう」

小糸に問われて勘七は首を傾げる。

「松の緑と、あたりを頼んでもいいですか」

小糸は、はい、と愛らしい笑顔でうなずくと、すっと型を決めて立つ。

紀之介の三味線の音色が冴《さ》え冴《ざ》えと美しく響き始める。紀之介は子どもの時分から料亭に育ち、芸者たちに可愛がられて育っているので、十をいくつか過ぎたころには、唄も踊りも三味線もかなりな腕前だったのを思い出す。そして紀之介は三味線を鳴らしながら、いい声で詠じ始めた。

〽今年より千たび迎ふる春ごとに　なおも深めに　松の緑か……

　その唄に合わせ、小糸が袖と扇を翻《ひるがえ》す。祝いの唄の明るさと、小糸の美しい舞が相まって、浮世を離れたどこかにたたずんでいるような、不思議な心地がした。

　紀之介の声が細く消え、小糸が扇を逆手に持ち、舞い終える。

「お目汚しを」

　小糸はその場ですっと膝をつき、勘七と新三郎に頭を下げた。

　勘七は頭を下げる小糸を見ながら、しみじみと嘆息する。

「いや、眼福です」

　すると、小糸は満面の笑みを見せた。そうすると年相応の娘にも見える。

「ぜひ、今度は私の席でお力をお借りしたい」

　新三郎が言うと、小糸はついと新三郎に膝を進めた。

「ご贔屓《ひいき》に」

　小糸は愛らしい笑顔で応《こた》える。すると紀之介が、小糸の横で同じように膝をついて座り、女のようにしなを作って勘七と新三郎に頭を下げる。

「私にもいつでも、お声かけください」

　小糸の口真似《くちまね》で首を傾げて見せる。小糸はそれを見て紀之介を睨《にら》む。

「若旦那はいやですよ。三味線弾きでもないくせに、下手《へた》な師匠より上手ですから、私の踊りが霞みます」

「そんなこと言わずに、俺と一緒に座敷を回れば楽しいだろうに」

紀之介がわざとらしくふて腐る。小糸は、肩を竦《すく》めて可憐《かれん》に笑って見せた。

「中座していますので、失礼を」

明るい声で席を立ち、勘七は、思わずその背を視線で追った。

「きれいなものだなあ」

勘七が言うと、新三郎は何も言わず、ほろ酔いで笑った。紀之介はしたり顔で胸を張る。

「いいだろう、小糸。今は一番だね。少し前までは青木屋《あおきや》の千鶴《ちづる》が人気だったのだが、千鶴は色気はあるが、芸は小糸にかなわない」

紀之介は腕組みをしてうんうん、とうなずいてみせる。

「一体、何人の芸者を見ているんだ」

新三郎は呆《あき》れ顔で紀之介に問いかける。

「とりあえず、うちの店に呼ばれた芸者とは必ず一言、話すことに決めている」

「そのうち、良い仲になったのは」

すると紀之介はにやりと笑う。

「無粋だねえ、新三郎は。すぐに数を知りたがる」

紀之介は勘七の傍らに座ると、勘七と肩を組んだ。

「だがな、その実、俺のように女に頭を下げるより、新三郎のような男のほうが、女が寄ってくるんだ。ずるい話だと思わないか」

勘七は苦笑しながら新三郎を見る。

「そういえば、いつぞやはお店のお嬢様が新三郎にご執心だったじゃないか。七つにおなりのお嬢様が」

「そうだったな」

紀之介も面白そうに蒸し返す。

新三郎は小僧のころに一時、母屋《おもや》での仕事を任された。その中には、お嬢様の世話も入っていて、新三郎はお嬢様のために菓子を買い、人形を買い、時にはままごとの相手もしていた。

「そういえば、あのお嬢様もいくつになる。年ごろじゃないか」

「十五だ」

それがどうした、と言わんばかりの口調で新三郎は切り返す。

「おお、お前、いっそ婿入りでもしたら」

「勘弁してくれ。これ以上、越後屋《えちごや》やら白木屋《しろきや》にお供するのは御免だ」

「いいなあ、お店のお嬢様。それが無理ならいっそ手に手をとって駆け落ちというのもいい」

「お前の世間は小噺《こばなし》だけでできているんだな」

新三郎は呆れたように言う。勘七は、その二人のやりとりを見て笑う。

「笑っているが、そういう勘七も、以前は算盤屋《そろばんや》の娘といい仲だったことがあったな」

新三郎が思い出したように言う。

「あれはとうの昔の話だろう」

十六のころ、良い仲になった娘がいたが、無論、ただの手代が夫婦になることなどできるはずもない。いずれは暖簾《のれん》分けしてもらって、二人で暮らそうなどと、他愛もない夢を語らったこともあった。だが、ほどなくして娘は実家に呼ばれて里帰りした。そしてそのまま帰らず、一度だけ、庄屋に嫁ぐことが決まったという文が届いた。

「こんな野暮天が、めずらしく女と縁があると思えば、あっという間に消えていく。お前も店の主となったら、内儀さんの一人も探さないとなあ」

勘七は、苦笑した。

「今は己のことで手一杯だよ」

紀之介はその勘七を見て眉を寄せる。

「商家の若旦那なんて、放っておいてもそのうち縁談が舞い込むものさ」

「お前はどうなんだ、紀之介」

新三郎に問われた紀之介はおどけて見せる。

「俺はお店の旦那衆に酒の席では好評だが、娘婿にするには不評でね」

さもあろうと、勘七と新三郎は顔を見合わせる。

「俺たちの年ならば、武士であればとっくに子どもの二、三人はいてもおかしくないだろう。そう思うと窮屈でいけない」

紀之介はそう言って、酒を呷《あお》る。

「そういえば、あの直次郎にも誰かいい仲だった女がいたらしいな」

不意に新三郎がつぶやいた。勘七は驚いて思わず新三郎を見やる。紀之介は面白がって身を乗り出した。

「それは初耳だ。誰だ」

新三郎は、さあ、と首を傾げた。

「詳しくは知らぬ。ただ、唐木屋の親父殿が、以前、そんなことを言っていた。許婚《いいなずけ》だった娘があったとか」

勘七の脳裏に、あの日、墓に手を合わせていた松嶋の姿が思い浮かんだ。他藩とはいえ、もしかしたら何かの縁で直次郎と恋仲にでもなったのか、と思い巡らし、首をひねった。

「ああもう、辛気臭《しんきくさ》い」

紀之介はそう言うと、再び三味線を弾き鳴らし、でたらめに何かを歌っている。それが上手《うま》くてまた、勘七は可笑《おか》しくなった。

「祝いの席だ。来たければ、直次郎もここに来ているだろう」

新三郎はそれを聞いて、笑いながら空いた杯に酒を入れて、勘七の隣に置いた。

「あいつも、祝っているさ」

勘七は、その杯を見て静かにうなずいた。

その時ふと、紀之介が何かに気付いたように三味線の手を止めて、再び障子を開けた。

「おい、もう芸者はいいぞ」

新三郎の言葉を、紀之介は全く気にも留めず、再び廊下へ出る。

「勝《かつ》先生」

廊下から大声で手を振る。

「おう、放蕩息子」

向こうからも大声が返ってきた。そして、その声の主と思《おぼ》しき男は、ぐるりと縁を回って三人のいる座敷に顔を覗《のぞ》かせた。

色黒のその男は、紋付に二本差しで、武家らしい装いではあったが、気さくに紀之介の肩を叩く。

「久しぶりだな、おい。若造だけで座敷を囲むとは、羽振りがいいな」

「姉さんのおごりですよ。今日はこいつが、晴れて若旦那になった祝いで」

紀之介に振られて、勘七はその場に手をついた。

「本石町永岡屋の勘七と申します」

「お、善五郎さんのところかい」

「父をご存知で」

「知っているさ。何度か飲んだこともある。お店の跡継ぎなんざ、貧乏くじみたいなもんだな」

そう言うと、大声で笑いながら、当たり前のように座敷に胡坐《あぐら》をかいた。

「父とはどちらで」

勘七が問うと、勝は楽しげに話す。

「佐久間象山《さくましょうざん》という石頭がいてな。そいつの奥方が俺の妹なんだ。その縁で、佐久間の講には顔を出していたのだが、ほら、醤油《しょうゆ》問屋の広屋《ひろや》の浜口《はまぐち》さんに誘われたとかで、善五郎さんも来ていてね。まあ、お人よしとはあの人だっていう人だね」

さらさらと伝法《でんぽう》調で喋《しゃべ》る男の様子は、武士らしさはなく、どこか町人の気さくな風情が漂っていた。

「この方は、勝麟太郎《りんたろう》さまって言ってね、黒船を操って米国にまで行ったことがあるっていう軍艦奉行並でいらっしゃる」

紀之介は、気軽な調子で勘七と新三郎に勝という男のことを紹介する。

「お奉行様でいらっしゃいますか」

勘七と新三郎は顔を見合わせてから、慌てて姿勢を正した。

「お名前はうかがったことがございます。蔵前大口屋の手代、新三郎と申します」

新三郎もまた、頭を下げた。

「おう、蔵前かい。さすがは粋な装いだね」

頭を下げられたことに特に頓着《とんちゃく》する様子もなく、紀之介と何か冗談を言い合っては笑っている。

「そうそう、先生。以前、話した桜田門外のことを見たのが、この勘七ですよ」

勘七は不意に紀之介に名指されて再び顔を上げる。

「お、そうなのかい。お前さん、あの一件を間近で見たのかい」

勝は勘七の目の前にずいと寄る。勘七はしばし迷ってから、黙ってうなずいた。

「よし」

勝は勘七の肩を叩いた。

「明日、赤坂の邸へ来い。話して聞かせろ」

「は、話すと申しましても」

勘七が呆気《あっけ》にとられているのを後目《しりめ》に、勝は早々に立ち上がる。

「あっちに連れを待たせているからな。よろしく頼んだぜ」

勝は笑いながら座敷を出て行く。勘七はその場に座り込んだまま、紀之介を見上げた。

「何なんだ、あの人は」

「だから、勝先生だ」

紀之介は、愉快そうに笑い、それ以上を話さない。勘七は答えを求めるように新三郎を見た。新三郎は、腕組みをする。

「あの人は、それこそ井伊大老に見出《みいだ》されて出世したと聞いている。黒船を操れる者はまだ少ないから、旗本の中では今、伸びているらしい。札差連中の中にも、あの人を客にしたいと話しているのを聞いたことがある」

新三郎は、勘七に向かってにやりと笑い、静かに杯に酒を注ぐとそれを飲み干した。

「行ってみたら面白いんじゃないか」

勘七は勝という男が出て行った先をしばらく呆然《ぼうぜん》と見詰めていた。

○

木々の茂る赤坂《あかさか》の静かな坂道を上がると、目の前に勝の邸が建っていた。

昨夜の菊十での一件を、善五郎に話すと、大層面白がって聞いており、

「ぜひ、行っておいで」

と背を押された。

勝麟太郎という人については、勝本人が話したとおり、善五郎も親しくしているという。

「あの御仁《ごじん》は、江戸生まれの江戸育ちで、商人との付き合いも深い。武士だからと硬くなることはないよ」

善五郎にそう言われたが、それでもつい背筋が伸びるものだ。

邸を訪ねると、女中に奥へと招かれた。

廊下を渡って部屋へ入ると、座敷の続きの間に異国風の椅子が置かれており、そこで何やら本を読んでいる勝の姿が見えた。

勘七はその場に膝をつき、両手をつく。

「昨夜、菊十でご挨拶させていただきました、永岡屋の勘七でございます」

「おう、入んな」

勝は本から目を離さずに手招きをした。勘七は膝を進める。

「ちょいとこれを読んでしまうから、そこらへんにあるものを好きなように見てい
な」

勘七は、はあ、と曖昧《あいまい》に返事をした。恐る恐る立ち上がり、部屋の中を見渡した。

部屋の中には、何やら見慣れぬものがいろいろと置かれていた。異国のものと思わ
れる本や、短筒《たんづつ》もある。びいどろの杯や、皿、何やら船の道具と思しきものも置かれ
ていた。手に触れて壊すのも恐ろしく、勘七は手を後ろに組んで、じっくり見ていた。

「待たせたな」

勝が座敷に入ってくる。勘七は、いえ、と言って改めて座ろうとすると、

「お前さん、これは知っているかい」

と言って、床の間近くに置かれていた球形の道具をぽんと叩いた。

「いえ」

「地球儀っていうやつだ」

勝はどこか得意げだった。勘七はそれをじっと見詰める。

「一度、長崎屋《ながさきや》で見かけたことはございますが、何でございましょう」

すると勝は嬉々《きき》として床に座り込み、勘七を手招く。勘七がその地球儀の傍らに腰
を下ろすと、勝は地球儀をくるくると回転させる。

「ここ、この小さいのが日本だ」

地球儀上の小さな一点を指差して、勝が言う。勘七はその点を見てもピンと来ず、はあ、と曖昧に返事をした。

「そしてこの、でかいのがアメリカ国だ」

日本の数十倍はありそうな場所を指して勝が言う。勘七は自ら日本とアメリカの二つを指で押える。

「大きさがこれだけ違うということですか」

「そういうことだ」

その大きさの差は、さながら小指の爪と手のひらほど。昨今では時折、江戸の町にも異人が訪れることがある。その天狗《てんぐ》のように高い鼻と、大きな体軀に勘七は驚いたものだが、こうして国の大きさを見てみると、なるほどその差も無理のないことに思われた。

「そして、わが国の周りはかように海に囲まれている。そこで問う」

勝は勘七をにやりと笑って見据える。勘七は、気圧《けお》されながら、はい、と答えた。

「庄内《しょうない》や堺《さかい》から物を運んでくる船が、もしも江戸に着く前に黒船にやられたらどうなると思う」

勘七はふと頭をめぐらせた。そして眉を寄せた。

「米が、来なくなりますね」

「そう。たった二十日で江戸の町人は飢え死にするそうだ」

「二十日」

勘七は思わず指折りその日を数えた。

江戸は何一つものを作らぬ町だ。廻船《かいせん》問屋があちこちから食物などを集めて江戸に運ぶことで、ようやっと人々の暮らしを潤している。

「だからな、この海を守るためには、黒船を使える軍が必要なわけだ。そいつを作るために、俺は近々、神戸へ出向く」

「神戸、上方《かみがた》でございますか」

勘七が問うと、勝はおう、とうなずいて地球儀を傍らに置いた。

「海軍ができれば、もう黒船にやたらと怯《おび》えることはないからな。今、攘夷《じょうい》だ何だと騒いでいるのも、異国が怖くて言っているわけだ。その脅威を己の力で駆逐できれば、何も目くじら立てて異国を追い払う必要もないだろう。上手くすれば、貿易で儲けることもできるわけだからな」

勘七は、傍らに置かれた地球儀をじっと見詰めている。

「お前さんのところは、紙問屋だったたな。紙は異国では重宝がられるぞ」

「さようでございますか」

「ああ。お前さんのところだって、異国と交易するようになるかもしれん」

勘七はまるで想像がつかない話をされて、しばらくただ、うなずくことしかできなかった。

「こんな調子でいるからな、俺は攘夷派とやらには嫌われているわけだ。そこで俺も、桜田門のことを聞いておきたいと思っていた」

勘七は思わず身を硬くして、居住まいを正した。勝は腕組みをして言葉を続ける。

「大老は、この俺を引き立ててくれた人でもある。米国への出港の際は、送り出してくれた大老が、帰ってきたら殺されていた。だが、その一件の次第がよく分からない。一体、何が起きて、どうなったのか。そこを知りたくてな。余計な話はいらねえから、お前さんが目の前で見たことを話してくれ」

勘七はしばらく黙り、ぐっと姿勢を正すと、改めて勝の顔を見た。

「勝先生は父とも懇意にされているとのこと。何事も包み隠さずお話しするようにと言い付かってまいりましたのでお話しします。されど、このことを私から聞いたことは、くれぐれも他言なさらぬよう、お願いいたします」

勝は怪訝《けげん》そうに眉を寄せた。

「えらく勿体《もったい》つけるね」

「お武家のことを他言するのは、江戸の商人としてはあまり好もしいことではございませんゆえ」

勝は苦笑する。

「なるほどな。分かった、他言しねえよ。話しておくれ」

勘七は、ふうと一つ大きく息をすると、口を開く。

「あれは雪の日のことでございます」

勘七は、忘れられないあの三月三日の雪の日の朝を、少しずつゆっくりと話した。

武鑑を持った侍たちが待ち伏せ、直訴《じきそ》した浪人が突如斬りかかったこと。散り散りになる侍たちの中で、果敢に戦った武士たちがいたこと。そして、雄叫《おたけ》びにも似た声と共に、駕籠《かご》から転がり出た裃《かみしも》姿の人物の首級《しるし》を挙げた浪人がいたこと。

「今ではあれが、水戸《みと》の浪士によるものだと聞き及んでおりますが、あの場では、討手が誰であるのかさえ分からず、何が起きているのかも、しばらく時が経ってようやっと知ったような有様でございます」

話し終えた勘七は、自分が固く拳を握っていることに気付き、額にはじわりと汗が浮かんでいた。勝の顔を見ると、勝は唸るような声を出し、そして深くうなずいた。

「それならば、やはり大老はそこで死んでいるんだな」

勘七は眉を寄せた。

「私が見た駕籠の中の御仁が、大老でいらしたのであれば、確かにあれは亡くなったのでしょう。首をとられて死なないものがいるとしたら、それは妖怪変化《へんげ》の類《たぐい》でございましょうから」

「確かにな。だが、おかしなことに俺が米国から江戸に戻って最初に聞いた話では、大老はその一件では死ななかったというんだ」

それにしては様子がおかしい。城の外で町人に話を聞けば、みな一様に大老は斬られて死んで、首もあがったという。一方、江戸城内では大老は桜田門の一件の後に、亡くなられたのだという。つぎはぎだらけの話をつなぎ合わせていくと、何とも奇妙な辻褄《つじつま》合わせが見えてきた。

「大老を斬ったのは水戸の浪士。しかし幕府は水戸と揉《も》めるのは避けたいわけだ」

水戸は強い尊攘派であり、井伊大老が決めた開国に反発を強めていた。とはいえ仮にも御三家であり、幕府としては表立って対立することはできない。最も厄介な藩の浪士たちによる仕業《しわざ》でもあった。

「また、大老の彦根藩でも、武士である大老が無様に刀も抜かずに殺されたとは言いがたい。そこでどうしたと思う」

勘七は不意に問いかけられて、さあ、と首を傾げた。

「返ってきた首級を医者が体と縫い合わせたそうだ」

勘七は思わず、ははは、と乾いた笑いを漏らしてしまった。そして慌てて口を覆う。

「失礼を」

「いや、一体どこの小噺かって言うんだよ。滑稽《こっけい》だろう。だが、そんな話が出回るくらい大老の生き死には公然の秘密であり、謎《なぞ》なのさ。幸い間近に見た者も少ないという。まあ実際には、近所の上杉《うえすぎ》さまの邸の侍たちは、窓越しに見ていたという話もある。だがそこは、武士の情けで黙して語らずだ。こうしてお前さんに話が聞けたのは良かったよ」

勝の言葉に、勘七は頭を下げる。そして顔を上げて、勝の顔をじっと見詰める。

「実はこの一件、私もまた、彦根藩から直々《じきじき》に口止めがございました」

勘七の言葉に、勝は眉を寄せる。

「どうしてお前さんがそれを見ていたことが、彦根藩に知れたんだ」

「実は、私の幼馴染が足軽株を買い、彦根藩の足軽としてあの行列におりました」

「ああ、菊十の紀之介に聞いたことがある。お前さんの目の前で斬られたそうだな」

「はい。その直次郎の遺体がないのです」

「遺体がない」

勘七は深くうなずく。

勘七は、直次郎を看取《みと》り、その遺体を彦根藩に引き渡した。その後、直次郎の実家である唐木屋に行き、直次郎の死の経緯《いきさつ》を父に話して聞かせた。父は早々に藩に問い合わせたという。無論、今や足軽の家のものなので、弔いをすることは無理だとしても、せめて親子の縁を思い、線香なりと上げさせていただきたいと懇願した。しかし、藩はそのようなものはいないと答えた。

「おそらくは、大老亡き後の混乱のせいだろうと、しばらく時を置くことにしたそうです。しかし、その後、何度問うても知らぬ存ぜぬを繰り返したそうです」

何とか会った藩の役人は、厳しく直次郎の父を問いただした。どこでその出鱈目《でたらめ》を聞いたのかと問われ、父は、目撃したものがいる、永岡屋の手代勘七であると言い返してしまったという。

「数日の後、藩の役人が参りまして、私に厳しく嘘を口外するなと申し付けてまいりました。私が逆らえば、店の者も連座にすると言われ、逆らえずにおりまして」

勝は、ははは、と乾いた笑いを漏らした。

「嘘なら放っておけば良いものを。間抜けな役人だな」

「はい」

勘七は、膝の上に置いた手で、拳を握り締める。

「直次郎の遺体は今も見つかりません」

あの時、大老の供として死んだのは、たった八人であったとされている。だが、勘七が見た限りでは、足軽や中間《ちゅうげん》たちも含めれば、死者は八人足らずではなかった。

しかし彦根藩にとってみれば、彼らは物の数には入らないのだろう。そう思えばこそ、余計に悔しかった。

「あの時のことは、今でも何度も夢に見ます。私が浮かれて行列見物などに行かねば良かった。直次郎は、私がいたばかりに、私に気をとられて死んだのではなかろうかと、口惜しくてならぬのです」

勘七は、声が我知らず震えるのを感じた。勝は何も言わずに勘七の前に膝を進めると、勘七の肩をぽんと叩いた。

「それは違うな」

勘七が勝を見ると、勝は至極真剣な眼差《まなざ》しで勘七を見た。

「あの桜田門外で、大老を置いて逃げた者は、斬首されたそうだ」

「斬首」

勘七は絶句した。

武士であれば、その死には切腹を申し付けられるものである。斬首とは、武士に非《あら》ずと断じられたものである。

「主を置いて逃げたものは、武士ではないということだろう。その処罰も、どうかと俺は思うがね。だが、直次郎とやらの死に様はむしろ今どき珍しく武士らしい。足軽には勿体ない逸材だよ。いっそ誇りに思ってやりなさいよ」

勘七は低く、はい、とつぶやいた。

勝はふと腕を伸ばして地球儀を引き寄せると、手遊《てすさ》びにそれをくるくると回した。

「時代は動くぞ」

勘七は顔を上げて勝を見た。勝は笑みを浮かべながら回る地球儀を見詰めていた。

「国は開かれた。それが是か非か、そんなことは分からん。あの桜田門外の変は、開かれた国が最初に上げた悲鳴のようなものだ。そいつを見たということは、ただ、悲惨なだけじゃない」

勝は回る地球儀を止めると、真っ直ぐに勘七を見据えた。勘七はその視線の先で、硬直したように動けなくなった。

「俺はね、時代っていうのはな、龍みたいなもんだと思っている。一度に頭から尻尾《しっぽ》まで見ることは叶《かな》わない。だが、そいつの片鱗《へんりん》が見える瞬間がある。あの桜田門外の変は、その片鱗だ。それを見失わなければ、お前さんは時代を渡っていけるだろうよ」

勘七はその言葉を聞きながら、脳裏に巨大な龍がうねるように舞う姿を思い浮かべた。

咆哮《ほうこう》を上げる龍の声と、あの日、桜田門で聞いた阿鼻叫喚《あびきょうかん》の声が重なり、勘七は身のうちから駆け上がる寒気を覚えた。

「私なぞは、小さな商人でございますれば、時の龍とはご縁もなさそうに思われますが」

勘七が苦笑しつつ答えると、それを見て勝は口の端を上げて笑う。

「まあ、そう言っていられるのも今のうちさ。お前さんも同じ時代に生きる以上、知らぬ存ぜぬでは通らない。せめて、龍に呑まれないようにしておけよ」

勝は再び地球儀を回しながら、その時代の変化を楽しんでいるようにさえ見えた。

勘七は、回る地球儀に眩暈《めまい》を覚えたような気がした。

◯

春、三月。どこからともなく、花の香りが漂い、長閑《のどか》な陽気である。

その陽気とは裏腹に、勘七は、血相を変え、裾《すそ》を蹴り上げるようにして、使いに出ていた神田《かんだ》から、本石町まで一気に駆けていた。店にたどり着くと、暖簾を潜《くぐ》って店の中へと飛び込んだ。

「旦那さまは」

勘七の声に、同じく顔色を失った手代の佐吉《さきち》が、

「奥です」

と、答えた。

勘七は草履を蹴るように脱ぎ捨てると、そのまま小上がりを這《は》い上り、奥への廊下を走って座敷へと向かった。

奥を覗くと、床が伸べられており、顔色を失った善五郎が寝ていた。

「旦那さま」

勘七は、その枕辺に滑り込む。すると、向かいに座っている千代が、

「静かに」

と、勘七を窘《たしな》めた。

「今、眠られたところです」

勘七は千代へ膝を進める。

「どうなさったというのです」

千代は、右手で自分の胸に触れる。

「胸が苦しいとおっしゃって、店先で倒れられたのです」

千代は、沈んだ面持ちでそう言う。

「胸、ですか」

勘七は呻《うめ》き、善五郎を見つめた。

二年ほど前にも、胸が痛むといって寝込んだことがあり、それ以後、体調には随分と気を配っていた。医者に見せたこともあったが、その際には脈が乱れがちなので、

無茶はせぬようにとだけ言われていた。

「疲れていらしたのではないでしょうか」

勘七は、善五郎の顔を見詰めながら言う。千代は、ええ、とうなずきながら俯《うつむ》いた。

「少々、よろしいですか」

番頭の与平が顔を覗かせた。そして、勘七を手招きする。勘七は善五郎を気にかけながら、千代を見た。

「私が見ているから、お前は仕事に戻りなさい」

千代の言葉に勘七は頭を下げて廊下へ出た。与平は勘七を店の裏の廊下へと導く。

「明日、小諸《こもろ》藩に伺う話をご存知ですか」

「聞いています」

先日、小諸藩の上屋敷《かみやしき》から呼び出しがあり、何か御用を仰せつかることになっていると、善五郎から聞いていた。そして、その際には勘七も同道するようにと言われていたのだ。

「藩邸には若旦那と私で伺いましょう」

与平は勘七を見て言った。勘七は眉を寄せる。

「私が、旦那さまの名代《みょうだい》ということですか」

「無論です。若旦那ですから」

勘七は満面に迷いを浮かべ、与平を見た。

「私に務まりましょうか」

与平は、きっと勘七を見据える。

「務めていただかねばなりません。せめても、勘七さんが若旦那になっていたことが幸いでした。これで、番頭の私と手代のあなたとで行ったのでは、流石《さすが》に無礼でしょうが、若旦那となれば話は別です。少しは堂々としていただかなくては」

「……はい」

「旦那さまを少し、養生させて差し上げないといけません」

与平の言葉に、勘七はうなずいた。

その夜、勘七は善五郎の看病に枕辺にいた。善五郎は静かな寝息を立てていた。

幼いころは大きく感じていた善五郎が、気付けば自分よりも大分小柄になっている。

勘七はそっと善五郎の手をとった。頭を覆うほどの手のひらも、今では自分の手のほうが大きい。

「千代かい」

暗がりの中で善五郎が薄っすらと目を開けた。

「旦那さま」

「ああ、勘七か」

善五郎は勘七を認めて、にっこりと笑った。

「旦那さま、お加減はいかがですか」

「何、大したことはない」

善五郎は、ゆっくりと起き上がろうとする。勘七はその肩をそっと床に押し付けた。

「寝ていらしてください」

善五郎は苦笑しておとなしく頭を枕につけた。

「旦那さまはないだろう。父と呼んでくれれば良いのに」

「あ、あいすみません」

勘七が生真面目《きまじめ》に頭《こうべ》を垂れたのを見て、善五郎はまた笑う。そして、手を伸ばして勘七の手を取った。

「明日は、お前と一緒に小諸藩邸に伺おうと思っていたのだが」

「ご無理をなさってはいけません」

「そうだなあ、少々、無理やもしれぬ。頼んで良いかい」

勘七はぐっと唇をかみ締めた。

「任せてください。与平さんもいます。ご案じなさいますな……父《とう》さま」

善五郎はその言葉に破顔して、勘七の頭に手を伸ばすと、それを撫でた。

「頼んだよ。藩の御用は、永岡屋にとっては一番大きな仕事だからね」

「はい」

勘七の声に、善五郎はほっとしたように微笑む。

「内儀、お呼びしますか」

「いや、千代も疲れているだろうから。お前も休みなさいよ」

「はい」

善五郎はその言葉に静かにうなずき、そして目を閉じた。勘七はそれでも枕辺に座り、じっと善五郎を見ている。

勘七はその寝顔を見ながらふと、この人がこのまま目を覚まさなくなったらどうしようと、不安が湧き上がるのを覚え、慌てて頭を振った。

翌日になると、善五郎は大分、調子を元に戻していた。朝餉《あさげ》に粥《かゆ》を食べ、千代とも談笑するほどになっていた。

「これならば、藩邸にも伺えそうだな」

善五郎がそう言ったが、千代はその善五郎を叱り飛ばす。

「不養生でみなに迷惑をかけては、主として恥ですよ。ここは勘七と与平に任せなさい」

善五郎は叱られた子どものように肩を竦め、勘七によろしく頼むと頭を下げた。

勘七は千代が仕立ててくれた黒の羽織を着て、与平と共に小諸藩の上屋敷に赴いた。上屋敷は、江戸での藩の御政事の一切を取り仕切る。その上屋敷奉行からの呼び出しである。

「障子紙といったふつうの紙の手配というわけではありますまい」

与平は、上屋敷奉行を待つ間、緊張した面持ちで言った。勘七も膝の上に置いた手を、何度も開いては閉じ、開いては閉じた。

しばらくして、広間の襖が開き、上座に上屋敷奉行の高崎《たかさき》が座る。そしてその傍らには、侍が二人、控えていた。勘七と与平は、ただそこに平伏した。

「永岡屋、面《おもて》を上げよ」

勘七は、ゆっくりと顔を上げた。

そこには小柄な裃姿の男が一人、座っていた。武家の奉行などというと、もっと武張《ぶば》った風情の人かと思っていたが、何やら三軒先の八百屋《やおや》の倅にも似ているようで、勘七は少しばかりほっとした。

そして再び頭を下げる。

「主の善五郎が病に倒れまして、誠に申し訳ございませぬが、本日、倅の勘七が名代としてまかりこしましてございます」

その言葉に、高崎は、うむ、と短く返答をした。

「このたび、その方らを召したのは他でもない。お殿様は、その方らが支度する紙をお気に入りでな」

「ありがたき幸せに存じます」

高崎は一つ呼吸を置いてから、そこで、と言葉を接いだ。

「このたびは、藩札の支度を頼みたい」

勘七は息を吞んだ。そして思わず、傍らにいる与平を振り返る。与平もまた驚いているようで目を見開いていた。勘七は再び高崎のほうに向き直る。

「藩札、でございますか」

「何度も言わせるな、くどい」

「は」

勘七は、深く頭を垂れながら額から汗が滴るのを感じていた。

「紙は任せる。できるだけ安く仕上げよ。永岡屋で摺るように。秋には全てが整うように。委細、この山岡三太夫《やまおかさんだゆう》と話して決めるように。そして、この御用について、一切の口外まかりならぬ」

高崎はそれだけ言い置くと、そのままその場を立ち去った。そして、侍従のように控えていた山岡という男が、勘七たちに膝を進めた。

「山岡三太夫でござる」

山岡という男は勘七よりもやや年かさで、二十半ばになろうかという男である。物静かで生真面目な印象を与える中肉中背の男であった。

「この御用は、小諸藩としても力を入れておる。およそ二千両の金を支度しておる。心して当たられよ。これより後は、この山岡に申されるよう」

「かしこまりましてございます」

勘七と与平は同時に深く頭を下げ、額を畳にこすりつけた。

上屋敷を出た勘七と与平は、ゆっくりと歩いていく。春のあたたかい日差しが萌《も》える緑に透け、木漏れ日が足元を照らしていた。その光を一つ一つ踏むように歩く。

「まさか、藩札とは」

与平が、小さな声で唸るように言った。

藩札とは、藩内だけで流通する紙幣である。その発行は、かつては幕府の了承が必要であったが、昨今では各藩がそれぞれに発行しており、あちこちに出回っていた。

しかし中には、財政難に苦しむ藩が、その財源もないままに藩札を発行し、ただの紙切れ同然にまで値打ちが落ち込むこともあった。それでも金子《きんす》としての価値があるだけに、藩としてもできるだけ縁の強い店を選ぶと聞いていた。

永岡屋は、初代が開業した当初、長岡藩の御用を受けたことで店を軌道に乗せた。

小諸藩は、長岡藩の支藩であるから、縁がないとは言わない。しかしこれだけの大仕事を、頼みもせぬのに向こうから持ち込まれるのは初めてのことであった。

「これほどの大仕事を、旦那さまが不調の折にお受けするのは少し戸惑いますね」

勘七は正直な胸の内を吐露した、与平は唸るようにうなずきながら、勘七を見た。

「さりとて、あの調子では断ることはできますまい。口外無用とまで言われた仕事を、他に回せば、かえって永岡屋にとって憂き目を見ることになりますよ」

勘七もまた深くうなずいた。

「まあ、否《いなや》はありませんね」

勘七はしばらく黙って与平と並んで歩いていたが、思い立って足を止めた。

「少し、出てきます。与平さんは先に帰ってください」

「若旦那、どちらへ」

「すぐに戻ります」

勘七は、与平の言葉を遮って駆け出した。

日本橋を北へ上がって東に向かい、蔵前へと向かった。

蔵前は、その名の通り、大川沿いに数多《あまた》の蔵が立ち並ぶ。その通りから一本入ったところに、札差、大口屋があった。店先では小僧が一人、水撒《みずま》きをしていた。

「手代の新三郎さんはいるかい。永岡屋の勘七が来たと伝えておくれ」

勘七の問いに、小僧はへい、と一言答えて店の中へと入っていった。

しばらくして、新三郎が店の裏手から顔を覗かせた。

「どうした勘七」

勘七は新三郎に駆け寄る。

「忙しいところをすまん」

新三郎は勘七を手招くと、店の裏手の路地に入った。人気《ひとけ》のないのを確かめると、勘七は声を低めた。

「少し聞きたいことがあってな」

「どうした」

勘七は、更に声を潜める。

「小諸藩という藩は、今、財政はどうなっている」

勘七の問いに、新三郎は眉を寄せた。

「小諸藩と商いをするのか」

「詳しくは言えぬが、まあ、そんなところだ」

勘七の答えに新三郎は腕を組み、軽く首を傾げた。

「小諸藩ならいいのではないか」

小諸藩の藩主牧野康哉《まきのやすとし》は、革新的な名君と称されており、産業にも力を入れている。政《まつりごと》も安定しており、資金も潤沢にあると言われている。

を超える仕事ともなれば、永岡屋にとっては大きな利益になる。

「数少ない、豊かな藩と言っていい」

勘七はほっと胸を撫で下ろす。

「そうか、それならば良かった」

少なくとも藩札を刷ったところで、紙切れ同然に落ち込むこともないだろう。千両を超える仕事ともなれば、永岡屋にとっては大きな利益になる。

新三郎は勘七の顔を見て笑う。

「お前は本当に、思ったことがすべて顔に出る。どうやら、若旦那としての幸先《さいさき》は悪くなさそうだな」

新三郎に背を叩かれて、勘七は笑ってうなずいた。

上屋敷での奉行の様子や声を潜めるやりとりに、ひどく違和感を覚えたのも、全ては勘七の緊張が見せた思い過ごしなのだと思えた。まずは急ぎ帰り、店の者たちに土産《みやげ》話をせねばならないと、足取りは軽かった。

◯

五月に入り、風は湿気を帯びてきた。緑のまぶしい通りを抜けると、本所《ほんじょ》の弘前藩上屋敷の門の前に立つ。

この正月、谷中の直次郎の墓所で見かけた弘前藩の祐筆、松嶋の御用である。

勘七は松嶋に何を問うつもりもないが、あの一件以来初めてとなるせいもあり、松嶋に会うことに無用の緊張をしてしまっていた。

「よし」

勘七は気合を入れるように息を整えると、門をくぐる。

弘前藩の上屋敷、御裏御門から入ったところに、奥があった。奥の御用はこの玄関口で承《うけたまわ》るのが商人たちの常である。醬油問屋や酒屋など、さまざまな商人が出入りする折には騒々しいが、この日は静かだった。

勘七は、閑散とした玄関口に緊張した面持ちで立っていた。

ここの奥の御用は、永岡屋が長らく請け負っていたが、相変わらず、奥という場所がもつ禁域の風情には慣れていない。

「お待たせしました、永岡屋さん」

涼やかな声がして、奥から淡い藤色の打掛を着た女が、裾を引きずる衣擦れの音と共に現れた。凛《りん》とした佇《たたず》まいで、一分《いちぶ》の隙《すき》もない所作で歩いてくる。勘七はその姿を見てから、土間に立ったままで手を揃え、深く頭を下げる。

「松嶋さまには、ご機嫌もよろしゅう」

「やめてくださいよ」

松嶋は、明るい調子でそう言う。潑剌《はつらつ》とした様子はいつもと変わりない。谷中で見たどこか寂しげに沈んだ表情とは、まるで別人のように見えた。

松嶋はスッと膝を落とすと、勘七を手招く。

「品はどうなりました」

勘七は緊張しつつ、傍らに置いた包みを差し出す。松嶋はその包みを受け取ると、さらさらと慣れた手つきでそれを開く。そして、中にある料紙を取り出した。さらりと表面を撫でてから、光に翳《かざ》す。しばらくの沈黙が続いていた。勘七は、その所作をじっと見詰めていた。

勘七が初めてこの松嶋に出会ったのは、今から三年前、善五郎に初めてここに連れてこられた時だった。自分とさほど年も変わらない、愛らしい少女のような顔立ちの娘だった。町の娘たちは何人も出会ってきたが、奥女中をする女というのは、これほどまでに気品高く、色の白いものなのかと見とれたのを覚えている。しかもその若さで、祐筆というお役目を果たしていると聞き、驚いたものだった。

松嶋は今も、こうして何も言わずにいると、愛らしい様子は変わらない。しかし、その眼差しは厳しく品を吟味する。

これまでにも、さまざまな品に文句をつけることがあった。

「品がない」

「色が悪い」

「奥方様に似合わない」

「墨が映えない」

初めのころはあれこれと注文をつけられて困惑したことがあった。松嶋の見た目に見とれた己の愚かさに嫌気がさし、善五郎に愚痴を言ったことも何度もある。しかしその時、

「御用というのは、とかく漫然と同じことを繰り返してしまいがちだ。ああして文句を言ってくださることは、商人として伸びる好機。ありがたく思わなければいけないよ」

善五郎にそう諭《さと》されて、渋々引き受けた。

結果として、勘七は何度も漉屋《すきや》に足を運び、職人に仕事を事細かに頼み込み、品の質を上げることになった。すると、松嶋はそのことをきちんと認め、再三再四、永岡屋に紙を頼むようになっていた。また、それは同時に老舗《しにせ》に負けない良い紙を格安で扱うというので、永岡屋の名を上げることにも繋《つな》がっていた。

「いかがでしょう」

勘七が恐る恐る尋ねると、松嶋は紙をそっと置いた。

「素晴らしい品ですね。いただきます」

松嶋は優しく微笑んだ。

「よろしゅうございますか」

松嶋は深くうなずく。

「申し分ございません。よくもまあ、私の無理を聞き遂げて」

「松嶋さまのご無理には慣れました」

「まあ、それではまるで、私が意地悪をしているようですね」

松嶋は笑ってみせる。だがすぐに笑いをおさめて、改めて勘七の持ってきた品を見やる。

「この料紙のほかにも、永岡屋さんの紙が一番、墨が映え、気品があります。どこにお送りしても失礼がない。良い品です」

松嶋は静かな口調で賛辞を述べた。

「ありがとうございます」

松嶋はその品を、傍らにいた奥女中に運ぶように示す。そしてふと、松嶋は勘七を見上げた。

「ご主人はお達者ですか」

勘七は思わず息を呑む。

「あ、はい」

勘七は余計なことを言うまいと、言葉を濁した。

「先日、ご主人から御文を頂戴《ちょうだい》しましたけれど、何やら文字がいつもより弱くいらしたので、心配しておりました」

勘七は静かにうつむいた。松嶋はそれ以上に問いただすことはせず、ただ言葉を接いだ。

「何でも、勘七さんが若旦那におなりだとか。おめでとうございます」

思いがけない松嶋の祝辞に、勘七は照れながら頭を下げた。

「いえ、まだまだ未熟者でございますので」

松嶋はまっすぐに勘七を見上げる。

「商人は数多おりましょうが、ここまで心を込めてくださる方は、そうそういらっしゃるものではありません。ご立派です」

そう言うと、松嶋は袂《たもと》から袱紗《ふくさ》で包んだものを取り出した。

「勘七さんの門出にお祝いをと思ったのですが、何分、御文を頂いたのがつい三日ほど前のことでしたので、私のもので申し訳ないのですが」

松嶋はそう言って勘七に藍色の袱紗を差し出した。

「いえ、そのような」

「お祝いは受け取るものですよ」

松嶋の強い口調に、勘七は気圧されるまま、それに手を伸ばす。両手で受け取り、そっと開くとそこには矢立《やたて》が入っていた。木目に象嵌《ぞうがん》で蝶《ちょう》があしらわれている。見るからに安物ではない逸品である。

「このような高価な品をいただいては」

勘七が戸惑うのを見て、松嶋は笑った。

「商いの主などというものは、時には身の丈《たけ》以上に見せるようにしなければ、すぐに付け入られてしまいます。これはさほどの品ではありませんが、今、あなたがお使いの矢立よりは、はったりがききましょう」

勘七が常に使っているのは、木目の粗末な矢立である。さほどの思い入れもなく、通りすがりに買った品であった。

「確かに、あの矢立では、主らしくないかもしれません」

勘七の言葉に松嶋は、ほほほ、と高らかに笑った。そしてそっと声を低めた。

「武家の男というのは、とかく武張《ぶば》ったものが好きでございましょう。私はそれがどうにも好きません。商いは、女も相手にするものですから。女は細かいところに目がいくものですよ」

そう言ってから、悪戯《いたずら》めいて肩を竦めて見せた。

「では、頂戴します」

勘七は袱紗に包んだ矢立をそっと懐にしまいこむ。松嶋は満足そうにうなずいた。

しばらくの沈黙が続いた。

そしてふと松嶋が口を開いた。

「これで永岡屋さんともお別れとなりそうですから」

「別れ、でございますか」

勘七の問いに松嶋は静かに深くうなずく。

「それはいかがなことでございましょう」

勘七は目を見開いた。

「私、奥を退くことになりました」

松嶋はそう言うと、寂しげな微笑を浮かべて勘七を見上げた。

「それはまたなぜ」

そして松嶋は辺りを気にするように左右を見回した。そして隅に端座する奥女中を目に留めると、勘七を手招いた。勘七は膝を屈《かが》めて、板敷にいる松嶋に顔を寄せる。柔らかい花に似た香りがした。

「こちらの藩の事情はご存知でしょう」

松嶋は声を潜めて言う。勘七は、是とも非とも言えず、黙った。

現在の弘前藩の藩主は十二代津軽承昭《つがるつぐあきら》という。これは、先代順承《ゆきつぐ》の娘、常姫の婿であった。松嶋はその常姫に目をかけられ、祐筆となったのだという。

しかし一昨年の文久元年（一八六一）に常姫が、病で亡くなられた。ほどなくして五摂家筆頭の近衛《このえ》家から、信《のぶ》姫が嫁いできた。この信姫は弱冠十六歳の若さである。信姫は近衛家から侍女を伴って来ていた。その暮らしぶりの中には京風のこだわりも強くなり、これまで常姫に仕えていた侍女たちは戸惑うことも多くなった。しかし、常姫に可愛がられていた松嶋のことは、近衛家の面々も決して邪険にはせず、

「これまでどおり、お仕えしとおくれやす」

と、やんわりとした語調で告げられたという。

「とは申すものの、信姫様が都より伴ってきた祐筆もおりますので、仕事の量も質も格段に減り、手持ち無沙汰《ぶさた》になることも増えて参りました」

松嶋は苦笑する。

また、松嶋を可愛がってくれていた老女は、津軽氏に古くから仕える老中の娘であり、常姫の死から権勢を殺《そ》がれているのだという。

松嶋は、声を潜めながらそうした事情を話して聞かせた。

「しかし、これまでも続けていらしたではありませんか」

勘七が問うと、松嶋はうなずく。

「私は、元は商人の娘なのです。常姫様のお声掛かりで、さる武家の養女として、祐

筆にしていただきました。しかし、その武家がこのたび亡くなられまして、その跡目を継がれた方が、私の後見から外れたいと仰せなのです。近衛家への遠慮もあるのでしょう。仕方のないことです」

勘七は、しかし、と言いかけた。松嶋は悪戯めいた目をして勘七を見上げる。

「あたら有能なものを放り出すとは、勿体ない話でございましょう」

松嶋は自らでそう言って、笑って見せた。勘七は一緒に笑おうとしたが、悔しさが先にたち、顔が歪《ゆが》んだ。松嶋はそれを見て、優しく微笑んだ。

「近衛家の祐筆にも、永岡屋さんのことはお話ししてあります。しかし、あちらさまは何事も京風になさりたいようで、わざわざ上方《かみがた》から紙を取り寄せているのですよ」

松嶋はわざとらしく大きなため息をつくと、再び勘七に顔を寄せて声を潜める。

「まったく、上方だとか、京風だとか、そんなことばかり申して、ほんとうに良いものかどうかを己で判別しようとしないのだから困りものです」

松嶋はそう言うとまた、笑って見せた。こうして笑うと、松嶋は自分とさほど年の変わらぬ娘なのだと思う。

「居心地が悪いのは否めませんから」

松嶋は苦笑とも自嘲《じちょう》ともつかない笑みを口の端に浮かべた。

「では、お輿《こし》入れなさるのですか」

「え」

奥づとめをする女中の中には、嫁入り前の行儀見習いとして入るものも多い。ほどほどに勤め、輿入れのため辞めていくのが大半である。

「松嶋さまにはその、許婚がおられたのでは」

勘七は、直次郎の件を問いたいと思ったのだが言い出せず、遠まわしに問いかけた。

しかし松嶋はふと勘七を見詰めてから、ほほほ、と高らかに笑った。

「そうであれば良かったのですが、こんな有様になってしまって父も嘆いております」

「こんな有様とは」

勘七が問うと、松嶋は声を潜めた。

「幸か不幸か祐筆に取り立てていただき、せっせと働くうちに二十をとうに過ぎました。これでお殿様のお手でもついていれば良いものを、そういう気配も微塵《みじん》もない。悉《ことごと》く縁談を断られ、やむなく里へ帰るだけという有様です」

さながら講談のように流麗な言いまわしで語ると、松嶋は軽く肩を竦めた。

「空《むな》しいものでございます。生涯、この藩に仕えて参るとこちらが決めていても、所《しょ》詮《せん》は奥女中の一人に過ぎません。心を込めても思うままにならぬのならば、諦めるほかないのでしょうが……」

松嶋はそこまで言ってから、はっと口を押えた。

「未練がましくて恥ずかしいことを」

「いえ」

勘七は思わず語気を強くした。

「わずかな間とは申せ、松嶋さまがいかに奥方様にお仕えしていらしたか、私も存じております。何やら口惜しい」

松嶋は、ふと勘七から目を逸らし、唇をかみ締めた。そしてすっと指をつき、勘七に向かって頭を下げた。

「これまで数々のご無礼、ご無理を申しましたことをお許しください。これからも永岡屋に幸多かれとご祈念申し上げます」

松嶋はそう言うと、丁寧に深々と頭を下げた。勘七はそれに応じるように慌てて頭を下げた。

静かな時が流れていた。

「松嶋さま」

不意に、女中の一人から声がかかった。

「今、参ります」

松嶋は、勘七に一礼して立ち上がり、そのまま打掛の裾を翻して奥へと去っていく。

勘七は再びその背に頭を下げると、そのまま御裏御門を出た。そしてふと足を止め、改めて弘前藩の上屋敷を振り返る。

これまでは、己の仕事場の一つと思っていた場所が、不意に堅牢《けんろう》な壁で己を拒んでいるように見えて、寂しさが胸に迫った。

〇

十月の半ばを過ぎるころには、藩札の仕事に大方の見通しがついた。

当初は、名塩紙《なじおがみ》や美濃紙《みのがみ》といった名だたる名紙を使おうかと考えていたのだが、上屋敷の山岡が、なかなか是と言わなかった。それは値の問題にあるらしく、さりとて仮にも金子の代わりとなる藩札の紙には相応の質を保ちたいということになり、やりとりが続いた。

結果、武州《ぶしゅう》の紙を使うことになった。

武州の紙は秩父《ちちぶ》や小川《おがわ》村で作られ、その大半が大福帳《だいふくちょう》や障子紙など、暮らしの中に消えていく紙だ。それらは江戸の商人が直接買い付けることができるので、紙問屋の言い値で買うことができた。だが、一方で漉屋にとっては過酷な仕事を課せられることもあり、一部の紙問屋と武州の漉屋の間では、これまでにも何度も訴訟が持ち上がっていた。しかし力ある紙問屋はお上に取り計らうように求めるため、漉屋が勝った例《ためし》はないというのが実情だった。

しかしながら、永岡屋は初代から武州の漉屋に対して常に心を配り、職人を育ててきたので、良質な紙が安価で手に入るようになっていた。その紙を示したところ、山岡が上屋敷奉行とも話し合い、了承を得ることができた。

漉屋も大仕事に喜び、励んでくれている。

寺の札なども請け負うため、永岡屋では利三郎《りさぶろう》という摺師《すりし》に頼んでいた。無口な職人肌で、正確な仕事をするために、その摺りの美しさでも永岡屋は定評があった。藩から届いた版木《はんぎ》を用いて丁寧に摺り上げ、あとは本国において、朱印などを施して、藩内で使われることになる。

摺り上がった藩札を、未《いま》だ病床の善五郎に見せると、満足そうに微笑んだ。

「まだまだ先は長いが、一安心だね」

その笑顔に力がなくなっていることが、勘七の胸をきりきりと締め上げる。

「こちらの行李《こうり》に版木と一緒に入れて置かせてくださいませ」

勘七が、善五郎の居間に行李を置くと、善五郎は深くうなずいた。

「これの番くらいなら、私にもできるだろう」

「何をおっしゃるやら」

勘七は善五郎と顔を見合わせて笑う。

この夏の暑さがこたえたのか、善五郎の調子は少しも快方に向かわない。むしろ、日々、苦しげになり、顔色も悪くなる一方である。

「覚悟をしなければなりませんね」

内儀の千代は、夏の終わりにぽつりとそう言った。勘七は、半ばうなずきながら、それでもまだ、快方に向かうことを念じていた。奉公人たちの中には、病気平癒の守り袋などを買い求める者もあり、善五郎の回復を祈っていた。

「若旦那」

声に振り返ると、佐吉が手招きをした。

「お客さまです」

勘七が店先に出ると、そこにはいかにも大店《おおだな》の旦那といった風情の男が一人、立っていた。その男に勘七は見覚えがあった。以前、善五郎の供で出向いた旦那衆の集まりにいた老舗醤油問屋広屋の主、浜口儀兵衛《ぎへえ》である。

「浜口さま」

勘七が声を上げると、浜口は黙って会釈をした。

「永岡屋さんが病とうかがいましてね。お見舞いをと思った次第です」

奥から慌てて出てきた千代は、深く頭を下げた。

「ありがとう存じます。どうぞ」

浜口は、勘七と共に善五郎の部屋へと赴く。

「父さま、広屋の浜口さまがお見舞いにおいでくださいました」

勘七の言葉に、善五郎が起き上がる。勘七は善五郎を支えながら助け起こす。

「これはこれは。わざわざおいでいただきまして、ありがとうございます」

「ご無理なさらず」

浜口は静かに座り、穏やかに善五郎を制した。勘七は善五郎の背を支えるように座った。

「いやはや、夏の暑さがこたえましてな。またすぐに商いに戻れるだろうと思うのですが」

「病には焦りが何より良くない。ゆっくりと養生なさいませ」

善五郎はありがとうございます、と返事をしてから、ふと勘七に目をやった。

「勘七、こちらへおいで」

勘七は、言われるままに膝を進めた。善五郎は勘七の手をとると、浜口に引き合わせる。

「私が養子に迎えました、勘七と申します」

勘七は、慌てて浜口に頭を下げた。

浜口儀兵衛の名は、江戸の商人であれば知らぬものはない。醤油醸造業を営む老舗広屋の当主である。屋号の「ヤマサ」は、お上にも認められた名品である。しかし浜口は醬油商人に留《とど》まらず、江戸の民を病から救おうと、私財を投じて種痘所《しゅとうじょ》を支援するなど、世のために動く商人として、町人から敬われている存在でもあった。

「立派な跡継ぎを迎えられましたね」

そう言って浜口は勘七を見やる。善五郎は笑顔でうなずく。

「先だっても、これは勝先生のところへお邪魔して、いろいろ学ばせていただいたそうでございます。このたびも、小諸藩の御用を立派に担っており、安堵《あんど》しているのです」

浜口は、ほお、と短く嘆息し、そして勘七をちらりと見た。その視線が何やらもの言いたげに見えて、勘七は思わず問いかけそうになった。だが、先に口を開いたのは、善五郎だった。

「時に勝先生はいかがお過ごしですか」

浜口は、ああ、と答える。

「先生もお忙しいようですよ。今は上方においでのようで。また戻られたら一席設けましょう」

「はい」

浜口は、善五郎の様子を見ながらゆっくりと話していたが、やがて善五郎が苦しい表情を見せると、すっと立ち上がった。

「また参りますよ」

善五郎はそれに対して、ぐっと身を乗り出した。

「浜口さま」

浜口は足を止めて、善五郎の傍らにより、再び膝をついた。

「何卒《なにとぞ》、この勘七の力になってやってください。私も教えてやりたいことはたんとあるのでございますが、なかなか思うようにはいかず」

すると浜口は善五郎の手を取った。

「商人同士、助け合うのが道理というもの。いくらでも力も知恵もお貸ししますよ」

善五郎は何度も頭を下げ、

「ありがとうございます」

と、繰り返した。勘七はその姿を見て、何やら善五郎が死を覚悟しているのが窺《うかが》え、胸が苦しくなっていた。

勘七は部屋を出た浜口を見送ろうとあとに続いた。廊下を渡り店先へ出る手前で、浜口はぴたりと足を止めた。

「先ほど、小諸藩とおっしゃったか」

浜口の声は低く、勘七は小さくはい、とうなずいた。

「差し支えなければ、何の御用か聞いてもよろしいかな」

浜口の言葉に、勘七は首を横に振った。

「大した御用ではございません」

浜口はじっと勘七の表情を見やり、そして一つ息をついた。

「小諸藩の藩主が亡くなられた話はご存知か」

勘七はうなずく。

先日、その知らせは上屋敷の山岡から届いていた。藩札の件は変わらず進めていいとの話を受けており、勘七たちも安堵していたところであった。

「八月には、ご嫡男が跡を継いだというお話です」

勘七が言うと、浜口はやや眉に力を込めて、声を潜めた。

「なにぶん、名君とまで言われた方が亡くなられたことで、藩内で情勢が揺らぐやもしれませぬ。しばしご注視なさい」

浜口は緊張した面持ちでそう告げた。勘七はそれを聞きながらも、半ば聞き流していた。藩札まで引き受ける小諸藩との関係を信じられないようでは、何もかもを疑わねばならない。杞憂《きゆう》に過ぎないと思った。

その夜、店じまいを終えた勘七は、一人、善五郎の部屋の前の縁側にじっと座り込んでいた。背後の部屋で眠る善五郎の寝息を、息を詰めて聞いていた。

こうして病の床についていても、生きていてくれるだけで、どれほど心強いかしれない。藩札の仕事を無事に終えたら、善五郎もきっと喜ぶことだろう。それが心の支えとなり、少しでも快方に向かってくれたらと、勘七は祈るように思っていた。

その時、ガタンという派手な音が響いた。勘七は驚いて顔を上げる。そこで、塀の向こうから屋敷へと乗り込んでくる人影と目が合った。頭巾《ずきん》のようなものを被《かぶ》った三人の男たちが次々と庭に降り立った。勘七は、呆気にとられて立ち尽くした。

その賊は、勘七が声を上げるより先に、流れるような動きで、一人の男が刀を抜き放ち、勘七の体を羽交い締めにする。そしてその切っ先を首元に当てた。

「藩札と版木はどこにある」

男は低い声で問う。間近に見る刀は、微《かす》かな月明かりの中でもぎらぎらと光って見えた。

「何のことだ」

勘七は切っ先を前にして、息を呑む。すると、勘七を羽交い締めにしていた男が、残る二人を見やる。

「探せ」

二人は無遠慮に勘七の背後の善五郎の部屋の戸を開けた。

「旦那さま」

勘七は善五郎のもとへ行くために、男を振り払おうと暴れた。切っ先が肩先を掠《かす》める。それでも振り払い、善五郎の部屋へ駆け込んだ。

「勘七、来るな」

善五郎は藩札の入った行李の前に立ちはだかり、賊と向かい合う。病人とは思えぬ、善五郎の鬼気迫る様子に、勘七は動けない。

「何をしている。早く奪え」

勘七の背後の男に急《せ》かされ、賊は刀を構えた。

「旦那さま」

勘七は善五郎のもとへ駆け寄り、その身を庇《かば》おうとした。だが、一歩及ばず、賊の切っ先は善五郎の腹をかすめ、血飛沫《ちしぶき》が飛んだ。

「旦那さま」

勘七は半ば叫びながら善五郎に駆け寄る。

「大事無い、それよりも早く、捕まえなさい」

善五郎に叱咤《しった》され、勘七は賊を追う。

「若旦那、どうしました」

離れの手代たちも騒ぎに飛び出した。

「旦那さまを頼む」

勘七の声に、手代の佐吉が善五郎のもとへ走った。与平は勘七の後をついてくる。

勘七は、行李を持った賊の後を追いかけた。しかし既に行李は外へ投げ出され、二人の賊は塀を越えていく。

勘七は、残る一人の首魁《しゅかい》と見られる男の足元に飛びつき、引き倒した。男が勘七に切っ先を向けるよりも早く、その懐に飛び込んだ。片手で刀を握る右手を押え、もう片手で、男が顔を覆っている頭巾の端を摑んだ。

男はもがき暴れ、そのまま勘七を突き飛ばす。倒れながらも勘七は頭巾の端を握り締めていた。

月明かりの下で見ると、その男の顔に見覚えがあった。

小諸藩上屋敷の山岡三太夫である。

勘七は目の前のその顔と、今起きている出来事が何を意味しているのか分からず、呆然とその顔を見詰めていた。山岡は、腕で顔を覆って黙った。

「山岡さま、でございますね」

勘七が声を上げる。すると、山岡が振り向きざまに刀を振り上げた。勘七は思わずその刀の行方を目で追い、慌てて身をかわす。その刃は勘七の着物の袖を切り裂いた。

尚《なお》も山岡は斬りかかろうとしたが、その間に与平が駆けつけた。

その声に弾《はじ》かれるように、山岡は顔を袖で覆い隠し、塀を飛び越えて出て行った。

「若旦那」

勘七はその場に座り込んでいた。だが、傍らの与平を見てわれに返る。

「旦那さま、旦那さまは」

勘七は立ち上がり、善五郎の部屋へと駆けつける。部屋の中には、血が飛び散っており、善五郎は佐吉と千代に抱えられていた。

「旦那さま」

勘七が駆け寄ると、善五郎は顔を上げた。

「勘七、賊は」

「申し訳ございません、逃げられました」

「怪我はないか」

「大丈夫です」

勘七が言うと、善五郎は微笑んだ。

「お前が無事ならば、まずはそれでいい」

千代は、すっかり青ざめている。

「今、正助《しょうすけ》がお医者を呼びに参りましたから」

千代の言葉に、善五郎はうなずく。

「痛みはあるが、傷は浅いよ」

その様子を見詰めていた与平が、勘七の腕を取った。そして部屋の外へと連れ出していく。

「一体、何があったんですか」

勘七自身も、何が起きたのかは分からない。ただ、ゆっくりと息を吐きながら言った。

「藩札と版木を入れた行李が盗まれた」

「一体、誰が」

与平が声を震わせる。勘七は与平の腕をぐっと掴んだ。

「山岡さまだった」

「山岡……というと、奉行の高崎さまと、藩札の話を進められていた、あの山岡三太夫さまですか。何故《なにゆえ》」

勘七は首を横に振る。

「皆目見当がつかない」

月明かりの下で見たのは、確かにあの山岡だった。勘七と与平とは何度となく顔を合わせ、藩札の紙を決め、交渉を繰り返してきた男である。

「このこと、旦那さまには」

「事の次第が分かるまでは、言わずにおきましょう。お辛いだけだから」

勘七と与平は互いに顔を見合わす。

形のない混乱だけが、目の前に落とされていた。

◯

賊に押し入られてからというもの、善五郎の容態は目に見えて悪くなっていった。傷そのものはさほど深いものではなかったが、ただでさえ体が弱っていたところに、追い討ちをかけたのは間違いなかった。

勘七はその夜、善五郎の枕辺にいた。ここ数日は、特に善五郎が苦しそうなので、千代と手代たちと交代で寝ずの番をしていたのだ。

勘七は浅い息を繰り返す善五郎を見詰めていた。その時ふと、善五郎が目を開いた。

「勘七かい」

「はい」

「お前も疲れているだろうに」

「いえ」

勘七はただ、首を横に振る。何かもっと話をしたいと思っていたのだが、声になららなかった。すると善五郎が手を伸ばし、勘七の頭を撫でた。

「お前は良い商人になりなさいよ」

勘七は善五郎の手を握り締める。

「旦那さまがいてくだされば大丈夫ですから」

善五郎は力なく笑う。

「無茶を言うな」

勘七は善五郎の手を思わず握る。善五郎は、優しい笑みを浮かべた。

「勘七、これは私の寿命だよ。誰のことも恨んでくれるな」

勘七は身を乗り出した。

「あの賊が入らなければ、旦那さまがお怪我を負われることもなかったではありませんか。あの賊が……」

善五郎はその言葉に、首を横に振る。

「恨みつらみで仇《あだ》を討とうなどとは努々《ゆめゆめ》思ってくれるな。刃を握るのは、武士に任せておきなさい」

「しかし」

「商人というのはね、勘七」

善五郎は、はっきりと目を見開き、勘七を真っ直ぐに見詰めた。

「商人というのはね、人に福を届けるのが務めなんだよ。そのためには、己の手を汚すような真似だけはしてはいけない。分かるね」

勘七はただ、頑是《がんぜ》ない子どものように、頭《かぶり》を振る。

「しかし、あんなひどい……旦那さま、あの賊は、あの賊は」

「小諸藩の者だったのかい」

勘七は息を呑む。善五郎は静かに笑った。

「何故、ご存知だったのですか」

「あんなものは、小諸藩以外にとっては、ただの紙切れだよ。あれを人を斬ってまで欲しいのは、小諸藩以外にはおるまい」

勘七はがっくりと肩を落とし、畳に額をすりつける。

「私が人を見極められなかったばかりに、旦那さまのお部屋に行李を置いたばかりに……」

「勘七、勘七」

善五郎は、穏やかな声音《こわね》で勘七の名を呼んだ。勘七が膝を進めると、善五郎は手を伸ばして勘七の手を取った。

「また、旦那さまと呼んでいる。父と呼んではくれないのかい」

「私には荷が勝ちすぎます」

「呼んでおくれ」

勘七の目から涙が溢れた。一度、涙が流れ始めると、次から次へと滴は落ち、嗚咽《おえつ》が喉につかえて声を上手く出せない。

「父……さま」

善五郎は、静かにうなずき、勘七の手を握り返す。

「案ずることはない。気負うこともない。ただ、お前が幸せだと思えるように生きていけばそれでいいのだからね」

そう言い終えると、善五郎は静かに寝入った。勘七はしばらく、その場から動けずに、ただ眠る善五郎の顔を見詰めていた。

善五郎が亡くなったのは、その翌日のことである。千代が一人で寝ずの番をしていた時に、そのまま静かに息を引き取った。

千代は、恨み辛みを言うこともなく、ただありのままを受け入れて、静かに葬儀を執り行った。葬儀には、日本橋の商店主たちが弔問に訪れた。紀之介や新三郎も訪れ、勘七に声をかけていったが、何を言われたのか勘七は覚えていなかった。

ただ、与平と二人で決めていたのは、この葬儀が一通り終わったら、必ず小諸藩の上屋敷へ赴こうということだけであった。

葬儀から三日の後、勘七と与平は、二人で揃って小諸藩の上屋敷へと赴いた。

「永岡屋と申します。上屋敷奉行の高崎さまと山岡さまに御用をおおせつかりまして参りました」

そう伝えると、二人は控えの間に通された。

昼四つ（午前十時頃）には来ていたのだが、一刻（約二時間）を過ぎても誰も来ない。勘七は何度か立ち上がり、外を覗いてみたが、人気もない。畳の目を数えて時を費やしていたが、それでも足音さえ聞こえぬ有様だった。

それでも勘七と与平は動く気はなかった。

ほどなくして日が傾くころになり、ようやっと廊下を渡る足音が聞こえてきた。勘七は深々と頭を下げる。足を運ぶ音が、いつもとやや違うことに気付き、ゆっくりと顔を上げる。まるで見たことのない顔の侍が、そこに座っていた。そしてその傍らには、高崎の時と同様に、山岡がいた。その顔つきは険しく、眉間に深く皺《しわ》が刻まれ、顔色も黒くなっていた。

「何用か、申せ」

見覚えのない侍に強い口調で問われ、勘七は頭を下げる。

「上屋敷奉行高崎さまに、折り入ってお話がございまして」

「某《それがし》が奉行である」

勘七の胸が激しく波打ち、体ごと大きく揺れたように思われた。

浜口が言っていたのは、こうしたことだったのかもしれない。何か上屋敷での人の異動があったのだろう。勘七はぐっと腹に力を込めた。

「藩札の御用の件でございます」

「そのような御用を申し付けた覚えはない」

間髪をいれずに答えたのは、山岡であった。勘七が顔を上げると、山岡の顔は引きつり、どこか怯《おび》えているようにも見えた。勘七は山岡を見据える。山岡はその視線の先で微動だにせず、さながら人形のように固まっていた。

「永岡屋には、障子紙の御用を申し付けたと聞いておる」

新しい奉行はそう言うと、傍らにいた山岡を見やる。山岡は、三方を捧《ささ》げ持ってきた。勘七の目の前に三方が置かれる。

「納めよ」

勘七は頭を下げながら、三方を見る。しかし、そこにはどう見ても五十両ほどしか積まれていない。

「これは何でございましょう」

勘七が顔を上げて問いかける。

「見ての通り、金子である。年末にはまだ間があるが、納めるがよい」

奉行が言った。勘七は三方をじっと見た。やはりそこにはどう見ても二千両の金はない。

「足りぬようにお見受けします」

「何を申すか」

奉行は声を張り上げた。しかし勘七ははっきりとその目を見返す。そして、与平を振り返る。与平が懐から、手形を出した。

「こちらにございます通り、藩札の札紙、および上屋敷の御用の品を含めた諸々、合わせて二千両となってございます」

山岡がそれを与平の手から奪うと、勘七たちの目の前で引き裂いた。

「何を」

勘七が顔を上げると、

「無礼である」

と、一喝した。

「そなたら商人が、高崎殿と何を話したかは知らぬ。高崎殿はこうして商人と関わり、賂《まいない》を受けていたからこそ、此度《こたび》、お役を解かれたのだ。空《から》の商いのことなど知らぬわ」

「空の商いとおっしゃる」

「この上屋敷の障子は永岡屋から買った。しめて五十両。この対価で十分である」

破られた手形が、勘七に向かって叩きつけられ、それがひらひらと勘七の頭上に舞い落ちる。

「これ以上、物言いをするというのなら、無礼討ちに致すぞ」

山岡は勢いをつけて立ち上がり、刀の柄《つか》に手をかけた。勘七は真っ直ぐに顔を上げ、山岡を睨み返す。刀の柄を持った山岡の手がカタカタと震え、その音だけが間に響いていた。

すると奉行が無言で立ち上がり、足を上げて三方を蹴倒すと、小判を床にぶちまけた。

「拾って帰れ。これ以上は出せぬ」

そう言うと、奉行は足取りも荒く、廊下を渡っていった。

勘七は未だ山岡と睨み合っていた。山岡はゆっくりと刀の柄から手を放し、立ち去ろうとした。勘七は畳に手をついたまま山岡を仰ぎ見る。

「あなたさまは、真摯《しんし》に藩札の大事に取り組んでいらした。少なくとも私にはそう見えました。それが何故、かような」

「そのほうには関わりなきこと」

「父が……主の善五郎が、賊に手傷を負わされて死にました」

山岡の顔色が青褪《あおざ》めたように思えた。そして山岡は静かに勘七を振り返る。

「山岡さま」

「いずれ、相応に処す」

山岡はそう言い残すと、勘七の視線を振り切り、廊下へと出て行った。

勘七は薄暗くなっていく部屋の中で、床に散らばる山吹色をしばらく見詰めていた。

「旦那さま」

与平は静かに声をかける。勘七は膝で拳を握り締め、唇をかみ締めた。

与平は、固まったまま動かない勘七に代わり、散らばる小判を拾い集めた。それを丁寧に袱紗に包み、勘七に向かって差し出す。

「これ以上ここにいても仕方ありませんよ。諦めましょう」

勘七は与平を振り返る。

「与平さん、すみません」

勘七は思わず頭を下げた。与平は黙って首を横に振った。

「あなたはもう、小僧の勘七じゃない。大旦那さまの跡取りで、永岡屋の主人です。与平に頭を下げちゃいけません。それにこれは旦那さまのせいじゃありませんよ」

与平はそう言うと、勘七の腕を掴んで、立ち上がらせる。勘七は傀儡《くぐつ》のように力なく立ち上がった。与平はその勘七の背を強く叩いた。その力の強さで勘七はハッと目覚めたように振り返る。

「参りましょう」

勘七と与平は、薄暗くなりつつある道をゆっくりと歩いていく。

何が悪かったのだろう。どこで間違えたのだろう。

辺りの音も聞こえず、勘七はただ足を引きずるように前に運ぶことしかできない。

「仕方なかったんです。諦めましょう」

傍らで与平は、さながら読経のようにそう繰り返す。だが、勘七はそう思えない。

善五郎の名代として藩邸に赴いたあの時、既に何かを間違えていたのかもしれない。あるいは、紙を決める相談のとき、もっと山岡の顔色をうかがうべきだったのかもしれない。小諸の本国まで足を延ばして、事の次第を確かめに行くべきだったのかもしれない。

店に帰り着いてからも、勘七は何もする気が起きなかった。仏壇に線香を手向《たむ》け、その煙の行方をゆっくりと目で追うことしかできずにいた。

善五郎はもういない。その上、藩札でかかった金の全てが借財となって降りかかる。漉屋への支払い。その材料、運搬の金。摺師への金と、摺りの染料代。そして、今年の仕入れにかけた金。全てはこの藩札の仕事を無事に終えれば入る二千両でまかなえるはずだった。それが全て、借財に化けた。

「二千両」

一両の金でも人殺しが起き、五十両あれば仕官すら叶うという。そのような時世にあって、二千両という金はあまりにも多すぎた。

その時、遠くに半鐘が鳴り響くのが聞こえた。甲高いその音は、火事を知らせている。

「旦那さま、火事です」

佐吉の声に、勘七はゆっくりと立ち上がり、縁に出た。そこから空を見上げると、遠くが赤々と燃えているのが見てとれた。そこかしこで、火消したちの威勢のいい声がこだましている。

勘七は放心したように外へ出た。与平や佐吉たちも通りへ出る。

「西のほうですね」

佐吉が空を見上げてそう言った。

やがて通りを埋め尽くすいくつもの声の中に、一つの言葉が飛び込んできた。

「城が燃えている」

勘七は、共に外に出ていた与平と顔を見合わせる。通り沿いの他の店主や奉公人たちも、一斉に外に出て火元を見ていた。

「城、だと」

ざわめきが広がり始める。それは小さな漣《さざなみ》からどよめきへと変わる。

「城が、燃えているぞ」

誰かが声を張る。

これまでも、城の火事はあったという。しかし、今のこの火事はほんとうにただの火事なのか。桜田門からこちらの不穏な空気から、この火事は、江戸の町人たちの不安を煽《あお》る。

「何事だ、戦《いくさ》か」

次々に交わされる声を聞きながら、勘七は何一つ慌てふためく気持ちがなかった。赤く燃える空を見ていると、善五郎がいないことへの喪失感と、藩の裏切りによる空しさが、胸に広がっていく。

信じられる支えなど、実は何もないのだと思い知らされた気がした。そしてそれは、江戸という町の支柱であるべき城とても、同じことなのだろう。

「いっそ、何もかも燃えてしまえば楽だろうに」

勘七は卑屈な笑いと共に、思わずそう口にした。

はっとして隣に立つ与平を見た。与平は厳しい顔で勘七を見た。そして何も言わずに腕を振り上げ、勘七の頬を張った。

ぱんっという乾いた音が響く。

「しっかりしやがれ、勘七」

小僧のときと同じように怒鳴られて、勘七は、ぐっと唇をかみ締める。悔しさと怒りがこみ上げて、涙となってこぼれてくる。次々に流れる涙を拭《ぬぐ》いもせずにいた。与平は、勘七の頭を抱え込む。勘七は喧騒《けんそう》の中に紛れて、声を上げて泣いた。

第二章　彷徨《さまよ》う

〽ないしょないしょのォー

日本橋横山町の料亭、菊十の座敷で、紀之介が三味線をかき鳴らしながら歌う。

座敷は菊十の中でも広く、そこには十人を超える旦那衆が居並ぶ。

昨年の江戸城の火事から、明けて文久四年（一八六四）の正月。日本橋の商店主たちが集い、新年を祝っていた。勘七も新米の主《あるじ》として招かれて、下座に座っていた。

「紀之介さん、その唄は何だい」

一人の旦那が声をかける。

「おや、ご存知ありませんか、ないしょ節。先日のお城炎上の唄ですよ」

江戸城の火事についてお上は何も言わない。ことの真相については憶測ばかりが飛び交うが、結果、何もかもが内緒にされている。そのことを揶揄《やゆ》した唄なのだという。

「芸者に教わりましてね」

「隅に置けないね」

ははは、と座が沸く。勘七は下座の端で、時折笑って見せながら、頭の中は店のことが気になって仕方なかった。

昨年の小諸藩の一件は、結局、理由も何も分かっておらず、勘七の胸の内でもまるで片がついていない。

とても、旦那衆との宴席など行く気になれなかった。そもそもが善五郎の喪中だからとごねたのだが、千代と与平に半ば追い出されるように店を出た。

「主というのは、人付き合いも大事な仕事です。そう思うから、旦那衆も誘ってくださっているんですよ。いざというとき、助けてくれるのは、同じ商人たちですから」

千代はそう言うと、勘七に新しい羽織を着せ掛けた。

「格好だけでも旦那らしくすれば、少しはしゃんとするでしょう」

勘七は言われるままに出てきたものの、なかなか馴染《なじ》めず、先ほどから隣に座る味《み》噌《そ》問屋の主人とばかり話していた。

一方の紀之介は、料亭の息子というだけあって宴席には馴れているのだろう。あちこちに酌をしては笑いをとって、しまいには唄まで歌って見せていた。

「勘七」

三味線を置いた紀之介は、下座で座ったまま動かない勘七を手招く。勘七は、隣の味噌問屋に頭を下げて、紀之介の元へ歩み寄る。上座に座っていたのは、年のころは四十の半ば。御用商人として、幕府にも卸している乾物の大店《おおだな》の主である。紀之介は、銚子《ちょうし》を勘七に手渡して、酌をするように勧める。勘七は、乾物屋の主の杯に酒を注《つ》いだ。

「おお、ありがとう。お前さんは永岡屋の跡継ぎだったね」

「はい。以後、お見知りおきください」

そう言うと、主は、ははは、と大声で笑った。そして勘七の肩を叩《たた》く。

「何、お互い商人《あきんど》同士、楽しく飲もう。善五郎さんともそうして来たのだから」

そう言うと自らも銚子をとり、勘七に杯をすすめた。勘七がそれを飲み干すと、嬉《うれ》しそうに目を細める。

「いやいや、いい飲みっぷりだ」

それを皮切りに、勘七は一人一人を巡って挨拶《あいさつ》をしつつ、酒を注ぎ、酒を飲んだ。

紀之介はその様子を見ながら、忙《せわ》しなく立ち回る。

勘七が全員の席を回るころにはすっかり酔いも回り、誰と何を話しているのかすら分からない有様になっていた。

「少し失礼を」

勘七はそう言って挨拶をすると、廊下へ出て手水《ちょうず》へと急いだ。足元が覚束《おぼつか》ない。

この菊十は、中庭を囲むつくりになっており、座敷を出ると縁側から美しい庭が見える。手水で少し酔いを醒《さ》ました勘七は、少しだけ縁に腰掛けて夜風に当たっていた。

「善五郎さんはいい商人だった」

先ほどから、みながロをそろえてそう言ってくれるのが嬉しかった。

勘七はようやっと立ち上がり、部屋に入りかけたその時、中の旦那衆の声がした。

「小諸藩だったろう」

勘七はその声に思わず襖《ふすま》にかけた手を止めた。勘七の隣にいた味噌問屋の声だった。

「善五郎さんはいい人だったが、いかんせん読みが甘かったかもしれんな」

そう答えたのは、それまた勘七の向かいに座っていた刀剣屋である。二人は声を潜めているが、その声が勘七の耳には真《ま》っ直《す》ぐに入って響いてくる。

「金を貸してくれとでも言われたらかなわない。このご時世、そんなゆとりはどこにもないからね」

「せいぜい、同じ憂き目を見ぬように、御用先の中間《ちゅうげん》や足軽に小遣いをやって、動きを探っていますよ」

「あの人は、そういう裏を読めない性質《たち》だったろう」

くくく、と曇った笑い声が響き、勘七は思わずカッとなって襖に手をかけた。

しかしその手を横から摑《つか》まれた。

勘七が振り返ると、そこには浜口儀兵衛が立っていた。浜口は何も言わず、そのまま勘七の腕を引いて、座敷から遠ざける。

「浜口さま」

勘七が引きずられるまま廊下を渡ると、浜口は二間離れた部屋の前で止まる。

「あれで開けて怒鳴りでもしたら、あなたの居場所は早晩、日本橋からなくなりますよ」

浜口の声は静かだった。勘七は浜口を見上げる。

「しかし」

「主人を悪く言うのが許せないというのは分からないではない。奉公人ならばそれは美徳にもなりましょう。しかし今は、あなたが主人です。あなたが亡き主人に義を尽くしたところで、誰もあなたを誉《ほ》めやしません。あなたには、主人として店の者を守る務めがある。旦那衆に嫌われて、商いを続けていけるほど、甘い町ではありませんよ」

浜口の声は至って静かで抑揚もない。だが、そのまなざしは強く、揺るがない。勘七は、射抜かれたようにじっとその目を見上げた。

そして握り締めていた拳をそっと解き、一つ大きく息を吐いた。

その様子を見て、浜口は深くうなずいた。

「あなたは事実、小諸藩の御用に失敗し、窮状にある商人だ。それは町人たちには分からなくても、旦那衆には分かっている。彼らもまた、己の店を守ることが道理でしょう」

「分かっています。しかし」

勘七は分かっていながらも、割り切れない思いを浜口にぶつけようとした。しかし、浜口はそ知らぬ顔で言葉を接《つ》いだ。

「あなたはあなたで立ち直る。その覚悟と誇りを持ちなさい。嘘《うそ》でもそういう顔をなさい。いいですね」

浜口の言葉に勘七がうなずく。浜口は、すっと勘七の前に立つと、そのまま廊下を渡る。勘七もその後に続いた。

「失礼しますよ」

浜口は声を張る。そしてゆっくりと襖を開けた。

「おお、広屋さん」

中の旦那衆が、浜口の屋号を呼ぶ声が響いた。

「遅かったじゃないかい」

「いえいえ。そこで若い酔っ払いが座り込んでいたものですから」

そう言うと浜口は勘七を振り返る。勘七は、苦笑をして見せた。

「お恥ずかしいところを」

「おお、永岡屋さん、随分と手水が長いと思ったら」

ははは、と陽気な笑いが席を包む。

勘七は席に座りながら、この場が決して楽しむための宴席ではないのだということを心に留めた。これは、腹の探り合いでもあり、勝負の場でもある。そうと知りつつ、笑い、楽しんでみせるのが商人なのだろう。

勘七は隣に座る味噌問屋の主にも、大仰なほどに笑顔を作って見せた。

「お酒、もう少しいかがですか」

相手もまた、笑顔を崩さない。

「いえいえ、もうもう。これ以上過ごしたら、帰り着けやしませんよ」

ははは、という高い笑い声を交わす。

「時に、お上は何やらまた、無茶を言いますね」

乾物屋の声が、笑い声に混じって聞こえると、座が一時、ひやりとした空気に包まれた。

「値を下げろという、あれですか」

幕府は近く、物価の高騰への政策として、物価を三割から四割引き下げることを、商人たちに命じるらしいと噂《うわさ》されていた。

「当家は下げませんよ」

浜口は落ち着いた口調でそう言い、杯の酒を飲む。

「また、広屋さんはそう言って、お上に楯突《たてつ》くおつもりか」

旦那衆の目が浜口に向く。浜口はその視線の先でも何ら顔色を変えることもない。

そして静かに杯を置くと、ゆっくりと顔を上げた。

「値を下げて、質は下げぬというのは無理な話。値を下げるならば、質も下がる。そうでなければ、この商いを築いて来られた先人に申し訳が立たぬ。そうは思われませぬか」

「確かにそれが道理だ。だが、お上の命に逆らうのはいかがかと」

「道理は通してよろしかろうと思いますよ」

何とも居心地の悪い空気が流れていた。

その時、部屋の外で派手に器が割れる音がした。そして、

「おふざけでないよ」

という怒気を含んだ女の声が響き渡った。

「何だ」

旦那衆の声に応じて、紀之介が三味線を置いて慌ただしく立ち上がり、部屋の襖を開ける。

中庭をはさんだ向かいの部屋の前で、芸者らしい女が一人、部屋の中に向かって怒鳴り声を上げていた。女は十七、八といったところだろう。粋な黒の着物に、紅裏《もみうら》の赤を覗《のぞ》かせた当世風である。

「小糸」

紀之介がそう声を上げた。勘七もよく見ると、それは確かに先日、菊十の座敷で会った芸者の小糸であった。

小糸が怒鳴る部屋の中から出てきたのは、四十ほどであろうか。のそりとした大きな侍で、紺の羽織がどうにも似合っていない。どうやらその侍が、酔った勢いで女を押し倒しでもしたのだろう。小糸の髪が崩れている。

勘七たちがいた座敷の客もみな、二人のやりとりを見物している有様だ。

男のほうも怒りで顔を赤黒くさせながら、小糸を睨《にら》み付けた。

「貴様」

唸《うな》るような低い声が聞こえた。小糸のほうはやや青ざめながら、それでも男を睨む。

「これだから武左《ぶざ》はいやだよ。何でも力で言いなりにできるとお思いかい。そんな顔をしたところで怖くもない。女が抱きたきゃ、吉原でも夜鷹《よたか》でも行くといい」

小糸は、怒りと恐れで黙ることができずにいる。愛らしい顔つきはどこへやら、目を吊《つ》り上げて、頬を赤くして怒鳴っている。男はここまで言われて引くに引けず、怒りも手伝い、ついに刀に手をかけて引き抜いた。

勘七はそれを見て慌てて廊下へ出た。だが、その脇を勘七よりもすばやくすり抜けていく男がいた。

「紀之介」

紀之介は、廊下を走り、二人の言い合う少し手前で止まる。そして帯から扇子を抜き、それを広げてサッと飛ばした。それは狙いすまして侍の頭に当たった。侍が驚いて振り返っている合間に、紀之介は、侍の前に足を進める。

「いかさまナァ……この菊十へ脛《すね》を踏み込む野郎めらは、おれが名を聞いておけ」

紀之介は朗々と声を張る。さながら舞でも舞うように、さりげなく小糸を背に庇《かば》った。

それが、歌舞伎「助六《すけろく》」の台詞《せりふ》であることに、勘七は気付いた。そしてまた、見物している旦那衆もそれに気付いて笑いを堪《こら》える。

助六は、金に飽かせて傾城揚巻《けいせいあげまき》を手に入れようとする男に、この言葉で名乗りを上げる。つまり、この目の前の侍が、女に拒まれていることもまた、この台詞で揶揄したのだ。

侍もまた、そのことに気付いたらしく、再び顔を怒りで赤くして紀之介を睨み、刀をかまえた。紀之介は抜き身にたじろぐこともなく、男を見上げて微笑《ほほえ》んだ。

「野暮でございますよ。ここは出合い茶屋でも遊郭でもございません。弁《わきま》えていただかなければ困ります」

紀之介は一歩も引く気配がない。

「無礼だぞ、紀之介」

不意の声は、男のいた隣の座敷から聞こえた。

「新三郎」

札差大口屋の手代、新三郎がいた。

「大口屋、この男は知り合いか」

男は紀之介を指差し、新三郎に問いただす。新三郎はグッと唇を引き結ぶ。すると紀之介が自ら膝を進めた。

「手前はこの菊十の倅《せがれ》、紀之介と申します」

すると男は、ははは、と大声で笑った。

「料亭の倅風情が、このわしに楯突くとはな。甚《はなは》だ不快なことだ」

「真に申し訳ございません」

新三郎は男の傍らに膝を折り、額が床につくほどに頭を下げる。

「この店を潰《つぶ》してやる」

低い声で恫喝《どうかつ》する男を見ても、紀之介はなおも頭を下げない。

「いえ、それはご不要。私は御大《おんたい》のご機嫌を損ねたことで、父から勘当されましょう」

「紀之介、なにを」

勘七が慌てると、それを制するように紀之介は片手を挙げて、勘七を止めた。そして男に向かって手をついた。

「この紀之介も、振られ男は嫌いでございます。もうこれでお会いすることもございますまいが、どうぞ今すぐ、ここからお引き取り願いたく」

男はしばらく紀之介の下げた頭を睨んでいたが、やがて刀を鞘《さや》に納めた。そしてそのまま頭を下げる紀之介めがけて足を蹴り上げた。紀之介はその勢いで後ろに倒れこみ、それを小糸が抱きとめた。

男はそのまま踵《きびす》を返す。

「大口屋、先ほどの話はなかったことにする」

唾棄《だき》するように言われた言葉に、新三郎が顔色を失う。

「お待ちください」

声を張り上げてから、ふと傍らにいる紀之介を見た。

「よくもまあ、私の苦労を無下《むげ》にしてくれたものだ。勘当などとよくもまあぬけぬけと。形ばかりでどうなるというのだ。お前のような世間知らずが思いつきで余計な真《ま》似《ね》をして、私の邪魔をしてくれるとはな」

紀之介は、真っ直ぐに新三郎を見据えた。

「お前がこんな野暮な野郎に成り下がるとは思わなかった。そうまでして金を集めたいか、蔵前が」

「その女も女だ。芸者風情が、色を売らずにいつまでも食えると思うな」

新三郎は小糸を一瞥《いちべつ》し、男の背を追う。が、その途中、立ち尽くす勘七を見て足を止めた。

「あんな放蕩《ほうとう》と付き合っていてどうする。転がり込んだ店の主の座は、親父《おやじ》殿の慧眼《けいがん》のおかげで、借財を抱えたのだろうが」

勘七は、自らの身のうちに怒りが駆け上るのを感じた。そして、そのままの勢いで拳を振り上げ、新三郎に殴りかかる。新三郎は、思いがけない勘七の拳に、強《した》か頰を打《ぶ》たれ、よろめいた。勘七は、何か言葉を浴びせようとして、声が出ない。

「お前のようなものが主では、そうそう永岡屋ももつまいよ」

新三郎は捨て台詞と共に、頰を摩《さす》りながら廊下を出て行った。

勘七は、新三郎の背を見送り、新三郎を打った拳を握り締める。そしてそのまま紀之介のほうを向き直った。

「よっ、助六の若旦那」

勘七はことさら、芝居の大向こうのような声をかけた。店中にどっと笑いが起きた。先ほど居合わせた旦那衆も、紀之介に向かって喝采《かっさい》する。

「しかし、あそこまで恥をかかせて大丈夫かね」

客の誰かが勘七の背後でつぶやく声がした。勘七が振り返るより先に、浜口が勘七の隣に立った。

「いっそ、潔くてよいですね。あの芸者も、若旦那も」

勘七が浜口を見ると、浜口はにやりと笑う。そして振り返ると、誰へともなく言う。

「武士に怯《おび》えて道を外せば、末代までの恥でしょうよ」

勘七は、放蕩の紀之介が妬《ねた》ましいほど粋な男前に見えた。

○

隅田川のゆったりとした流れの中に、春の名残《なごり》の桜の花びらが浮いている。川面《かわも》の光に目を細めながら、勘七は土手をずっと歩いていた。

元号が変わり、元治元年の三月のこと。

勘七は向島にある置屋《おきや》、玉屋の前で足を止めた。

芸者の置屋に入ることなどまずない。しかし、意を決してその戸の前に進み、からりと引き戸を開ける。

「ごめん」

すると、

「はい」

という声が聞こえ、女将《おかみ》と思《おぼ》しき中年の女性が顔を覗かせた。

「何でございましょう」

「永岡屋の主人、勘七と申します。こちらに、紀之介という男がおりませんか」

「ああ、はいはい」

女将はすっと立ち上がり、階段の上に向かって声を張る。

「若旦那、永岡屋さんって方がおいでだよ」

するとしばしの間があって、

「おう、上がって来い」

という声がした。

勘七は女将に礼をすると、狭い階段を上る。二階に上がると、むっと白粉《おしろい》と髪油の香りがした。階段を上がってすぐの部屋から、紀之介が顔を覗かせて手招きをする。

「こっちだ、勘七」

女ものの着物をさらりと肩からかけて、煙管《キセル》を咥《くわ》えた紀之介がいた。

部屋からは隅田川の流れが望め、窓から差し込む日の光が、長閑《のどか》な昼下がりを心地よく照らしていた。

「菊十を出てからご無沙汰《ぶさた》だったというのに、急に文で呼びつけて、何だい」

勘七は、懐の文を取り出して見せながら、紀之介の向かいに座り込む。紀之介は、煙草盆《たばこぼん》に煙管の灰を落としながら、うん、とうなずいた。

正月の一件で、武士に大恥をかかせることになった紀之介は、

「菊十に迷惑をかけるといけないから」

と、さっさと店を出た。蔵前の新三郎が、懇切丁寧な接待をするというのだから、少なくとも金と力がある男なのだろうというのが、紀之介の考えであった。

「もしも、誰かが文句を言って来たのなら、紀之介などという男は知らぬと言ってくれ」

という紀之介の言葉に、菊十の主人は大事な跡取り息子の突然の出奔《しゅっぽん》に大慌てしていたが、紀之介はそのまま小糸がいる置屋に転がり込み、既に二月以上が過ぎていた。

勘七も、紀之介が正月以降、菊十に帰っていないことは知っていた。菊十の主人が、何とか連れ戻したいと勘七にも相談に来ていたからだ。

しかし勘七はというと、永岡屋のことで手一杯でそれどころではなかった。金の工面のためには、御用を一件でも取り付けようと、あちこちの藩や寺社への繋《つな》ぎを探し

ていた。そうしてひたすらに仕事に打ち込むことで、辛うじて小諸藩への怒りも忘れられるように思えていた。

そこへ、昨日、紀之介からの文が届いた。

「向島　玉屋へ来られたし」

素《そ》っ気《け》ないにもほどがあるその文を見て、勘七はしばらく悩んだ。

「玉屋とは何でしょう」

と、与平に尋ねたところ、与平は苦笑交じりにそれが置屋であることを教えてくれた。

紀之介は、再び煙管をくわえると、ゆっくりと紫煙を吐き出す。

「おかげで、与平さんに薄笑いと共に送り出された」

勘七が愚痴を言うと、紀之介はふと窓の外を見やった。そして大きく外に手を振った。

「おう、早く来い」

「はい」

紀之介の声に、女の声が応《こた》えた。ほどなくして階段を上がってくる音がして、部屋にひょいと若い女が顔を覗かせた。

矢絣《やがすり》の着物で、あどけない表情をした娘は、手にしていた袋を紀之介に手渡す。

「はい、饅頭《まんじゅう》」

「おう」

紀之介は娘から受け取った袋から、饅頭を一つ取り出すと、勘七に手渡した。勘七がそれを受け取ると、娘は紀之介の横に座る。

「お久しぶりですね」

娘の言葉に、勘七は、はあ、と曖昧《あいまい》に返事をする。娘は紀之介と顔を見合わせて笑った。

「もしかして分かりませんか、小糸ですよ」

「小糸さん」

先だってもその前も、芸者として白粉を塗り、お座敷用の着物を着ている姿しか見ていなかった。どちらかというと、派手な美貌に見えていたが、素顔はこんなに愛らしい娘だとは思わなかった。

「気付きませんで」

勘七が困惑しながら頭を掻《か》くのを、紀之介と小糸は声を揃《そろ》えて笑って見ていた。

「ほら。女が化粧や着物を替えただけで、同じ女とは分からない。こいつが野暮天なのはこういうところだよ」

紀之介は勘七を評して見せながら、ひょいと饅頭を口に放り込み、それを茶で流し込む。

「さてと、話に入ろうか」

勘七は饅頭を半ば食べたところで、首を傾《かし》げた。

「話とは何だ」

紀之介は、小糸を見る。小糸は深くうなずいた。

「先だって、あるお座敷がありましてね。この人を箱持ちとして連れて行ったんです」

箱持ちとは、芸者三味線を持ち運ぶ下男のこと。

「ついでに幇間《ほうかん》もできると触れ込んだら、料亭に喜ばれてね、最近はよくあちこちに」

紀之介は陽気に笑って見せた。小糸は紀之介を一瞥して、黙らせた。そして小糸はぐいと膝を勘七のほうへと詰める。

「そこで永岡屋さんの話が出たんです」

「うちの」

勘七の言葉に、紀之介がうなずく。

「はじめは、何くれとない話だったんだがね」

座敷の客は、三人いた。二十半ばくらいの男が一人に、四十ぐらいの男が一人。この二人はどちらも侍然としていた。そして一番、下座にいたのが三十半ばほど。こちらは商人といった風体《ふうてい》であった。

「だが、あれは江戸じゃない。どこかの藩なのだろうね。着物の着こなしが違うし、見たことのない顔だった」

紀之介は言う。

どうやら、商人が四十男を接待しているように見えた。そして、二十代の侍はというと、半ば青ざめたような顔つきで、じっと座ったまま動かない。緊張しているのが見て取れた。

その座の中で、小糸は、紀之介の三味線に合わせて舞を舞う。三人はほとんどその舞を後目に、こそこそと話をしていた。

「その時、小諸という言葉が聞こえた」

「小諸」

勘七が問い返すと、紀之介はうなずいた。

そこから紀之介は、三人の様子をじっとうかがっていた。すると、そのうちの商人が、不意に不穏なことを話し始めた。

「永岡屋の一件をしくじったのが失敗だったのではありませんか」

紀之介は三味線を弾きながら耳をそばだてた。すると、若い侍は渋い顔をして唸る。

「いたし方あるまい。丸腰の相手を斬るなど、主命《しゅめい》といえどもできるものではない」

「まあまあ」

四十の侍がその二人のやりとりを宥《なだ》めた。

「今では山岡も、弟君に忠義を尽くしてくださっている。今更、上屋敷《かみやしき》の内で揉《も》めても仕方あるまい。いずれ情勢はこちらに流れてまいるだろう」

その男の言葉で、二人はすっと頭を下げた。そして商人は膝を進める。

「つきましては改めて、藩札はうちでやらせていただきたく」

「当然だろう。何が悲しくて自国の商人を差し置いて江戸の商人に頼むものか。功を焦った高崎の失策よ。のう、山岡」

山岡と呼ばれた男は、は、と低く返事をして、項垂《うなだ》れるばかりであった。

紀之介は、そのやりとりの不穏な内容からは、事の次第が分からなかったのだという。

「そのまま分からず終《じま》いというのは、俺の性に合わないのでね、面白いことを思いついたのさ」

紀之介は、再び煙管に火をつけた。

「面白いこと」

「結局、永岡屋がなぜ、小諸藩から狙われるような羽目に至ったのか。なぜ、踏み倒されて憂き目を見ているのか。そこの理由は分かっちゃいない。そうだろう」

勘七はうなずく。

「それは、藩の内情が分からないからだ。そして、その内情とやらは、ここほんの数か月の間に変わってしまったわけだな」

「その通りだ」

勘七は、それでも何とか、内情を知ろうと探りを入れた。しかし、一度、御用商人としての立場を失った以上、上屋敷の者たちにはなかなか会うことさえも叶《かな》わない。藩の内部のことというのは、それこそ幕府だとて隠密《おんみつ》が探らなければ知れないというのに、商人一人が探ったところでどれほどのことが分かるわけではない。

それでも首を突っ込もうとする勘七を、与平はたしなめている。

「次は殺されかねないと、与平が言っていた。だがお前の話を聞くと、あながち杞憂《きゆう》でもなかったということなのかな」

「そうだな」

紀之介は、そう言うと、煙管の灰をぽんと煙草盆に落とす。そしてまた煙をくゆらせながら、言葉を接いだ。

「永岡屋は善五郎の親父さんのころから、真面目《まじめ》な仕事で知られている。だが、そんな真面目に真正面から聞いたところで、内情を明かすはずもないだろう」

もしれない。

「中間《ちゅうげん》に付け届けでもしろというのか」

先の新年会で、どこぞの旦那が言っていたように、中間に取り入れば良かったのか

「しかし、今更」

「そう、付け届けだって積み重ねが大切だ。要は恩を売るわけだからな。だが、違う方法もある」

「違う方法」

「貸しを作ればいい」

勘七は眉を寄せた。

「貸し、と言ってもね」

「そこで、俺はその座敷のときに一つの策を打っておいた」

紀之介は悪戯《いたずら》めいた顔で笑ってみせる。その傍らで小糸が大仰なため息をつく。

「全く、阿呆《あほう》も大概にして欲しいものですよ」

紀之介は、まあまあ、と小糸を宥《なだ》めた。そして、紀之介は勘七に再びにじり寄る。

「何もお偉方に話を聞くばかりが能じゃないだろう」

そこで紀之介は、その座敷を中座した時に小諸藩の侍の供できていた中間を玄関先で見つけて、声をかけた。

「まあ退屈そうにしているんでね、ある旗本邸の中間部屋で開かれる賭場《とば》に誘ったのさ」

「それだけなら良いんですよ」

小糸は不服そうに勘七に詰め寄る。

座敷に戻った紀之介は、小糸にも中座をするように小声で話しかける。そして、玄関先にいる中間の前で酔ってふらつく真似をするように伝えた。さらには、相手の名前と所在を聞き出し、一言、やさしい言葉をかけてやれとまで言われた。小糸は意味が分からなかったが、紀之介に懇願されて、仕方なしに策に乗ったという。

そして、宴席がお開きになったところで、紀之介は中間を賭場へ誘い出した。

「結果、俺の一人勝ちでね」

紀之介は得意満面で勘七に胸を張る。勘七は苦笑した。

紀之介はその中間の借金を肩代わりして証文を書かせ、金二十両もの借りを作らせた。無論、相手が町人で、しかも座敷に出入りする芸者の箱持ちだと思えば、中間は舐《な》めてかかるだろうと思われた。

「そこで、小糸が生きてくる」

小糸は、その小諸藩の中間、伝助《でんすけ》に、お会いしたいという旨を記した文を、送りつける。ついては置屋の玉屋においでくださいと記させた。

「そして招いたのが、今日なのさ」

そう言うと紀之介は、ひょいと窓の外を覗いた。

「ほら、おいでなすった」

紀之介はにやりと笑って勘七を手招いた。そこには中間と思しき男が一人、玉屋の前をうろついている。すると、小糸がため息交じりに立ち上がり、窓から身を乗り出した。

「お入りなさいな」

その声に、中間は身を躍らせるように置屋の戸を開けた。そして、階段を駆け上がる音がして、襖の戸を開ける。そして、そこに小糸のほかに勘七と紀之介がいることを確かめると、慌てて身を翻《ひるがえ》そうとする。

「おう、待ちな」

紀之介は、さらりと立ち上がり、中間の前に立ちはだかる。

「こっちは、証文もあるんだぜ」

紀之介は懐から証文らしきものを取り出して、中間に見せた。

「さあ、どうする伝助さん。藩に言われたら困るのはそちらだぜ」

勘七は、やくざ者になりきる紀之介の様を半ば感心し、半ば呆《あき》れながら見ていた。

伝助というその中間は、観念したように座り込む。

「悪いが、どれだけ言われても金はない」

「金なんざいらねえよ。ちょっと、話を聞かせてくれればそれでいいのさ」

伝助は、怪訝《けげん》な顔をした。

「話」

「藩の内幕のことだよ」

伝助は驚いたように目を見開いた。そして、改めて紀之介を見て、勘七を見る。

勘七を見るなり、伝助は声を上げた。

「お前さん、永岡屋」

「私を知っているのですか」

勘七が膝を詰めると、伝助はばっと立ち上がろうとする。紀之介が襖に立ちふさがり、勘七もまた、伝助の着物の裾を摑んだ。伝助は半ば転ぶようにその場に座り込む。

「勘弁してくだせえ。俺だって、盗人《ぬすっと》なんてするつもりはなかったんですよ。しかも連れが丸腰の寝巻き姿の男を斬りつけやがって」

勘七はその言葉を聞いて目を見開いた。そして、ぐっと伝助に詰め寄った。伝助は大柄な体を縮めるようにする。

「あの日、当家に押し入ったうちの一人が、あなたですね」

伝助は勘七を睨む。そしてその袖を摑む手を振り払うと、観念したように胡坐《あぐら》をかいた。

「中間とはいえ、藩には忠義を尽くしますからね。突き出したければ突き出せばいいだろう」

伝助はそう言うと、腕組みをして目を閉じる。煮るなり焼くなり好きにしろと言わんばかりである。

「別に、お前さんを突き出したところで、私は何の得にもならないさ。私はただねえ、小諸藩で何が起きているのかを知りたいのです」

「はあ」

曖昧に返事をしながら、伝助は何度も勘七と紀之介、小糸を見回して、ちらちらと襖のほうへ目をやる。なかなか口を開かない伝助に向かって勘七は目をじっと見返し、そして両手をついた。

「私どもが一体、何に巻き込まれているのか。それだけでも知りたいと思っているのです」

そうして頭を下げた。額を畳にこすりつけ、

「このとおり」

と言った。

伝助はその有様を見て、うろたえたような表情を浮かべた。

「いや、そうまで言われちゃ」

伝助はそう言って、紀之介を見上げる。紀之介は相変わらず襖の前に立ちつくし、伝助を見下ろしていた。伝助は、困惑したように頭を掻いた。

「俺もそこまで詳しい話は知りませんよ」

「分かることだけでいいのです」

勘七の言葉に、伝助は、そうですか、と言ってから話を始めた。

「先代が亡くなられてからというもの、藩内では小競り合いが絶えませんで」

前藩主の牧野康哉《やすとし》の病没から、嫡男の康済《やすまさ》と次男の康保のどちらを藩主にするかで、二派に分裂していた。父である康哉は、嫡男の康済を推しており、先代の家臣たちもそのように動いていた。しかし、次男の康保のほうが施政には向いていると言う家臣たちも多く、その二派が本国では真っ二つに分裂しているというのだ。

無論、いつまでも藩主の座が空《から》というのは許されることではなく、既に康済が藩主になっていた。しかし、それではことは収まらない。

「弟君の一派は、俺のような中間にまで金を握らせましてね、どんな小さなことでもいいから知らせよと言われているんです」

その日、どんな客が誰に来て、何をしていったのか。それらの意味など分からなくても構わないのだという。

「知らせたら、その分の金がいただけるものですから、つい」

そうこうしているうちに、上屋敷は弟派の者が増えていった。上屋敷奉行だった高崎は、兄派であったので、本国へ帰ることとなり、一方で高崎についていた山岡は、藩邸内で孤立することになったのだという。

「山岡さまは追い詰められていたんでしょうな。これは俺も他のお侍の話を小耳に挟んだ程度ですけどね」

藩札の話というのは、実は先代と兄の間で進める算段になっていた話であった。まずは試しに始めることになっていたのだが、先代が亡くなったことで、話は頓挫《とんざ》した。弟派にしてみれば、藩札の発行の実権を兄に握られているのは面白くない。上屋敷ごと、藩札の一件を全《すべ》てなかったことにするということになったのだという。

「それで盗人をしろと」

紀之介が揶揄するように伝助に問う。伝助は苦笑した。

「まあ、随分と業物《わざもの》の刀を渡されましてね。いざとなったら斬ってもよしと言われていたんですけどねえ」

あの夜、山岡が振り上げた刀からは、躊躇《ためら》いながらも勘七への殺意が感じられた。夜盗のまねごとをしてまでも、藩にしがみつく山岡の必死の顔が、今も瞼《まぶた》にはっきりと残っている。

「そして帰ってから、俺らは、積み上げられた藩札らしき紙束を、火にくべて燃やしましたよ」

「燃やした」

勘七は思わず強い語気で問い返す。

「俺に言っても仕方ないでしょう」

伝助は勘七を宥《なだ》めるようにそう言った。勘七は唇をかみ締めた。そして、がっくりと肩から力が抜けていくように思われた。

「何なんだ」

口をついて出たのは、その一言だった。

「まあ、何と言うか兄弟喧嘩《げんか》というやつだな」

紀之介は、ははは、と乾いた笑い声を上げた。

伝助は、不意に慌てふためいて、勘七と紀之介を見上げる。

「ちょっと、今の話はここだけですよ。お上に知れたら一大事だ」

紀之介は、伝助の傍らに座り、その肩を叩く。

「何、中間の与太話を町人が聞いて、それが噂になったくらいじゃ、お上は動かぬよ」

かつてはお家騒動があったとあれば、お家取り潰しという憂き目に遭うものだった。

ここ最近では、お家取り潰しや改易《かいえき》といった話はとんと聞かない。それは、お家騒動がなくなったということではなく、幕府そのものにそこまでの力がないということでもある。

「勘七、大丈夫か」

紀之介は、勘七を見やる。勘七は、何度も深く息を吐き、少しでも気を落ち着けようとしていた。そして、ようやく作り笑いを浮かべると、紀之介を見た。

「高くついた兄弟喧嘩もあったものだ。お前とお蔦《つた》姉さんの喧嘩くらい愉快なものなら良いのにな」

紀之介は勘七に気遣うように笑うと、伝助を見た。そしてその手にしていた証文を伝助の目の前で破き、先ほど小糸が買ってきた饅頭の入った袋を一つ、伝助に手渡した。

「まあ、今日の駄賃だと思って、持って行きなさいよ」

伝助は、袋を受け取ると、紀之介を見て、勘七を見た。

「今日のことは、内密に」

そう言って、ひょいと頭を下げると、やや肩を落として部屋を出て行った。窓から見ると、とぼとぼとした歩調で、川沿いを歩いていく伝助の姿が見えた。

「勘七」

紀之介は、勘七を案じるように肩を叩く。勘七はため息をついた。何かを言おうと口を開いたが、声にならない。

「藩札の御用だったとはな」

紀之介の言葉に、勘七は、ああ、とうなずく。

「兄君様は、藩札を発行することができれば、藩内の財を握ることができると考えたのだろうな」

「そうだろうな」

おそらく、藩札を発注したときには、既に康哉の命は危うかったのかもしれない。上屋敷の高崎をはじめとした康済一派は、藩札を先んじて発行しようと画策した。そのために、国許《くにもと》の商人ではなく、江戸の商人を選んだのだろう。

しかし、その最中に康哉が亡くなったことで情勢が変わったのだろう。上屋敷には続々と弟の一派が入り込み、頓挫した。

その一連の流れの中に、永岡屋は巻き込まれたのだということが分かった。

「お前はどうする」

紀之介の問いに、勘七は苦笑した。

「いっそ、ただ金を出し渋っているとか、あるいはたまたま凶作だったからとか、そういう理由だったらまだ、来年以降に払ってもらえることもあったろう。だが、お上に内緒のお家騒動に絡んでいるとなると厄介だ」

紀之介は、驚いたように勘七を見た。

「お前、まだ諦めていなかったのか」

「当たり前だ。旦那さまが死んでいる。殺されたようなものだ。金子《きんす》だとて二千両だぞ、二千両。この前の火事で、襖や障子が売れていくけれど、在庫にも限りがある。仕入れにも金がかかるというのに、金子そのものがないとあっては、商いができない。この上、永岡屋まで潰されてたまるか」

勘七は一気に言い放ち、そしてふっとため息をついた。

「諦めるしかないのだろうか」

勘七は自ら口にして、口惜しさに歯噛《はが》みした。諦めるしかない。それは、分かっていた。訴えたところで、下手《へた》をすればこちらが潰されるだけのことだ。

「お侍相手の商いというのは、割に合わないのは、うちの料亭だとて同じことさ。相手は刃《やいば》を握っているからね。もっとも、竹光《たけみつ》提げている輩《やから》も多いけれど、それでもいざとなれば、町人なんぞ踏み倒される」

紀之介は軽い口調でそう言う。勘七はその顔を見て、笑った。

「それでも、何も見えないときよりは、いくらか良かった。お前のおかげだ。賭博なんぞ、下手を打てば、お前だって無疵《むきず》で済むまいに」

「何、負けたときは、着物を置いて帰ってくればいい」

「いらぬ恥をかくなよ」

勘七は、冗談めかして言う。紀之介は神妙な面持ちでうなずく。

「俺の信条は、一日一つは恥をかけ、というのだ。恥をかいたら少しは学ぶこともあるだろうからな」

勘七は、その紀之介の真面目な口調がおかしかった。小糸は、

「ほんとうに馬鹿ですね」

と言う。

「こんな助六、捨ててしまえばいいんですよ」

勘七が小糸に言うと、小糸はふっと笑みを消して、紀之介を見た。紀之介はそ知らぬ顔で窓の外を見ている。その横顔を見た小糸は、嫣然《えんぜん》と微笑んだ。

「存外、助六に惚《ほ》れた揚巻は、幸せだっただろうと思うんですよ」

小糸の言葉に、紀之介は眉を寄せる。照れ隠しのように頭を掻くと、勢いをつけて立ち上がった。

「おう、勘七、送っていくぜ」

そう言うと、勘七に先立って階段を降りていく。勘七は、小糸に一つ頭を下げると、紀之介の後を追った。

ゆっくりと川沿いの道を歩きながら、勘七はふと、隣を歩く紀之介を見やる。

「色男だな、おい」

「まあな」

紀之介は口の端だけを引き上げるような笑みを浮かべて見せた。

「それにしてもお前は、いつまでこうしているつもりだ」

紀之介はうん、とうなずいてからしばらく沈黙していた。そして、一つ大きくため息をついた。

「なあ、勘七。お前は俺の母を覚えているか」

不意に紀之介が問いかける。唐突な問いに勘七は怪訝に思いながら答えた。

「なぜ今、お前のおふくろさまの話だ」

「覚えているか」

紀之介が勘七をまっすぐに見る。勘七は、ああ、とうなずく。

「覚えているよ。美しい人だったな」

幼いころ、菊十を訪ねると、よく勘七に豆菓子をくれたものだ。その白皙《はくせき》の顔ははかなげで美しく、天女のようだと思ったのを覚えている。

「確か、お前が十二の年に亡くなった。もう十年になるか」

あまりに急な死であったと覚えている。

「あの人が死んだのはね、病のせいではないんだよ」

紀之介はそこに立ち止まり、隅田川の土手に座り込む。勘七も並んでそこに座った。

「あの人がああして病んだのは、客に無体をされたからだ」

「え」

勘七の声に紀之介はうなずき、ゆっくりと語る。

紀之介の母、清《きよ》は、評判の美女であった。浅草《あさくさ》の糸屋の娘だったが、一時は美人画に描かれて絵草紙屋で売られたこともあるという。紀之介の父、又兵衛《またべえ》はすっかり入れ込み、何とか嫁にしたいと通いつめ、ようやく口説《くど》き落として妻にした。おかげで、菊十には美しい若女将がいると、評判を呼ぶようになっていた。

やがては、大店の主人から、武家から、さまざまな客が出入りし、大繁盛していた。女将になっていた清は、紀之介の父が多忙の折には、座敷を回って挨拶をすることもあった。それは、どこの料亭でもやっている当たり前のことであった。

しかし紀之介が十二の年のこと。又兵衛が留守にしていたとき、酒に酔った武家が、挨拶に来た清に絡んだ。清が困って座を辞そうとすると、刀を突きつけて脅《おど》し、犯そうとしたのだという。それでも抗《あらが》ったため、清は背中に刀傷を負った。叫び声を聞いて仲居たちが駆けつけ、武家は「その女が無礼をはたらいたからだ」と言い残し、立ち去ってしまった。事の次第を知った又兵衛は激怒して武家に抗議に行ったが、門前払いされ、以後、その武家は菊十にはやって来なかった。清は、これ以上武家と揉めれば、店の名に疵《きず》がつくからと、むしろ又兵衛をたしなめた。

清は、

「お武家といえども袖にしてやりましたよ」

と、明るく言ってはいたものの、刀で負った傷は思いのほか深く、少しずつ起き上がることさえままならなくなり、ついに亡くなったのだという。

「親父殿は俺には隠していたが、おしゃべりな仲居が話して聞かせてくれたよ。それを知って以来、俺は女を居丈高《いたけだか》に口説く男は大嫌いだ。拝んで好いてもらうのが、俺の流儀ってやつでね」

紀之介は、はははと軽く笑って見せてからしばらく黙った。勘七は川面に視線を転じた紀之介の横顔を見た。

「すまん」

紀之介は怪訝な顔で勘七を見やる。

「なぜお前が謝る」

「いや、ただ、すまん。お前のことを考えなしだとばかり。だから小糸さんを助けたのだな」

「まあ、色恋沙汰と言ってくれても構わんよ。ああして気風《きっぷ》のいい女は大好きだ」

そしてしばらくの沈黙が降りた。勘七はかける言葉も見つからず、紀之介もぼんやりと川面を見ていた。が、ふと紀之介が口を開いた。

「俺にとって、武士というのは外道でしかなかった。だが、いつかお前が、直次郎の最期《さいご》を話してくれただろう」

勘七が顔を上げる。紀之介は晴れ晴れとしていた。

「あいつの死に様を聞いて、俺は凄《すご》いと思った。あんなことに巻き込まれながら、あいつは殿を守るという武士の本道を外さなかった。俺は武士でも何でもないし、主のためになんぞ死なないが、それでも咄嗟《とっさ》のときに、道を間違えずにいられるだろうかと考えていた」

紀之介は大きく伸びをする。

「まあ今回のことは、直次郎の一件に比べれば、小さな揉め事に過ぎない。だが、何とか俺も間違えなかったようだ」

勘七は笑う。

「大したもんだ」

「ん」

あのとき、勘七も芸者を刀から守らなければならないと思っていた。だが、ただ飛び出したのでは、単に自分も斬られ、店を血で汚し、挙句に評判も落としただろう。

しかし、紀之介が助六よろしく演じたことで、粋な若旦那と野暮な武家のやりとりを、他の客は楽しんで、芸者も救えた。そして、さっさと出て行くことで、店をも救う。

「お前に惚れる女がいるのも分かる」

「今更か」

紀之介は、ははは、と声を上げて笑いながら、立ち上がる。勘七も立ち上がり、ふと空を見上げた。

絡まった武士と商人の間には、自分と小諸藩のことのみならず、さまざまな割り切れない出来事があるのだろう。そしてそれらを仕方がないと諦めるほか、術《すべ》はないのだろうかと、そんなことを考えた。

○

蔵前の札差《ふださし》の前には、用心棒と思しき無頼《ぶらい》たちが、ふらりふらりとたむろしていた。勘七はその前を通り過ぎる。店の主人になったとはいえ、勘七の装いは紺地の小紋と、至っておとなしいものである。

七月になり、盆も近づいていた。

勘七は日々、算盤《そろばん》とにらみ合う日々が続いていた。美濃や因幡《いなば》など紙産地への支払い。うち、長岡藩からの金や、帳面屋や絵草紙屋から回い。漉屋《すきや》の職人たちへの支払い。

収した金を回し、一部の支払いは待ってもらい、ぎりぎり切り抜けながら、仕入れも行う。結果として今年の年末の掛取《かけと》りにはまた、金に苦しむことになりそうな気配である。

そんな折、番頭の与平から呼ばれた。

「この旗本は、明らかに踏み倒すつもりでおりますね」

帳簿にあったその旗本は、かなりの大身《たいしん》である。しかも、この永岡屋から高価な品ばかりを買い入れておきながら、ここ二年ほど、金を納めていない。

「御用で安泰であったときならばいざ知らず、こうしたものも、かき集めてこなければなりません」

与平の言うとおりである。

これまでの永岡屋は、御用の大きな取引が安定していたので、多少の踏み倒しには目をつぶってきた。それは善五郎の考えであったし、店の者もそれを否定はしなかった。

しかし、現状を見ればそうも言っていられない。

「旗本邸に行くか」

すると、与平は首を横に振る。

「この御仁《ごじん》、札差は大口屋を使っております。この際、大口屋の新三郎に頼んで、年末にこの額を取りおいてもらいましょう」

俸禄米《ほうろくまい》を渡された武士たちは、それを札差で金子に換える。商店主たちは、札差から出てきた武士たちを捕まえて、懐の温かいうちにつけを払わせるのが常道だ。

だが、札差に頼み込み、札差から払われる時点で既に押えてもらうという方法もある。しかしそれには、札差に対しての手数料がかかることも多い。

「旦那さまの苦境を知っている新三郎なら、力にもなりましょう」

幼い時分から永岡屋に出入りしていた新三郎のことを、与平もよく知っていた。紀之介や直次郎と共に、四人まとめて叱られたこともある。

しかし、この新年に新三郎と紀之介は小糸の一件で揉めたばかり。その後、勘七も新三郎には会うことができないままでいた。

「ともかくも、ものは相談ですから」

渋る勘七を与平は追い立てた。

そうして渋々ながら勘七は蔵前にやってきた。勘七は、大口屋の前に立ち、店を覗き込む。声をかけようと身を乗り出したとき、勘七の傍らから高い声が聞こえた。

「新三郎はどこにいるのかしら」

見ると鮮やかな紅色の友禅の振袖を纏《まと》った十五、六の娘が、勘七を後目《しりめ》に店へ入り、手代に声をかけていた。

「お嬢さん」

一人の手代が、娘のほうへ駆け寄る。

「どうなさいました」

「新三郎は」

あれが、新三郎が苦労していた大口屋の娘か、と、勘七は思い出した。聞いていたのは七つのころのことであったが、今ではすっかり年ごろの娘になっている。確か名を琴《こと》といった。その名のわりに、てんで琴が苦手なのだと、いつか新三郎が話していた。色白でふっくらとした頬。大きな目で真っ直ぐに手代を見詰める。

「御用でしたら私が聞きますが」

手代が言うと、琴はついと視線を逸《そ》らす。

「新三郎に用があるのです」

「残念ながら、新三郎は今日、知人の葬式だとかで出ておりますよ」

勘七はその言葉を聞きとめて、身を乗り出す。

「葬式ですか」

突然、顔を覗かせた勘七に、手代は驚いたようにうなずいた。そして琴は勘七を睨むように見る。

「あなたはどなた」

「はい、新三郎の友で、日本橋永岡屋の主人でございます。新三郎に用がございまして」

勘七が頭を下げると、琴はああ、とうなずく。

「聞いたことがあるわ。勘七さん」

まるで御伽噺《おとぎばなし》の中の人にあったように、満面の笑みを見せる。

「私も、お嬢さまのことは新三郎からうかがっております。以後、お見知りおきを」

勘七が頭を下げると、琴はずいと身を寄せる。

「新三郎が何と」

勘七は、期待に満ちた琴の視線の先で、笑顔を作る。新三郎から聞いていたのは、わがままで困るということ、振り回されて迷惑ということ、大抵が愚痴である。

「いえ、かわいらしいお嬢さまであると」

勘七は笑顔でそう言う。すると琴は見る見る顔を赤くして、笑顔を見せた。

「そう。勘七さん、これからもよろしくお願いしますわね」

そう言うと、袖をひらひらと翻しながら、店の奥へと引っ込んだ。

手代は、ため息をつきながらその背を見送った。

「お嬢さんは店に顔を出してはならぬと旦那さまから言われているのですがね、何かというと新三郎さんに懐《なつ》いてしまっていて」

「ご苦労さまです」

勘七が言うと、手代はうなずいた。そしてはたと気付いたように顔を上げる。

「ああ、新三郎に御用でしたね。そういうわけで、今朝方、葬式に出かけると言っていましたが、おい、どこだっけ」

奥の手代が仕事の手を休めてこちらに来た。

「何でも貸付先が死んだとかで、浅草の長屋表の煙草屋が今朝早く、新三郎さんを訪ねてきましてね」

「浅草ですか」

「ええ、確か田原町《たわらまち》ですよ」

「田原町ですか。ありがとうございます」

勘七は礼を言って店を出た。

今日は縁がなかったと帰ろうかとも思ったが、次にまた出かけられるのもいつかは分からない。行き違いになるならそれまでと思いつつ、田原町へと足を延ばした。

蔵前から隅田川沿いを歩き、吾妻橋《あづまばし》を左手に見ながら雷 門《かみなりもん》前に出て広小路《ひろこうじ》を歩く。その先に東本願寺《ひがしほんがんじ》が見えた。田原町にはいくつもの長屋が並んでいた。

「煙草屋のある長屋っていうのはありますかね」

通りすがる棒手振《ぼてふ》りに問うと、すぐに教えてくれた。

大通りから入ったところに、小さな煙草屋が見え、裏には溝板長屋《どぶいた》が続いている。札差の貸付先というのだが、こんな長屋住まいの武士がいるものなのかと思いつつ足を踏み入れた。その時、微《かす》かに線香の香りがして、奥の一軒の戸が開いた。

「どうも、お世話さまでした」

猫背の小柄な男が、中へ向かって挨拶をする。そしてひょこひょこといった足取りで勘七のほうへと歩いてきた。そして勘七を見上げる。

「おや、お宅もあちらのお武家に金を貸しておいでですか。運が良いですね。今、羽振りのいい弟さんがお見えですよ」

ひひひ、と下卑《げび》た笑いを見せると、そのまま勘七をすり抜けて去っていった。

勘七は怪訝に思いながらその長屋へと進み、開けっ放しになっている戸の内を覗いた。戸口から全てが見渡せる小さな九尺二間の部屋である。そこに一人の男が横たえられ、その枕元から細い線香の火がたゆたう。そして傍らには男が一人、戸口のほうを向いて端座していた。その男はゆっくりと顔を上げる。

「新三郎」

勘七の声に新三郎は驚いてしばらく表情を硬くしていたが、やがて自嘲するように笑った。

「どうしてここへ来た」

「いや、店を訪ねたらこちらだと聞いて」

「上がれよ」

新三郎はぶっきらぼうに言う。勘七は戸惑いながら草履を脱いで上がった。部屋に入り、遺体の足元に座った。しばらくの無言の間に、勘七は部屋の中をぐるりと見回す。江戸には長屋住まいの者は多い。勘七もこうして長屋を訪ねることは少なくない。しかしこれほどまでに何もないのも珍しい。行灯《あんどん》、火鉢、水桶《みずおけ》すらなく、竈《かまど》にも釜《かま》がない。畳は全て引きはがされて、座る足元が痛いほどだ。

新三郎は遺体の顔にかけられた白い布を無造作に剝《は》ぎ取った。そこには、骸骨のように痩《や》せ細った男の顔があった。

「兄だ」

勘七は驚いて新三郎を見た。確か新三郎の兄は、五つ上と三つ上だと聞いている。しかしそこに横たわっているのは、干からびた老人のようであった。新三郎は兄の顔を見詰めたまま、苦笑めいた笑いを浮かべている。

「飢え死にしたそうだ」

「飢え……」

勘七は思わず繰り返し、そして黙る。再び、重苦しい沈黙が続いた。

「ふざけた話だよなあ……」

新三郎は三人兄弟である。とはいえ家は貧しい御徒士《おかち》で、祖父母も含めた一家七人を養うことはできなかった。そのため、新三郎は早々に商人になっていた叔父《おじ》に養子に出され、そこでも養えなくなって、札差に奉公に出された。長兄は当然、父の職を継ぐことになる。しかし次兄はいずれ婿《むこ》入りをするか、御家人株なり足軽株なりを買わなければ武士にはなれない。しかし、金はない。

「自らどうにかするからと、出奔したと、長兄から聞かされたのだが」

このご時世に、武士の仕事など用心棒稼業くらいなものである。昔かたぎの兄は、商家に雇われることを嫌い、無論、日雇い仕事も嫌い、仕官の道を探していたという。しかし、後ろ盾も秀でた才もあるわけではない御徒士の次男坊に、仕官先などあるはずもない。

「一度だけ、私を訪ねてきてね、金をくれという。そのくせ態度は居丈高でね。嫌な侍になったものだと呆れた。金はくれてやったが、その後、会う気にもなれなかった」

今朝方、長屋の大家の煙草屋が、新三郎のところに駆け込んできた。家賃の払いが滞ったまま、部屋の中で死んでいたという。そしてそこに書き置きがあって、借財は全て大口屋手代新三郎によろしく頼むと書かれていた。何とかしてくれと縋《すが》る大家に連れられてこの長屋まで来た。

「この顔を見て、兄だとは分からなかった。だがな、これがあった」

新三郎は傍らに置いた刀を見せた。鞘《さや》には、井桁《いげた》の紋があった。新三郎の実家は姓を井田《いだ》という。正しく井田の紋であった。

「この部屋を見ろ、空っぽだろう」

新三郎の言葉に勘七は黙った。今、この部屋にあるのは、遺体が寝ている薄っぺらい布団一枚と、新三郎が手にする刀だけだ。

「売れるものを全て売りつくして、これだけ残していたらしい」

新三郎は刀の鯉口《こいぐち》を切り、それをすらりと抜いた。そこにはこの長屋には不似合いなほど、煌々《こうこう》と光る刃があった。

「手入れするしか仕事がなかったのだろうな」

新三郎はあざ笑う。そしてそれを鞘に納めた。そして、くく、と低い笑いを漏らした。

「父も母も二人の兄も、私が商家に奉公していることは周囲には言わない。みな、とうの昔に知っていることだがね。そして金の無心も文だけで顔を見せることもない。商人を見下しながら、金のことだけは縋る」

「新三郎」

「今朝から何人来たか知れない。大家、金貸し、酒屋、刀屋……みな、兄が死んだと知ると、慌てて金を集めに来た。私がいたものだから、大喜びだったよ。物乞いのような形《なり》の者らにまで、金を借りていたようだ。この兄が世間と関わっていたのは、金の無心だけだったということだな」

「新三郎」

勘七は、声を張った。新三郎は我に返ったように口を閉ざす。

「少し、外へ出よう」

勘七が促すと、新三郎はゆらりと立ち上がった。二人は黙って、並んで歩いた。そのまましばらく歩き続け、隅田川が見える所まで来て立ち止まる。二人は並んで川風に吹かれていた。川沿いには茶店がいくつか並んでいて、新三郎は勘七に促されるまま茶店の床几《しょうぎ》に腰を下ろした。川には涼む舟がいくつか浮いている。

勘七は茶店で麦湯を買うと、それを新三郎に差し出した。麦湯を一口啜《すす》ると、新三郎はふうと一つ息をついて勘七を見た。

「お前は、こんなところにいていいのか」

勘七に問う。

「まあ、な」

勘七は旗本の俸禄米のことなど言い出せるはずもなく、ただ黙って一口麦湯を啜る。

「紀之介はどうしている」

勘七は顔を上げて、苦笑した。

「あいつは芸者のところでその日暮らしだ」

「あいつらしいな」

新三郎は軽くははは、と笑った。そして背筋を伸ばす。

「紀之介には謝らない」

視線を川面に向けたまま、はっきりとした口調で言い切った。

「あの侍から金をいただくのが私の仕事だったのだから、どんな手を使っても欲しかった。そのために芸者の一人を差し出すならば安いものだと思っていた。その結果、紀之介が店を出たらしいが、あれはあいつの勝手だ」

勘七は頷《うなず》いた。

「そうだな。多分、あいつの勝手だ。だが、紀之介なりの筋だ」

新三郎はその言葉に勘七を振り向く。勘七は新三郎を見上げた。

「紀之介も譲れないと思ったそうだ。お互い様だ。謝ることはない」

新三郎はその言葉に、ふと頬を緩ませた。強張《こわば》っていた顔が見覚えのある顔に変わった。

「お前には悪かった。あの時、大旦那さまのことを悪《あ》し様《ざま》に言ったことを悔いていたんだ」

「それについてはあの場で殴ったので帳消しだ。それでいい」

新三郎は、うんとうなずいた。そして空を見上げた。

「直次郎と話がしたいと思ったよ」

勘七は、新三郎を見た。新三郎は天を仰いだままでいた。

「直次郎は武士の子じゃない。あいつが足軽株を買って武士になった時、妬ましくてならなかった。足軽とはいえ武士は武士だ。結局、金が物を言うのだと思い口惜しかった。祝う気にもなれず、結局、宴《うたげ》には行けなかったから、十六の年から会わずじまいになった」

新三郎は目を閉じて、言葉を接いだ。

「その直次郎は武士以上に武士として生きて死んだ。武士の子に生まれたはずの兄の死に様を見て、あの人の生涯はなんだったろうと思ってしまってね」

そして手のひらに視線を落とす。

「私は武士の子だ。しかしこうして商人として暮らしていると、武士の嫌なところをよく見る。そう思わないか」

勘七は黙った。

勘七の店を苦境に陥れたのも武士であり、紀之介が店を出る羽目になったのも武士のせいであり、今、新三郎が苦悩する理由も武士である。何もかもが武士のせいとは言わないが、武士に抗えない身を口惜しく思うこともないではない。

「だが、大事な客でもある」

勘七が言うと、新三郎は自嘲するように笑った。

「違いない。武士からすれば、商人が疎《うと》ましいことも多かろうが……」

新三郎は、ふうと一つ大きなため息をつくと、茶を飲み干した。

「私は毎日、金勘定で暮らしている。金のために人を傷つけもする。そこまでしても上手《うま》くいかないこともある」

新三郎は両手のひらをグッと握り締めた。

「上手くいっていないのか」

「別に、過日の菊十の一件じゃない。今は、どこもかしこも上手くいかない」

一昨年から今年にかけて、米の値は急激に高騰し、二倍に跳ね上がった。米が上るということは、他のものも悉《ことごと》く値が上がり、金の価値はどんどん下がっている。

「遠からず、小判で団子も買えなくなりそうな勢いだ」

新三郎はゆっくりと立ち上がり、川に向かって大きく伸びをした。

「さてと、兄を弔って、店へ戻らねば」

勘七も立ち上がり、新三郎の背を見詰めた。

「無理をするなよ。力になれることはなる。金はないが」

「お前こそ。店の主が倒れたら、大事だからな。頼れる人には頼っておけ。旗本の俸禄を押えればいいのか。名前だけ教えておけ。やっておく」

勘七は、驚いて新三郎を見やる。新三郎は口元に笑いを浮かべた。

「永岡屋の今を見れば、それくらいの手は打つべきだ。もっと早くに来ても良かったんだ。一件といわず、五件くらいは知らせておけ。やっておく」

勘七は、思わず言葉に詰まり、黙ったままぐっと頭を下げた。新三郎は、その勘七の肩を軽く叩く。

「正直、私はお前が羨《うらや》ましい。信じられる主に育てられ、信じられる奉公人に囲まれて。主を失った今でも、お前はちゃんと立っているじゃないか」

新三郎は踵を返す。ゆっくりと歩いていく後姿を、勘七はしばらくその場に佇《たたず》み、見送っていた。

〇

秋も半ばとなり、風が涼しく心地よい季節になった。勘七は一人、馬場近くの茶屋にいた。

先だって紀之介に引き合わされた小諸藩の中間、伝助が、紀之介に一つの知らせを持ってきた。それは、この馬場の茶屋に、山岡が頻繁に訪れているということであった。

伝助は、善五郎の死に遠からず関わった負い目を持っているらしく、こうして時折、文を寄越していたのだ。

既に、小諸藩と話し合うことを諦めていた勘七だったが、その知らせを受けたことで、どうしても今一度、話をしてみたくなった。

そう思うきっかけは、夏の終わりのことだった。

初代のころに小僧として奉公に入って以来、三十年以上にわたり永岡屋に勤めてきた小次郎《こじろう》が、店を去ることになった。

「もう、お役目は終わりましたから」

小次郎はそう言った。年は、番頭の与平と変わらず、達者なものである。一筋に仕事に打ち込み、嫁も娶《めと》ってはいなかった。

「甥《おい》が佐倉《さくら》で小さな商店を営んでおります。そちらを助けながら、余生を過ごすつもりでおります」

勘七や与平らがいくら引き止めても、小次郎は決して譲ろうとはしなかった。

「江戸での商いは、少々、疲れました」

これ以上、引き止めるのは無理だと与平に諭《さと》され、そしてこの日、遂に送り出した。

勘七が十でこの永岡屋に来たときから、小次郎はここにいた。善五郎の右腕として、仕入れを手がけてきて、佐吉をその後任として育ててきた。

役目が終わったなどと言っていたが、そんなことはあろうはずがない。ただ、この永岡屋が既に、奉公人たちにろくろく給金を渡せるわけではないのも事実であった。米や味噌といった暮らし向きにも節約をせねば、立ち行かなくなりつつあり、一人でも食い扶持《ぶち》が減るのは、助かる。そのことを察したからこそ、小次郎は去ることを決めたのだろう。

千代にそのことを告げると、しばし黙っていた後で、

「仕方がないですね」

と、つぶやいた。小次郎は、千代にとっても苦楽を共にしてきた仲であったことがうかがえて、勘七は居たたまれない気持ちになった。

小次郎が去った後、千代は勘七に両手をついた。

「お前には苦労を背負わせたようで申し訳ない。以前よりも顔つきが険しくなったね」

昨今では鏡なんぞ見ることもなくなっていたが、よく眠れない日が続いていた。朝、目が覚めると、このまま目覚めなければ良かったと、胸苦しく感じることがあるほどだ。そんな日々が人相をも変えてしまっているのかもしれない。千代は、勘七の顔をしみじみと見て言った。

「商いは、苦しむためにやるものじゃないよ。それを暮らしの糧《かて》として、日々を楽しむためのものだ。少なくとも、善さんはそう言っていた。それができないのなら、無理をしなくていい。いつでも畳んでいいんだからね」

千代の言葉に勘七は、情けなく思うと共に、強く反発も覚えた。

善五郎が死んでわずか一年、その間に永岡屋を巡る状況は一変した。御用はなくなりつつあり、今は辛うじて長岡藩と、いくつかの寺社への御用があるだけだ。しかも、そうした藩や寺社とて、かつてほどには紙を買わない。更に、急激な物価高で仕入れにかかる金は二倍、下手をすれば三倍にも膨れ上がっている。在庫が空になれば商いはできない。さりとて、在庫を抱えていては、共倒れになる。

「時代が悪い」

与平は言う。初代と善五郎が店を育ててきたときとは、まるで金の流れが変わっている。

その原因の一つには、開国もあるのだろう。異国から物が流れ込み、この国は金を外へ流している。加えてここ数年のうちに疫病と不作が立て続いた。

それらの歪《ひず》みが一気にこの一年の間に形となって噴出しているのだろう。

「私が疫病神《やくびょうがみ》なんでしょうね」

勘七が自嘲するように笑って言うと、千代は、

「何を言うんだろうね、この子は」

といって窘《たしな》めた。千代はそんなことで自分を責めていないことを勘七も分かっている。しかし、この永岡屋の現状は、全て己が招いたことのようにも思われた。

少なくとも、商いを楽しんでやっていられるような暢気《のんき》な状況ではないことは確かだ。今はもう、亡き善五郎のやり方では駄目なのだ。それだけを痛感していた。

「今一度、小諸藩に聞いてみたいと思う」

勘七は与平にそう告げた。

せめてあと三百両なりとも支払われれば、この年末は辛うじて乗り切る算段のつけようがある。だが、与平ははじめ勘七を止めた。

「却《かえ》って殺されますよ」

小諸藩をめぐる事の次第を知ってからは、与平はむしろ、命の危機をこそ恐れていた。勘七はそれを聞きながらも、今日こうして、馬場に出てきていた。

しばらくすると、ややうつむきがちに山岡と思しき男が現れた。馬場が望める茶屋にやってくると、床几に腰掛ける。数人の侍が馬場で馬を馴らしているのを見ながら、静かに茶を啜っている。

「山岡さま」

勘七が声をかけると、山岡は一瞬、身を硬くして振り返る。そして勘七を認めると、ああ、と覇気のない声で返事をした。勘七は、恫喝されるか無視されるだろうことを想定していただけに、肩透かしをくらったように思えた。そっと山岡の傍らに寄ると、山岡は黙って隣に座るように示す。

「永岡屋さん、ご苦労」

そう言って山岡は馬場に視線を戻す。何やら空を見るような顔だった。勘七は二千両の話を切り出す機を逸して、ただ無言で山岡の隣にいた。

「郷里では、馬をよう走らせた」

山岡は目を細める。

「この江戸に来てからは、そうそう馬を駆るものではないが、馬はいい。風を切り、野山を駆けていれば、何もかもを忘れて無心になれた」

勘七は、ほんの一年半前、高崎の側近として会ったときの山岡を思い出す。藩札を作ることに意欲を燃やし、何度も話し合っていた。紙の質、版木の意匠、さまざまなことを話し合い、決めていた。信頼できる男だと思っていた。

「山岡さま」

「すまなんだな」

勘七が声をかけると共に、山岡は言った。山岡は勘七に向き直ることもなく、馬場を見たままで頭を垂れた。

「すまなんだ」

「何を、謝られるのです」

謝ってもらいたいことなら山のようにある。だが、山岡が何をどう感じているのか、知りたかった。

「父の死後、私たちは借財を抱えて、ついには長らく仕えてくれた奉公人も辞めました。店を畳むことになるやもしれません。そのことを謝ってくださるというのですか」

山岡は顔を上げる。だが、勘七のほうは見ることなく、再び馬場を見詰めた。

「私の父は、国許《くにもと》の足軽だった。私は少しばかり算盤が立つものだから、重宝がられて江戸までお殿様と共に参り、そのまま上屋敷に勤めることと相成った。禄も増え、国許の家族も喜んだ。これで安泰と思っていたのだ」

そして力なく勘七を振り返る。勘七は改めて正面から山岡の顔を見てぎょっとした。頬はやつれ、目に力はなかった。

「こんなはずではなかったのだ」

その声は、勘七に向けられたものではないように聞こえた。まるで話がかみ合わず、空《むな》しさだけが勘七の胸中に広がった。

「いずれ然《しか》るべく、身を処す」

勘七は眉を寄せた。

「身を処すとは何ですか」

「分かっておる」

山岡は苛立《いらだ》ったように声を荒らげる。勘七は思わず身を引く。山岡は、刀の柄に手をかける。その手がカタカタと震えているのが見て取れた。

「山岡さま」

「分かっておるわ」

山岡はそう重ねて言うと、ゆらりと立ち上がる。そしてそのまま馬場を後にして歩いていく。勘七はその背を追おうかと迷った。だが、足が動かない。

山岡の背からは、強い拒絶がうかがえて、足が竦《すく》んだ。

○

十一月、いつもの年と同じように、町は歌舞伎の顔見世興行に沸いていた。

「今年は、田之助《たのすけ》がやっぱりいいねえ」

道行く人の話題にも、そんな声が混じる。店にやって来る客の間でも、役者の話題はよく出ていた。善五郎がこれを毎年楽しみにしていたことを勘七は思い出し、懐かしく思う。

勘七は、小僧の正助を伴って馴染の帳面屋に紙を届けに出ていた。守田座《もりたざ》の前を通るとき、正助が立ち止まり、ざわめく守田座をぽかんと見上げていた。

「どうした、正助」

「いえ、何でも」

慌てて勘七についてくる正助を見て、勘七は笑う。

確か自分も同じように、この顔見世興行で沸き立つ町中を歩きながら、看板を見上げて立ち尽くしたことがあった。善五郎がそれを見てまもなく、歌舞伎を見に連れて行ってくれたのを思い出す。

「正助、今度、歌舞伎を見に連れて行ってやろうな」

勘七が言うと、正助はぱっと顔を輝かせた。

「いいんですか」

「その代わり、しっかりがんばれよ」

「はい」

正助が元気に返事をするのを見て、勘七はその頭を撫《な》でた。

善五郎は、主として奉公人たちの様子に絶えず気を配っていた。片や自分は、日銭に追われ、奉公人たちが何を思い、暮らしているのかを見過ごしているようにも思う。

　それでも、今は一時の油断もならぬ緊迫の中にいた。

　与平もまた、昨年末からの取引先への不払いを詫《わ》びて歩き、また、今年末の引き延ばしなどの交渉に走っている。

「いずれ、持ち直します」

　勘七もそう言って歩いているし、与平もそう言って詫びている。

「果たして、そうなのかね。踏み倒して夜逃げされたらかなわんからね」

　上方からの紙の仕入れ先である廻船《かいせん》問屋は、半ば恫喝するように言った。漉屋などは大人しいものだが、それだけにあちこちから踏み倒しに遭い、潰れた店も多い。

　店に帰り着くと、入れ違いに一人の若い侍が出て行った。

「旦那さま、今のお侍さんが、旦那さまへのお文だと置いていかれました」

　手代の佐吉が、勘七を呼ぶ。勘七は佐吉から手渡された文を受け取った。妙にずしりと重い。

「何だろうな」

　勘七は文を開ける。すると中から小判が五枚、零《こぼ》れ落ちて派手な音を立てて床に散らばった。

「五両、五両ですよ」

　佐吉が慌てて拾い集める。勘七が文を広げて読むと、それは山岡からのものであることが分かった。

勘七は文を摑んだままで店を飛び出した。先ほどの侍の姿を見つけ、追いすがる。

「もし」

勘七が声をかけると、侍が立ち止まる。

「今しがた、永岡屋に文を届けてくださった」

「いかにも、某《それがし》だが」

硬い口調で勘七を見据える。

「これは、どういうことですか」

勘七が文を掲げる。侍は怪訝な顔をする。

「何が書かれているのか、某は知らぬ」

勘七は再び、文に目を通す。

「山岡さまが、ご切腹あそばされたと書かれています」

侍は、ぐっと唇を引き結び、そして静かにうなずいてみせる。

「見事なご最期にござった」

そこまで言うと侍は再び歩き出す。

「お待ちください、なぜそのようなことに」

侍はじろりと勘七を睨む。

「そのほうに言うことはない」

「また、上屋敷の事情が変わられたのか」

侍はぐっと息を呑む。勘七は侍の前に立ちはだかる。侍は、すっと腰の刀に手を伸ばす。

「無礼であるぞ、下がれ」

恫喝する声が響いた。勘七は真っ直ぐにその侍を見返した。

「こんな形で何が見事なものか」

「何」

「この死に様の、何が見事なものなのか、私にはさっぱり分かりかねる」

勘七は大声を張り上げた。その声は思いのほか響き、通りのものが足を止めるほどであった。勘七は、頭に血が上り、肩で息をした。よく分からぬうちに、死体を自分の上に投げつけられたような不快感が怒りになって湧き上がっていた。

「これ以上、邪魔立てすれば斬る」

侍は低い声で威嚇《いかく》し、勘七はそれでも道を譲れない。侍の前に立ちはだかり、唇をかみ締めた。

「然るべく身を処す」

あの日、山岡はそう言った。それがどういう意味なのか、勘七には分からなかった。

ただ、山岡は自分と話をしているように見えて、まるで空と話しているような手ごたえのなさがあった。

侍としばらく向き合い、引くに引けなくなった侍が刀の柄に手をかけ、鯉口を切る音がした。その時、勘七は後ろから頭を押え込まれ、強引に下げられた。

「申し訳ございません、ご無礼を」

声を張り上げ、隣で共に頭を下げているのは、番頭の与平だった。勘七が頭を上げようとあがくほど、与平の手には力が入り、頭を上げることができない。そのまま辛うじて目玉だけを動かすと、侍の手元が見えた。刀にかけた手はやや震え、そしてそれを放した。

「弁《わきま》えよ」

侍は吐き捨てるようにそう言うと、踵を返す。その草履が遠く見えなくなるまで、与平は勘七の頭から手を放そうとしなかった。

「おい、侍は帰ったぜ」

と、町人の一人が声をかけてくれて、ようやく与平はその手の力を抜いた。勘七はその与平の手を振り払うように避《よ》けると、与平を睨む。

「なぜ、頭を下げたのです」

勘七が声を上げる。与平は窘《たしな》めるように勘七を睨むと、辺りを見回して笑って見せた。


「往来ですよ」

　そして勘七に背を向けて歩きはじめる。勘七はその後をついていく。


「あの山岡が死んだのです」

勘七は与平の背に向かって声をかける。与平は答えない。勘七は早足で歩く与平を止めようと、その腕を摑んだ。すると与平は却って勘七の腕を摑み返し、そのまま引きずるように路地を入る。そしてそのまま永岡屋の母屋の庭へ通じる裏木戸に入った。そして力任せに勘七を放り投げた。勘七は不意をつかれてたたらを踏み、庭の地面に膝を折った。


「落ち着きなさい」

　与平の声は冷静だった。勘七は地面に膝をついたままで与平を見上げて睨む。


「これを見ても落ち着いていられますか」

勘七は手にしていた文を与平に向かって投げつけた。与平はそれを黙って拾い上げ、勘七を見る。


「山岡の遺書ですよ」

　勘七は唾棄するように言い放った。

　勘七も読んだその文の内容は、まるで要領を得ない。

己はただ、藩主への忠義を果たすべく、日々勤めてきたという。そしてそれゆえに、藩のために永岡屋とも仕事をした。それがまた、叶わなくなったのも、藩への忠義ゆえである。しかしながら、それが報われることはなかった。そのために、己の忠義の証《あかし》として腹を切ることと相成った。永岡屋にも世話になった。餞別《せんべつ》を渡そうと思う、という旨が認《したた》められていた。

「何なのでしょうね、このざまは」

勘七は地面に胡坐をかいてつぶやいた。

力を尽くして御用のために働いたことへの仕打ちとして、夜盗に入るという不届き。あまつさえ、病床にあった善五郎を傷つける狼藉《ろうぜき》。それらに対する謝罪などは微塵《みじん》もない。それすらも己の忠義であったと言わんばかりの文には、忠義という名のもとに全ての罪は許されると信じて疑っていない山岡の心の内が見てとれた。

「何が武士だ、盗人が」

勘七はそう言って、肩で大きく息をした。身の内から火が出るかのように、怒りで胸が熱くなった。

与平は静かに勘七に向かって手を伸ばしてその腕をとると、勘七を立ち上がらせる。その手を振り払い不快を隠さぬまま、縁に腰かけた。与平は黙って勘七の横に座る。そして、山岡の遺書を改めてじっと見て、そしてそれを畳んだ。

「それで、旦那さまはどうしたいのです」

勘七は与平を見やる。与平は落ち着いた様子でじっと勘七を見返した。

「ああして往来で大声を上げれば、武士は面目を保つために刀を抜かずにおられないことくらい、ご存知でしょう。下手をすれば斬られていた。それでご満足ですか」

勘七は唇を嚙みしめた。

刀を持つ武士と、持たぬ商人。それが真っ向から対立すれば、武士が勝つのは自明の理である。素手で逆らうのは、無謀以外の何物でもない。幼いころから商人として育った勘七にとって、それは当たり前のこととして身についていたはずだった。だが、先ほどはそれを全て忘れていた。

「死ぬわけにはいきません。それでは、仇《あだ》が討てません」

勘七は苛立って言い放つ。

「仇、ですか」

勘七がうなずくと、与平は頭を横に振った。

「山岡さまは自ら腹を切られたではありませんか。これ以上、何に仇を討つのです」

「藩ですよ」

勘七は与平を睨む。そして与平に向かってずいと近づく。

「こんな無体《むたい》がありますか。藩邸を訪ねて頼まれた仕事が全て踏み倒されたのですよ。

ついでに夜盗までされて、それでも笑って許せとでも言うのですか」

与平はそれでも首を横に振った。

「いけませんよ、旦那さま。大旦那さまが生きておいでても、窘められるはずです。永岡屋の主、善五郎という人は、何よりも争いを嫌う人でしたよ」

「知っています」

「それならば」

「だから、こうなったのではありませんか」

勘七はきっと与平を見上げた。与平はその視線の先で驚いたように目を見開く。

「どういうことですか」

勘七は目を閉じて、そして膝の上に拳を握りしめ口を開いた。

「旦那さまは、争いを好まず、人を信じ、商いをするお人だった。私にとってこの上ない主でした。しかし、それ故にこうして藩から侮られ、こんな負債を負う羽目になったのではありませんか」

勘七は胸の内の澱《おり》を吐き出すようにそう言い放つ。そしてゆっくりと目を開けて与平を見やる。与平は何も言わなかったが、その目には怒りとも悔しさともつかぬ揺らぎがあった。そして与平もまた勘七と同じように膝の上で拳を握った。

「そんなことを言われるとは思いませんでしたよ」

与平は静かにそう言った。勘七は唇を噛みしめた。

「私だって言いたかないですよ、こんなこと。しかし、ここ十年で商いの形は変わってしまった。真面目に地道に商いをしていれば安泰だなんて、そんなことを言っていられない。もっと狡猾《こうかつ》に、強《したた》かに立ち回るくらいの覚悟がなければ、私たちは潰れてしまうんじゃないかと」

いつぞやの宴の席で、商店主たちが善五郎をあざ笑う声が、今でも勘七の耳に残っている。善五郎は間違っていたのかもしれないという思いが、勘七の中で渦を巻き、抜け出せない不安になっていた。

「ならば、あなたの道とはなんですか」

与平は静かに拳をほどき、そして縁に座った。

「私の道ですか」

与平は深くうなずいた。

「大旦那さまのやり方が甘く、それ故に踏み倒されたというのであれば、あなたなりの考えや道がなければ話にならない。それはああして武士に逆らい、己の身と店を危難にさらすことですか」

勘七は与平からついと目を逸らした。そして見たくもない前栽《せんざい》の紅葉《もみじ》を見詰める。

「それとも客を疑い、頭を下げずに、品を叩き売るのですか」

勘七は頑是ない子どものように、ふるふると首を横に振る。

「そうではありません。しかし……道が見えないのです」

与平は静かに立ち上がり、そして勘七の肩を叩いた。勘七は項垂《うなだ》れた。

「私は善五郎という商人を敬い、憧れてきました。しかしもしやそれが身びいきになっているのかもしれないと、疑いを持ってしまった。そしてその迷いから抜け出すことができないのです」

与平は、項垂れる勘七の肩を叩く。だが何も言葉をかけることはない。しばらくの間、重苦しい沈黙が続いた。遠くで物売りの声が聞こえている。

「彷徨《さまよ》っているんでしょうね、私たちは」

与平はため息と共にそう言った。勘七はゆっくりと顔を上げて与平を見る。与平は夕暮れに染まり始めた空を見上げた。

「私も商人として永岡屋に勤めてきて、初代と先代と二人に仕えました。しかし今という時代はまるで先が読めやしない。私も偉そうなことを言っても、迷子なんでしょうね」

その言葉を聞いて、勘七は与平を見た。そこには先ほどの厳しさではなく、幼いころから見慣れた優しい与平の目があった。

「いっそ、他の方にお話をうかがったらどうですか」

勘七は与平を振り返る。

「他の方、というと」

「そうですね、例えば……大旦那さまと親しくしていらした広屋の浜口儀兵衛さまにお会いになられては」

「浜口さまですか」

与平はうなずいた。勘七は表情を硬くする。

「あちらはうちとは比べられないほどの大店ですよ」

「存じております。しかし、あの方とて商人は商人です。それでもあの方は時に公然と武士にも逆らう。ご存知でしょう」

勘七は黙ってうなずく。

先だって、お上からの値下げの命に対しても敢然と立ち向かい、結局「最上醤《しょう》油《ゆ》」という称号をお上から取り付けて、値を保った。

「道理は通していい」

と、以前、酒宴の席でも言っていたのを思い出す。

「あの方ならば、道を教えてくださるかもしれない。それに商人として小諸藩に仇討つ術もあるのやもしれませんよ」

与平はそう言うと、山岡の遺書を勘七に手渡した。

勘七は改めてその遺書を受け取る。それは紙というにはあまりにも重く感じられ、懐に入れると、それだけで沸々と身の内から怒りが湧いてくるように思われた。勘七は着物の上から懐の文を握りしめ、深く息を吐いた。

○

年の瀬も押し迫った師走《しわす》のある日、勘七は日本橋蠣殻町《かきがらちょう》にある広屋に出向いた。大きな蔵を背後に控えた店先では、相変わらずの羽振りの良さがうかがえた。

「本石町永岡屋勘七と申します。ご主人様は」

勘七が問うと、手代が丁寧に応対してくれた。

「生憎《あいにく》、出かけております」

「さようでございますか」

勘七は、気負ってきただけに、がっくりと肩を落とした。

店を出ると、折悪しく雨が降り始めた。

足早に走り去る人々と同様、勘七も軽くうつむきながら、足早に歩いていた。自分の足袋《たび》のつま先が汚れることばかりに目をとられ、辺りの様子はまるで見えない。

ここ数日の間、勘七も与平も奉公人たちも掛取りに奔走し続けていた。溜《た》まりに溜まっていた旗本たちのつけの一部は、大口屋の新三郎が押えてくれたおかげで、まとまった金になった。また、長岡藩や寺社との取引は、きっちり回収することができた。

「今年は何とか乗り切れますが、来年はまた、綱渡りになりますね」

与平が算盤を鳴らしため息をつくのを聞きながら、勘七は懐に先日の山岡の文を入れて永岡屋を出てきた。山岡の文については、

「縁起でもないから燃やしちまいな」

と千代に言われたのだが、なかなか捨てる気になれなかった。いずれ何かの証になるのではないかとも思った。

「あとは旦那さまのお心次第ですから」

与平はそう言って、既にあの小諸藩の一件はなかったこととして振る舞う。しかし勘七は、時折、どうしようもなく口惜しさが湧いてくるのだ。

そんなことを思い巡らせながら、雨のそぼ降る中を歩いていた。

そのとき、ぐっと腕を掴まれた。そちらを見る間もなく路地に放り込まれた勘七は、勢い余って転がり、道端の天水桶《てんすいおけ》に強《したた》か背中を打ちつけた。何事かと顔を上げたとき、目の前には笠《かさ》を目深《まぶか》に被《かぶ》った侍が二人立ちはだかった。

「何ですか、あなた方は」

勘七は問いかけるが、侍たちは何も言わない。そしてそのまま一人がすらりと刀を抜き放った。

ぎらぎらと雨に濡《ぬ》れて光る刃先を見ていると、金縛りにあったように身動きがとれない。

斬られる、と、思った。

正眼《せいがん》に構えた刀は、ゆっくりと振り上げられていく。勘七ははっと息を呑み、慌てて体を右へと倒した。侍の刀は勘七の左肩を斬りながら、天水桶を叩き壊し、辺りに派手な音が響いた。裏長屋からは、人がいないのかと思うほど、物音一つしない。ただごとではないことが外で起きているのが分かるのだろう。息を潜めているようだった。

勘七は、四つんばいになりながら、小路の奥へと逃げる。侍は至って冷静な様子で、静かに刀についた雨しずくを振り落とす。勘七の背には、長屋のつき当たりが迫っていた。先ほど斬られた左肩が熱をもっているのが分かる。勘七は一つ息をつき、胸を張った。

「小諸藩の方々か」

勘七が声を張る。相手は答えない。

「せめて、理由なりと聞かせていただこう」

すると、刀を抜いていない侍が、ずいと前へ進み出た。

「お上に逆らう商人は、悉《ことごと》く斬る」

勘七は、何を言われているのか分からなかった。しかし、じわじわと侍は近づいてくる。勘七は辺りを見回した。そして傍らにある芥溜《ごみた》めが視界に入る。勘七はそこに手を突っ込み、掴んだ大根の切れ端を刀を持った侍の目に向かって叩きつけた。侍は不意にものを投げつけられてそちらに気をとられた。その隙に勘七は侍に向かって突進し、その侍の腰にあった小刀を抜き取った。

「小癪《こしゃく》な」

刀を手にした侍が、怒りに顔を赤くする。勘七は、両手で刀を構えた。そして真っ直ぐに二人の侍を睨む。

「侍が刀を持つのは、江戸を守るからだと、それゆえ侍は禄を食《は》むのだと、そう思うておりました。しかし、丸腰の町人相手に、二人がかりで大刀をかざすような輩は、どの道、侍とは名ばかりの賊でございましょう。長屋においでのみなみなさまもよくお聞きなされ。ここで名もない町人を二人がかりで殺そうとする賊がおりますよ」

勘七は、大声を張り上げた。今一人、刀を抜いていなかった侍も刀を抜き、怒りに顔を赤くする。

「言わせておけば、この下郎」

侍はそう罵《ののし》ると、勘七に向かってくる。勘七は刀に向かって小刀を振り上げる。キンという甲高い音がして、侍の刃を辛うじて跳ね返す。しかしその衝撃で勘七の手は痺《しび》れ、左肩には強い痛みを覚えた。それでも勘七は柄を放さない。

侍は再び踏み込んでくる。勘七は再びそれを受けるが、今度は鈍い音がして、鍔《つば》がかみ合う。その時初めて、笠の下にある相手の顔が見えた。色はどす黒く、目窪《めくぼ》は落ちている。過日、田原町の長屋で見た新三郎の兄のような形相《ぎょうそう》だ。勘七はグッと腹に力を込めた。そして足を踏みしめると、侍を刀ではなく体ごとで押し返した。すると侍の体は後ろに向かってたたらを踏んだ。

「大丈夫か」

もう一人の侍が声をかける。勘七は、再び足を踏みしめ小刀を握りしめる。だが、見れば唯一の得物《えもの》である小刀は既に刃こぼれしている。そして手は痺れて感覚がない。

「町人めが」

残る一人が刀を振りかざした時、勘七は腕を上げることができず、思わず目を固く閉じた。

「うっ」

不意に呻《うめ》き声が聞こえ、勘七の傍らに刀を構えていた侍がどうと倒れ込む。肩先から血を流し、蹲《うずくま》っていた。

勘七が顔を上げると、一人の浪人が刀を握ったまま仁王《におう》立ちしている。

「ご無事か」

勘七は浪人の低い声に、ただ黙ってうなずいた。倒れた侍は肩を庇《かば》いながら立ち上がり、それでもなお、刀を構えようとした。

「立ち去れ。さもなくば斬る」

浪人の声に侍はしばし逡巡《しゅんじゅん》したが、もう一人の侍と共に刀を構えたまま後ずさりすると、路地を飛び出していった。勘七はその侍の背を見送り、改めて浪人を見上げる。気が抜けず、一言も声が出ないままそこに座り込んでいた。

「あなたでしたか、永岡屋さん」

浪人の背後から、傘をさした中年の男が一人、顔を覗かせた。

「浜口さま」

「ご安心なさい。この男はうちの用心棒ですよ」

浜口の言葉に勘七は力が抜けてその場に座り込んだ。だが、手が強張って刀を放すことができない。

「申し訳ありません、手が固まってしまいまして」

すると浪人は、刀の柄で勘七の手を軽く叩いた。すると手から力が抜け、小刀はからんと下へ落ちた。

「お手間をとらせました。浜口さまをお訪ねしたところ、お留守でしたので、失礼するところでした」

勘七が苦笑ながらに言うと、浜口は勘七に手を差し伸べた。勘七はその手を取って立ち上がる。

「ともかくもご無事で良かった。しかし、ひどい怪我《けが》です。ひとまず手当てをしましょう」

浜口に言われて改めて自分の肩の傷に気を取られ、痛みが強まった気がした。

用心棒と浜口に支えられながら、今来た道を戻り、再び浜口の店へ入った。

奥の間へ通されると、女中が勘七の刀傷を手際よく手当てして、晒《さら》しを巻いた。雨に濡れて、刀で切れた着物から、浜口が用意してくれた紬《つむぎ》の着物に着替えた。

「何から何まで、ありがとうございます」

勘七が礼を言うと、浜口はずっと手をついて頭を下げる。

「あなたが襲われたのは、おそらく私のせいでしょう。申し訳ない」

勘七は戸惑った。

「何をおっしゃるのです。あの連中はそんなことは申しませんでしたよ。ただ、お上に逆らう商人だと、私を罵ったただけで」

「昨今は、私のことをそう言うものがおりますから」

勘七は眉を寄せた。

「それはどういうことで……」

浜口は曖昧に笑って勘七の問いを遮る。

「あなたの先ほどの啖呵《たんか》は良かった。江戸を守るから刀を持って扶持をいただくのが武士。そうでなければ賊。なかなか的を射ていると、私は思いました」

勘七はさっきの長屋路地で思わず怒鳴った言葉を思い出し、赤面する。

「あれは、何と言うか勢いで出てきたもので」

「あの言葉を聞いて、あなたを助けねばならぬと思ったのです」

勘七は顔を上げた。

「では、その言葉がなければ」

「浪人同士の喧嘩と思って素通りしたやもしれませんね」

勘七は今更ながら血の気《け》が引くのを感じた。浜口は表情を崩さない。

「ところで勘七さん、本日は何か私に御用がおありだったのでしょう」

勘七は改めて居住まいを正した。そして浜口を見る。だが、いざ話そうとすると、何から話してよいのか分からず、勘七はしばらく黙った。

「これを、ご覧ください」

勘七は懐から山岡の文を取り出した。浜口はそれを黙って手に取り広げると、しばらくそれを見詰めていた。

「これは」

「父、善五郎を斬り、当家から納品前の藩札を盗み出した小諸藩士が、切腹に際して記したものです」

浜口は軽く目を見開き、再び文に視線を落とすと、それを静かに畳んだ。勘七は言葉を接いだ。

「先日、往来でそれを届けに来た侍と揉めていたところを、番頭に止められました。そしてもしも仇を討ちたいと望むなら、商人らしく仇を討つ方法を浜口さまに教えてもらうと良いと言われ、甚だ勝手ながら参った次第でございます」

両手をついて頭を下げる勘七の前で、浜口は何も言わなかった。そして山岡の文を勘七の前について差し出した。

「答えは至極簡単です」

勘七ははじかれたように顔を上げ、その答えを待った。

「小諸藩のお家騒動なぞ、放っておきなさい」

浜口の言葉にしばし呆然《ぼうぜん》とし、次に血の気が上がるのを感じた。

「しかし」

「二つに一つを選ぶしかありません」

勘七の反駁《はんばく》を制するように、浜口は言葉を接いだ。

「世は動いているのですよ、勘七さん。どうしても小諸藩に仇を討つというのなら、店の主をお辞めなさい。あなた以外に任せたほうがいい。しかしもし、善五郎さんから受け継いだ主としての仕事を続けるのなら、小諸藩のことなど捨て置きなさい」

そして浜口は一つ息をつき、言葉を続けた。

「仇を討つといったところで、その当人は勝手に死んでいるのでしょう。ならば尚更《なおさら》、放っておけばいいじゃありませんか。それなのに、あなたは今、小諸藩に拘泥《こうでい》している。それは今の商いが上手くいかないことの全てを、小諸藩の一件になすりつけているからに他なりません」

勘七は息を呑む。だがすぐに拳を握り締めて身を乗り出した。

「小諸藩の一件で借財を抱えたことは事実なのです」

「借財を抱えるくらいのことは、商いをしていれば誰でもあることです。それを、さも父の仇討ちのような奇麗事に掏《す》り替えて怒っているのは筋違い。商いが上手くいかないのは、他にも理由があるのです。そのことに気付けないのは、あなたが見ているものがとても矮小《わいしょう》だからに過ぎません」

勘七は何かを言い返そうと口を開く。だが、言葉が見つからず、拳を握って唇をかみ締めた。浜口の口調は落ち着いている。そしてその言葉は図星であるように思われた。

「しかしそれでは、どうすれば良いというのですか」

声を上げると、肩の傷が痛み、勘七は顔を歪《ゆが》めた。

「傷は痛みますか」

浜口の問いに自分の肩先を見る。

「ええ、少し」

浜口は深くうなずいた。

「先ほどの侍たちがあなたを襲ったのは、私のせいだと申しました。お話しするまでもないと思ったのですが……」

浜口は姿勢を正した。

「天誅組《てんちゅうぐみ》のことを知っていますか」

勘七は眉を寄せる。

「名を聞いたことはございます」

天誅組の一件は、一年ほど前に都で起きた騒乱である。

天誅組は、権大納言《ごんだいなごん》中山忠能《なかやまただやす》の子、忠光《ただみつ》を先頭とした攘夷《じょうい》の過激派であった。八月に倒幕の挙兵をし、自ら大将となって五条《ごじょう》代官所を襲撃し、代官の首をとった。これは、大和行幸《やまとぎょうこう》の先駆けとして帝《みかど》の御為《おんため》におこなったものと、天誅組は言っていた。しかしこれは帝の本意《ほい》ではなかったとされたことで、一夜にして情勢は一転。天誅組は賊軍として追われることになったのである。

「その天誅組の追討に、兵を出せとお上よりお達しがありました」

勘七は怪訝な顔をした。

「兵を、商人の浜口さまが出されるのですか」

「私には、兵があるのですよ」

浜口は、語る。

浜口の郷里、紀伊《きい》は、海に面している。そのため異国の脅威から守るために、地元の農民たちを募り、崇義団《すうぎだん》という農兵組織を作った。その兵を、天誅組追討に貸し出せというのが、お上の要求だった。

勘七は首を傾げる。

「差し出たことかもしれませんが、うかがってもよろしゅうございますか」

浜口は無言で先を促した。

「兵を抱えるというのは、許されることなのでしょうか」

勘七の問いに、浜口は微笑んだ。

「許されるとは、何でしょう」

以前も同じような禅問答を浜口としたように思う。勘七はまたも言葉に詰まった。

「お上に、でしょうか」

「そのお上が既にお手上げで、農兵を差し出せというのですからね」

勘七は、はあ、とうなずきながら、できの悪い小僧のような気持ちでうつむいた。浜口はその勘七を見てかすかに笑い、そして言葉を続けた。

「兵は出さないと、上奏したのです。それを、不忠者、お上に楯突く不届き者と、罵る輩がいるのです」

勘七はすっと顔を上げて浜口を見る。

「何ゆえお上の申し出をお断りになられたのですか」

「われらは今、同士討ちをしている場合ではありませんから」

「同士と言うと、浜口さまは天誅組も、同士とお考えですか」

勘七は知らず語気が荒くなる。

天誅組の報を知ったとき、勘七はまず、桜田門外の件を思い出した。首級《しるし》をあげたことを高らかに宣言した天誅組と中山忠光という人物に、あの日、歓喜の声を上げて大老井伊直弼の首を掲げた浪士の姿が重なった。そして、自らの腕の中で息絶えた直次郎の面影を思った。

だが、浜口は頭を横に振った。

「世の中では、尊王だ、佐幕だと、軽い旗をひらひらと掲げて、功を焦って闇雲に人を斬っている。先ほどあなたを襲った輩もその口でしょう。しかし、私にしてみれば、そんなことは下らない」

「では、同士というのは」

「日本人ですよ」

「日本人」

勘七は、聞きなれぬ言葉を聞いたように思え、思わずその言葉を繰り返す。浜口は、揺るがぬ表情で勘七を見つめる。

「我らの国は海に囲まれています。それゆえ、これまで侵略されることなく長い歴史を紡いできた。しかし今や、米国をはじめとした異国が、黒船に大砲を携えてすぐその岸まで来るようになってしまった。清《しん》国などは、英国をはじめとした異国に侵略されて憂き目を見ています。今、国の中で詰まらぬ内輪揉めをしている場合ではないのです。私の兵は、その異国の脅威に備えるためのもの。だからこそ、貸せぬと上奏したのです」

そこまで言って、浜口はじっと勘七を見た。

「小諸藩のお家騒動など、その小さな日本の中の内輪揉め。そしてあなたが小諸藩に対して怒っているのも、異国からすれば極々小さな内輪揉めでしかありません。そんなことをしていれば、商いなぞできるはずもありません」

勘七は声もなく俯《うつむ》いた。

「では時に勘七さん。商人の役目とは何か、お分かりか」

勘七は眉を寄せ、浜口を見て口を開く。

「商いをし、品を届けることでしょうか」

浜口は静かにうなずいた。

「それが商いのいろはのいです。とかく商人は、武士や農民に比べ、自ら何も生み出さずして利益を得るということで、身分も下に見られている。しかし、それは果たしてそうでしょうか。農民や工《たくみ》たちは、自ら生み出したもので富を得る。それは、商人たちがそれらを求める人の元へ届けるからですよ。私たち商人は、人の求める物を届けることで、その謝礼として金をいただく。それは、何ら恥でもなければ、怠惰でもありません」

勘七はその言葉を聞きながら、改めて自らの居住まいを正した。浜口はさらに続けた。

「求める物とは何なのか。それを見極めるのもまた、商人の仕事です。私の場合、その一つが醬油です。そして紀伊においてはそれが津波から町を守る堤であり、異国から民を守る兵であった。無論、儲《もう》かるものではありませんが、それが商人の務めと思ったのです」

勘七は商人の務めという言葉を、自らつぶやき、そして唇をかみ締めた。

「しかしそれは、浜口さまだからおできになることです。私のような小さな店は、求めるものといって、兵だの堤だのと用意できるはずもない」

浜口は勘七を真っ直ぐに見て笑う。

「無論、私とて、醤油という支柱があればこそできることです。しかし、儲けだけを見ていてはいけません」

「他に何を見るのですか」

「世間を見ることです」

「世間、でございますか」

「近江《おうみ》商人たちは、売り手よし、買い手よし、世間よしという言葉を使います。この三方よしは、商人の一つの道だと私は思います」

「売り手よし、買い手よし、世間よし」

勘七は反芻《はんすう》するように口の中で繰り返す。浜口は師匠然とした様子で深くうなずいた。

「売り手も買い手も喜ぶだけであれば、そのような商いは数多《あまた》ありましょう。けれど、例えば買い手が求めるからと、度を越して粗悪なものを安いからと売り歩けば、それは世間が許しません。世間が許さなければ、儲けた金はあぶく銭。商いは長く続きません」

勘七は、ただ黙って聞いていた。

「もっと、世間をごらんなさい。もしも、商人としての仇討ちがあるのだとしたら、それはあなたが、商人としての道を歩むことのほかありません」

「道でございますか」

「そうです。武士に道があるように、商人にもまた道はあるのです。あなたは奉公人ではなく主人なのですから。永岡屋をこれからどうしていきたいのか、その道を考えなければなりません。あなたは、どんな商人になりたいのですか」

勘七はその時ふと、善五郎が最期に言っていた言葉を思い出した。

「福を届ける……商人は、人に福を届けることが務めだと、先代がそう申しておりました」

浜口は穏やかな微笑みと共にうなずいた。

「さすがは善五郎さんだ。あのお人はやはり立派な商人でいらした」

その瞬間、勘七はずっと負い続けていた重荷の一つが、軽くなったように思えた。不意に目の前にあった堅固な壁に大きな穴が穿《うが》たれたような思いがして、胸が熱くなった。

「父のやり方では駄目なのだと、そう思っておりました」

いつぞや、日本橋の旦那衆が言っていたように、善五郎は甘かったのではないかと思っていた。だから、商いはもっと狡猾に立ち回らなくてはいけないと思っていた。

藩の内情を探り、人を蹴落とし、金を稼ぐことを考えなければならないのだと、そう自分を追い詰めていた。追いかけてきた善五郎の背中を否定することは、勘七にとって苦しいことだった。

知らぬ間に涙がこぼれ、それを勘七は手の甲で無造作に拭《ぬぐ》おうとして、また肩の痛みに顔を顰《しか》める。

「大丈夫ですか、勘七さん」

「はい」

勘七は、両手をついて、深々と頭を下げた。

「ありがとうございました。長らくお時間いただき、また、怪我《けが》の手当てまでしていただいて。近く、お着物は返しに上がります」

「差し上げますよ。それより勘七さん」

勘七が顔を上げると、浜口は穏やかに笑った。

「料紙をいただきましょう」

「え」

浜口は振り返ると、後ろに置かれた千両箱から十両を取り出して勘七に差し出す。

「この値では、一年使っても余るほどの料紙になります」

浜口は首を横に振った。

「今、私はあなたの力になりたいと思った。だから良いのです。このうち半分は、赤坂氷川《ひかわ》の勝先生に届けてください」

「勝先生でございますか」

「はい。年明けにご挨拶代わりに」

勘七は、畳の上に置かれた小判を、そっと捧《ささ》げ持つ。

「ありがとう存じます」

「ただし、これは所詮、焼け石に水です。次にあなたが何か、店の道となるものを見つけたとき、もう一度いらっしゃい。それが道であると私が思えば、今一度、あなたに賭けてみましょう」

勘七はグッと頭を下げた。その瞬間、忘れていた左肩の傷が痛んだ。浜口は静かに立ち上がる。

「なかなか、粋な立ち回りでしたよ」

浜口はそう言うと、いたずらめいた笑いを見せた。勘七もそれに応えて笑い、頭を下げた。

店を出ると、雨はあがっていた。日が暮れかけて、寒さを増していた。ゆっくりと通りを歩いていくと、小料理屋の外に床几が置かれていて、煙草盆が置いてあった。

「火を借りてもいいですか」

店に声をかけると、中から、どうぞ、という威勢のいい女将の声がした。

勘七は床几に腰掛け、盆にある火種の火をおこし、懐から山岡の文を取り出す。そして文に火を点《とも》した。火はすぐに燃え移り、赤々と文を彩る。煙草盆に入れ、勘七はしばらく立ち上る煙を見詰めていた。すると文は瞬《また》く間に灰に姿を変えた。

これで小諸藩のことは全て忘れようと、心に誓った。

そのまま勘七は顔を上げ、永岡屋への道を歩いていった。空に星が光り始めていた。

第三章　道しるべ

勘七《かんしち》は羽織の裾を気にしながら、静かに座敷に座った。

新年あけて元治《げんじ》二年（一八六五）、正月。

赤坂氷川にある勝麟太郎《かつりんたろう》の邸《やしき》の中には、相変わらず見慣れぬ異国のものが並んでいた。勘七がそれらを見るともなしに見ていると、ほどなくして大きな足音が廊下を渡ってきた。

「おいおい、なんだって俺の所なんかに年賀の挨拶《あいさつ》に来てやがるんだい」

入るなり軽快な口調で言い放ち、勘七の前に腰を下ろす。

「聞いているんだろう。今、俺がどういう有様かってことは」

勘七は静かに頭を下げた。

「は、あの、詳しくは存じませんが」

勘七は言葉に詰まる。

年末に浜口の所を訪れた際に、勝が幕府から蟄居《ちっきょ》を命じられていると聞かされた。

「全く、見る目がないのも大概にしてほしいものだよ」

勝は欠伸《あくび》をして見せた。勘七はゆっくりと顔を上げて勝の様子を窺《うかが》う。

勝はにやりと口の端を持ち上げて笑う。

「お前さん、以前、ここへ来て桜田門の話をした時には、つっころばせばふらりとよろめきそうな若旦那といった風情だったが、いつから喧嘩《けんか》っ早くなったんだい。浜口さんの近所の往来で侍相手に大立ち回りをしたってな。傷はどうだい」

勘七は苦笑をしつつ、左肩を軽く押えながら頭を下げた。

「立ち回りというほどのことではございません。商人はいけません。いざ、刃《やいば》を握ると手がこわばって、お恥ずかしい限りでございました」

「浜口さんが、お前の啖呵《たんか》が気に入ったってさ。侍の本分を忘れた奴《やつ》は、刀を持った賊だってね」

勘七は俯《うつむ》いた。

「そんなことを申したかどうかさえ、朧《おぼろ》でございまして」

そして勘七は背後に置いた包みを、勝に向かって差し出した。

「こちらは、浜口さまから言いつかってまいりました、お年賀の品でございます」

勝はそれを手に取ると、包みを開く。

「紙かい」

「はい。美濃紙を」

「何だってこんなに。暇に飽かせて物を書けっていうのかね、あの人は」

勝は、ありがとうよ、と言うと、それを傍らへ押しやった。

「それで、商いの按配《あんばい》はどうだい」

「なかなか厳しゅうございます」

「小諸藩の厄介に巻き込まれているらしいな」

勘七は首を横に振った。

「浜口さまには、それにこだわるのは料簡《りょうけん》が狭いと叱られました」

「あの人らしい説教だね」

勘七は、ええ、と相槌《あいづち》を打つ。

浜口に言われてからというもの、何とか打開する道を探ってきた。しかし道を探れば探るほどに袋小路にはまるような心地もしている。

「ここ数年の物価高には悲鳴を上げている商家も多くございます。お上が何がしかの助けをしていただければと思うのですが」

勘七は勝を窺い見る。少しでもお上の考えを知りたいと思った。その勘七の視線の先で勝は顔を歪《ゆが》めた。

「俺に聞かれても困るよ。俺はお上から遠ざけられている一人だ。それにお上って言ってもな、一筋縄じゃいかねえよ。そのお上が阿呆《あほう》の集まりになっちまうってことも、ままあるんだ」

その時、女中が静かに茶を運んできて、それを勘七と勝の前に置いた。その間、互いに口を閉ざし、じっと女中の様子を見ていたが、女中が下がると、勝は茶を美味《うま》そうに飲んだ。勘七もそれに手を伸ばす。そして茶碗《ちゃわん》を置くと、勝に向き直る。

「勝先生が、こんなところにおいでになるのもまた、おかしな話でございますが」

勘七は、気がかりだったことを問いかけた。以前、桜田門のことを話しに来たときは、海軍を創設することを嬉々《きき》として語っていた勝が、未《いま》だ政情も落ち着かぬまま、何故《なにゆえ》、江戸にいるのか。

「俺は、お役御免になったのよ」

勝は自嘲《じちょう》するように笑って見せた。

「俺の海軍操練所の門下生の一人がな、長州《ちょうしゅう》と組んで都の焼き討ちを企《たくら》んでいたそうだ。本当か嘘《うそ》かは分からん。だが、結果として海軍操練所そのものが、尊攘派の巣窟《そうくつ》だとお上は判断したんだろう」

「しかし、それは真《まこと》なのですか」

勘七の言葉に、勝は苛立《いらだ》った様子で頭を掻《か》いた。

「少なくとも俺はそんなことをした覚えはない。だが、お上がそうだと言ったらそうなる。それが武士の掟《おきて》ってもんだ。それは、お前さんも知っての通りだよ」

勝は一気に言い切ると、パンと一つ大きく手を打った。

「そんな、気の毒そうな顔をするな。まあ、仕方がねえってこともある。もっとも、それだけが理由でもなさそうだしな」

「他にも何か理由がおありなのですか」

勝は、うんざりしたように頷《うなず》いて見せた。

「まあ、上《うわ》つ方《かた》の帳尻合わせみたいなものに付き合わされたんだろうな」

勝は訥々《とつとつ》と話す。

越前《えちぜん》の松平慶永《まつだいらよしなが》、薩摩《さつま》の島津久光《しまづひさみつ》、そして将軍後見職の一橋慶喜《ひとつばしよしのぶ》を中心とした参与会議というものが京都に存在した。それは、これまで攘夷《じょうい》一辺倒に傾いていた論調を一掃し、新たな議論をするためのものだった。つまり、「天下の大勢は開国にある」という共通の認識を持って、政《まつりごと》を行うためのものである。統一した見解を持たなければ一歩も前へ進むことはできないからだ。

しかし今年の正月になると、将軍家茂《いえもち》をはじめ、老中たちが突如、「鎖国すべし」との方針を掲げて参与会議がまとめかけた話を混ぜ返した。

「やっと、話はまとまりかけていた。攘夷派の動きも止《や》んでいた。それなのに、何でそんな話が出てきたか、分かるか」

勝は笑いながら勘七に問いかける。勘七は首を横に振る。

「老中の連中にしてみれば、将軍や自分たちではなく、薩摩が主導した参与会議なんぞに従えねえってさ」

先代将軍家定《いえさだ》の室である天璋院《てんしょういん》の実家である薩摩藩島津家。二年前にはその、島津久光が討幕に立つとの噂《うわさ》が広まった。しかし久光はその噂を覆し、京からの勅使を護衛するという形で江戸に入り、幕政改革の勅をもたらした。それにより、島津は幕府への影響力を強めていた。

「要は、見栄《みえ》と意地のぶつかり合い。世間のことなんか何も見えちゃいねえ。井の中といわず、城の中の蛙《かわず》かな」

勝はそう言うと深くため息をついた。

「俺もね、腐っても旗本だから、お上に忠義を誓い、命を賭《と》して働くことを叩《たた》き込まれて生きてきた。だから今でもその気持ちに変わりはない。しかし……。お上を守ることが、すなわち国と民を守ることだと思えばこそ、忠義を尽くすことができる。だが今は、国とお上は離れてしまったのかもしれねえな」

勘七は勝の言葉の意味をかみ締めるようにじっと見詰めた。勝は勘七の視線の先で笑顔を作って見せた。

「まあ、こんなご時世だ。幕府も途方に暮れちまっているのさ。みんなお前さんと同じ迷い子だらけだ。参ったもんだ」

勝は軽い口調で言ったが、その表情は沈痛に見えた。


勝の邸を出て帰途につきながら、勘七はふとため息をつく。

浜口に言われたように、商いを立て直すには、小諸藩から金をとることの他に道を考えなければならないのだろう。だが、この物価高と世間の不安定が収まらない限り、商いを軌道に乗せることは難しい。少なくとも、お上はその現状を承知していて、遠からず何か手を打ってくれるのではないかと、期待してもいた。

勘七は、赤坂から芝《しば》を通り日本橋へと向かう。その道すがら左手に城を眺める。

「城の中の蛙、か」

見栄と意地のぶつかり合いとは、何とも長屋の喧嘩と変わらない。上つ方と仰ぎ見ていたものの、何と頼りない有様かと心が揺らぐのを感じていた。

日本橋にたどり着くと、昨年までと何ら変わらず、獅子舞《ししまい》が踊り、万歳《まんざい》がいて、道端で袖を翻《ひるがえ》しながら羽子板を楽しむ娘たちの姿がある。いつもの華やかな正月の風景が広がっていた。

勘七は、心持を切り替えようと、手のひらで二度、頬を叩いた。

このところ、思わず眉間に皺《しわ》が寄り、肩をすぼめて歩いてしまう。そんな様子では景気の悪さが知れてしまう。

「それだけはやめておくれね」

大内儀《おおおかみ》の千代に再三再四、そう言われていた。

「見栄は江戸商人の看板ですから」

与平にも言われている。

おかげで、店先には景気が悪いというのに、門松を立てることになり、出費が嵩《かさ》んだ。

勘七は一つ大きく息をすると、背筋を伸ばして口角を持ち上げた。通りすがる商店主たちに、

「あけましておめでとうございます」

と挨拶をしながら店の前へさしかかると、佐吉が暖簾《のれん》の外へ顔を覗《のぞ》かせていた。

「佐吉」

勘七が声をかけると、佐吉は勘七に向かって駆け寄ってきた。

「旦那さま、お待ちしていました」

「どうした」

「名主さんがお見えです」

勘七は眉を寄せた。

「町名主の十兵衛《じゅうべえ》さんか」

佐吉は深くうなずいた。勘七が店へ入ると、待ちわびたように番頭の与平が勘七を奥へと手招いた。

奥座敷へ向かうと、その上座に町名主が静かに座って茶を飲んでいた。

町名主は数町を束ね、自治を請け負っている。数人が一年ずつ持ちまわりでその役に当たることになっており、十兵衛は、二十年近く前から、数回にわたり名主を務めていた。その名主が直々《じきじき》に店に顔を出すというのは、まずあることではない。

「十兵衛さん」

勘七が声をかけると、十兵衛は、ああと声を上げた。

「勘七、久しぶりだな。立派な旦那ぶりじゃないか」

十兵衛は愛想よく応じる。勘七も十兵衛のことは小僧のころからよく知っていた。

勘七は、お久しぶりです、と挨拶をして十兵衛の下座に座りながら、

「今年の神田祭の話ですか」

と、問いかけた。

祭の仕切りも名主の仕事だ。すると名主は顔を顰《しか》めた。

「いや、今年は祭はない」

勘七は、え、と眉を寄せた。十兵衛は一つ大きく咳払《せきばら》いをする。

「将軍様御自ら、長州征伐のためご上洛《じょうらく》されることに相成った。祭どころではないということになってね」

「そうですか」

勘七は軽くうつむきながら、安堵《あんど》していた。祭のために出す金も、今の永岡屋には痛手だ。

「勘七さん、そこで話があるのだが」

十兵衛は改めて口を開く。勘七は、はい、と言って顔を上げた。十兵衛は居住まいを正して懐から奉書を取り出すと恭々しく息を整え、「上意」と言った。勘七は後ろへ下がり頭を下げる。側《そば》に控えていた千代もまたそれに倣《なら》った。

「将軍様のご進発にあたり、商家にはそれぞれ、御用金を上納することを申し付ける」

「御用金」

勘七は思わず顔を上げる。十兵衛はそれを窘《たしな》めるように、再び咳払いをする。勘七はそれに弾《はじ》かれるように、頭を下げた。十兵衛は再び一つ大きく息をつくと、奉書を懐にしまう。

「勘七さん、どうぞお手を」

十兵衛の声に、勘七はゆっくりと顔を上げる。そして十兵衛を見つめた。

「御用金でございますか」

十兵衛は、うむ、と唸《うな》るように頷く。

「無論、今はどこの店も苦しいことは承知している。しかし、御用金はいずれは返ってくる金だということは、知っているだろう」

確かに、御用金として上納した金は、いずれお上から褒美《ほうび》としての利子がついて戻ってくるということは聞いている。だが、同時にそれがそのまま返ってこず、踏み倒された例についても聞いていた。

「長州の一件に片が付けば、江戸もまたかつてのように景気が良くなる。なに、たかが辺境の一藩の小さな乱だよ。将軍様が自らおいでになれば、すぐに収まる。そうすれば、金を出したもののほうが大きな顔で日本橋で商いができるというものじゃないか」

勘七は、はあ、と返事をしながら身の内に冷たいものが走るのを感じていた。十兵衛は膝をポンと打った。

「うん、まあ、そういう次第だから。五月のご進発までには金を支度しておいておくれ。場合によっては、その金の番付を作ることも考えているそうだ」

「番付」

勘七は顔を上げて十兵衛を見る。十兵衛は困惑を顔に浮かべた。

「私が言っているわけではないよ。町年寄がね。その方が、出す甲斐《かい》もあるというものだろう」

十兵衛はそのまま立ち上がる。勘七は、それに続いて立ち上がり、廊下に出た。廊下には番頭の与平が控えていて、やはり顔色を失っているように見えた。

店先まで行くと、十兵衛は振り返る。

「まあ、よろしく頼むよ」

勘七は十兵衛に頭を下げる。下げたまま、地面をじっと見た。

「旦那さま」

背後で与平の声がした。勘七は振り返って与平を見る。そして自嘲するように笑った。

「相変わらず、肝が据わらずにすみませんね、与平さん。今、私は血の気が引いていますよ」

勘七の言葉に、与平もまた、いえ、と言って口を噤《つぐ》んだ。

夜、店じまいをした後で、勘七は与平と二人で帳場にいた。正月気分など吹き飛んでいた。

「幾ら出せますか」

勘七の問いに与平は大福帳を見詰めたまま、唸る。

「仕入れのこともあります。商いを続けていくには今、当家には余分な金など一銭もありません」

灯《あか》りがゆらゆらと揺れる中で、帳面の文字も頼りなく見えた。

「だが、出せないと言えば、それで終わりでしょうね」

与平は、はい、と頷いた。神田祭のための金でさえ、出さなければ町内から非難を浴びる。そのための金は一応、支度していた。祭がないというのは、この際、残念ではあるが幸いなことでもあった。しかし、御用金ともなれば、祭の金では済まない。

与平は算盤《そろばん》をはじいて見せる。

「御用金の相場は、聞くところによりますと売上げの三分ほどだそうで」

「三分か」

勘七は腕を組む。与平はため息をついた。

「十兵衛さんが言うように、真に番付をつけるのだとすると、少々、見栄を張りませんと」

江戸の人が縁起を好む以上、羽振りの良い店、景気の良い店ほど流行《はや》るのは致し方ない。番付で納めた額を出されれば、永岡屋の評判にも関わる。

「なかなか心得ていますね」

勘七が苦笑しながら腕を捲《まく》る。こめかみをギュッと締め付けられるような痛みがあり、勘七は思わず顔を顰めた。

「旦那さま」

与平が案ずるように勘七の顔を覗き込む。

「大丈夫です」

勘七はため息をつきながら俯いた。

「言っても詮無《せんな》いことながら、あの二千両があれば」

「旦那さま」

与平が窘めるように声を上げる。

「いや、すみません」

しばらく重苦しい沈黙が続いていた。与平は何も言わず、ただじっと大福帳を見詰めていた。

「休みましょうか」

勘七が口を開くと、与平が顔を上げた。

「ご進発は五月だそうですから。この際、しばらくは他の商家の様子を見ながら考えましょうか」

与平は、はあ、と曖昧《あいまい》に返事をする。勘七は立ち上がり、伸びをした。

「明日の朝になれば、少しは頭も巡りましょう」

「まあ、それもそうですね」

与平はうなずいて立ち上がる。

与平を離れに帰し、勘七も母屋へ戻った。

寝ようと言っておきながら、勘七は暗闇の中、布団の上でじっと座っていた。

「お上が阿呆の集まりになっちまうってことも、ままある」

勝が言っていた言葉を思い返す。

もし、昨年にこの御用金のことを言われたならば、三分と言わず金を出したかもしれない。それはお上への絶対の信頼があればこそ、いずれは金は利子がついて返ってくるということを疑いもしなかっただろう。

しかし今、勘七はそこまで無条件にお上というものを信じることができない。小諸藩のこともあり、信じることが恐ろしい。

勘七は布団の上にうつ伏せになる。

「どうしてこう、次から次へと」

口惜しさと情けなさがこみ上げて、眠ろうにも眠ることができなかった。

○

舟の底に横たわり空を眺めていた。

三月三日の節句の日、春爛漫《らんまん》の青い空が広がり、時折、どこからともなく薄紅の花びらが飛んでいた。

「着きますよ、旦那」

勘七は船頭の声にゆっくりと頭を上げた。

「何だか惜しいようだね。久しぶりの舟なのに」

船頭は、ははは、と笑って見せる。

「仕方ありません。川を何度も渡ったところで面白くもないでしょう」

それもそうか、と相槌《あいづち》を打つうちに、舟は本所《ほんじょ》の橋の袂《たもと》に着いた。船頭がもやいを結ぶまでの間、勘七は舟に居座っていたが、ようやくと降り立った。

「またどうぞ」

船頭に言われて、勘七は軽く手を挙げてそれに応《こた》えた。

最近では、どこへ行くにも歩いていた。舟の渡し賃さえ切り詰めていたが、何だかそれも面倒になった。そもそも、こうして一人で出歩くことさえ久しぶりのことだった。

勘七はゆっくりと歩きはじめる。行く先は谷中だった。

正月早々に町名主から言われた御用金のことは、何一つ答えが見つかってはいない。同じ町内の商店主にさりげなく問いかけてみたが、みな一様にのらりくらりと答えを避ける。内情を話すのは厳しいのが現状なのだろう。

商いを軌道に乗せることさえできれば、御用金を払う覚悟はある。仮にも日本橋の商店主として、城の御膝元であることに誇りを持って生きている。しかし、その術《すべ》が見えない。

店の者たちの意見もさまざまだ。手代の佐吉は、

「値を下げて、全《すべ》て町人に売ってしまうことを考えてもよろしいのではありませんか」

と言った。

障子紙や、襖紙《ふすまがみ》などでも、永岡屋にあるのは武家屋敷や寺のための上物ばかり。羽振りのいい店主などはこちらを買うが、その一方で、いわゆる浅草紙などの廉価な品のほうが、圧倒的に売れているのも事実だ。

「ただ値を下げて売り払ったのでは、一時しのぎにしかならない。紙の相場にも迷惑になるばかりで、この町での商いに障りがあろう。それに、売り切ったらそこで終わりだ」

番頭の与平はそう言って佐吉を叱り付けた。

佐吉の言うことも分かる。

いっそ在庫を空にして、ある程度のまとまった金が入ったら、借財を返せるだけ返して、御用金を払うことなく、早々に日本橋の店を畳む。それが一番、楽といえば楽だろう。

また、与平の言うことも分かる。

そんなことをすれば後がない。日本一の町とはいえ、狭い日本橋において、相場を大きく崩して売り切れば、そこで全ての商いは終わる。たとえそれで御用金を払うことができたとしても、仕入れもしづらくなるし、信用も落ちるだろう。日本橋に店を構えるためには、品と質を落とすわけにはいかない。

二人が勘七に対してそういう意見を投げかけるのは、未《いま》だに勘七が己の軸を決めかねているからに他ならない。

一人になる時が欲しかったが、なかなかその暇もなかった。ようやく、向島へ障子紙を届ける役目を自ら買って出て、店を出ることができた。用を終えてもまっすぐ帰る気になれず、谷中に立ち寄ることにしていた。

「どうしたものかな……」

問うあてもない言葉を思わずつぶやく。

昨年末、浜口と話をして「商いとは福を届けること」と、思い定めた。しかしながらその思いは漠としていて具体的には何をしたらよいのか分からない。結局、それ以前と変わらず、小さな御用を積み重ね、細々と障子紙などを売ることで、辛うじて店を保っているに過ぎない。

勘七は堂々巡りを繰り返す思いを断ち切るように空を見上げた。空の青さが眩《まぶ》しい。

そしてふと、あの日のことを思い出す。

五年前の今日、直次郎が死んだ日は、曇天に雪が舞っていた。寒さに手を擦《こす》りながら直次郎のいる行列を待っていた。

あの時はまだ、善五郎がいて、店も安泰で、活気に溢《あふ》れていたものだった。

勘七は一つため息をついて足を進める。直次郎の墓の近くまで来ると、その墓の前に人影を見つけて立ち止まる。それは、青い着物を着た町人の女だった。一心に手を合わせるその姿を見て、勘七はそこに立ち止まる。

一陣の風が吹き、辺りの桜から一斉に花びらが舞い散る。薄紅に染まる中で、女がゆっくりと顔を上げながら立ち上がった。女は泣いていたのか、目頭を拭《ぬぐ》う。白い肌に、青い小袖がよく映えていた。

ふと、首を巡らせた女は、勘七と目が合った。女は驚いたように目を見開き、そして顔を伏せた。風が止み、勘七は直次郎の墓へと足を踏み出す。女はまるで勘七を避けるように頭を垂れたまま、勘七の脇をすり抜けようとした。

「あ」

声を上げると同時に、ぷつりと女の草履の鼻緒が切れ、たたらを踏んで転びかけた。

勘七は思わず手を差し伸べて抱き留める。随分と華奢《きゃしゃ》な人だと思った。

「すみません」

女が謝る。

「いえ、こちらこそ失礼を」

勘七が手を放すと、女は戸惑ったように足元を見た。

「鼻緒が」

勘七はすぐに屈《かが》んで、懐紙で紙縒《こよ》りを作ると、草履に手を伸ばす。

「いえ、そんな……」

女が恐縮する手を制した。

「お困りでしょう。すぐですから、肩につかまってください」

女は、はい、と小さな声で答えた。その間にも花びらは少しずつ降り、女の着物から沈香《じんこう》が香る。

「どうぞ」

勘七が草履を差し出すと、女は、

「ありがとうございます」

と答えて足を入れて改めて勘七に向き直ると、深く頭を下げた。

「ご無沙汰《ぶさた》しております」

「は」

勘七は相変わらずこの女とどこで会ったものか分からず、曖昧に応じる。すると女は、ああ、と答えて微笑《ほほえ》んだ。

「弘前藩邸でお世話になりました」

弘前藩邸、と口にして、勘七は思わず半歩、身を引いた。

「松嶋《まつしま》さまでいらっしゃいましたか」

「はい。もっとも今は駿河町墨筆硯《すみふですずり》問屋、松嶋屋の娘、京《きょう》と申しますが」

「あ、お京さん……でいらっしゃいますか」

勘七が言うと、はい、と京は答えた。

久しぶりに見る京は、かつて松嶋として会っていた折とはずいぶんと違って見えた。

以前、勘七は、紀之介に着物と化粧が違えば見分けがつかない野暮天だとからかわれたことがあったが、なるほど確かに自分は野暮天なのだろう。京は、大人しげな町娘にしか見えなかった。

「お達者でいらっしゃいましたか」

勘七が問うと京は黙ってうなずく。

「そちらでは主《あるじ》の善五郎さんが亡くなられたとうかがったのですが、ご挨拶にもうかがわず、失礼を」

京は静かに頭を下げる。

「いえ。しかし駿河町とは、本石町とは目と鼻の先でございますね」

「ええ」

そこで再び沈黙が降りてきた。直次郎の墓を前に、二人はしばらく黙っていた。

「一つ、うかがってもよろしいですか」

再び口を開いたのは、京だった。

「はい」

「勘七さんが参りにいらしたのは、唐木屋の直次郎の墓でしょうか」

勘七は顔を上げて京を見る。京は窺うように勘七を見た。

「はい。同じ手習い所で学んだ幼馴染《おさななじみ》でございます。松嶋さま……いえ、お京さんは、ご存知でいらっしゃいますか。以前もこちらに参っていらしたようですが」

以前、ここで会ったときから、祐筆《ゆうひつ》松嶋と直次郎の縁については、聞いてみたいと思いながら聞くことができずにいた。

「ご存知も何も、直次郎は私の従弟《いとこ》でございますれば」

「従弟」

「はい。直次郎の父は、私の母の兄にあたります。幼い時分から、事あるごとに共に遊んだものでした。十を過ぎてからはなかなか会うこともなかったのでございますが……」

京はそこまで言うと、ふっと表情を曇らせた。

「直次郎には、悪いことをしました」

そして、京は自らの手をぐっと握る。勘七は何も言わずにただ、京の様子を見詰めていた。

「直次郎に、足軽株の話を持っていったのは、私なのです」

京は硬い顔で勘七を見た。勘七は黙ってうなずき、ただ先を促した。京は静かな声《こわ》音《ね》で、訥々《とつとつ》と続けた。

「弘前藩にお仕えしていた際に、幾度か伯父《おじ》の店である唐木屋に御用を頼んだことがありましてね。その折に、直次郎が武士になりたがっているという話を聞いたのです」

折しも京は人伝《ひとづて》に、彦根藩の足軽に跡継ぎがなく、足軽株を売りに出しているという話を耳にした。それを先方にも確かめ、唐木屋に文《ふみ》で知らせた。

「唐木屋が足軽株を買うことに決めたときいて、私も祝いの品を手配したりしたものです。口幅ったいことながら、商家の生まれで武家に勤める苦労があれば、力になるなどと文に認《したた》めたりしましてね」

京は、当時のことを思い出したのか、苦笑を浮かべた。

足軽になった直次郎は、彦根藩という大藩の中で、やはりなかなか馴染むことができずにいたという。また、足軽としての勤めは、直次郎が憧れていた武士とは大分違っていたのだろう。足軽同士でも相容《あい》れず、そのことに戸惑っていたようでもあった。

幾度か文が届いたこともあり、商家に生まれたものとして、どう身を処すべきかを文に書いたりもした。

「どのようにお話しになったのです」

勘七の視線の先で、京は寂しげに微笑んだ。

「商家であることを捨て、身分にかかわらず、誰よりも武士らしく振る舞うことを心がけられよ。忠義をもって主君に仕え、命を惜しまぬ覚悟を持てば、いずれ認められようと」

その文の後も、幾度か文をやりとりした。

「そのころ、私は常姫様のお目にかけていただき、祐筆の役をいただいたばかり。己が商人の娘でありながら、のし上がったのだと浮かれておりました。商家である己を捨てて、主である奥方様に一心不乱にお仕えしてきたからなのだと、そう思い上がってもいたのでしょう」

　やがて、直次郎は少しずつ己の居場所を見つけられるようになったらしく、文は間《ま》遠《どお》になった。そして、お城の女中の一人と縁組をすることになりそうだと、告げてきた。そして、その祝言《しゅうげん》を前にして、殿のお供でお城に上がることが決まったと文に認めていた。

「良かったと、思いました。お城へ上がり、家を持ち、慎ましやかな武家としての暮らしを、直次郎は築いていけるのだと、そう思っていたのです……」

　京はそこまで言って声を詰まらせ、唇をかみしめた。そして両手で顔を覆うと、一つ大きく深く、息を吐いた。

「甚《はなは》だ思い違いであったものを……」

「いえ、そのような」

　勘七は京の言葉を遮る。しかし京はふるふると首を横に振り、そして笑顔を作って見せてから、じっと直次郎の墓を見る。

「今日、久方ぶりに弘前藩邸にご挨拶に伺いました。このご時世、いっそ実家の松嶋屋で弘前藩の御用を承《うけたまわ》れないかと、父が申しましてね。しかし、私を可愛《かわい》がってくださった老女様もおらず、奥方様とのご縁とて薄いもの。門前払いのような有様でございました」

京の大きな目からは涙が今にも溢れそうになり、勘七から視線を逸《そ》らす。

「十年を超える年月を、偏《ひとえ》にお殿様、奥方様のためにと忠義を尽くしてきたつもりでした。それが、何一つ形になどなりはしない。今の商いの力添えにすらならない。そんな取るに足らぬ私が書いた文のせいで、直次郎は命を落とすことになってしまった」

京は一気に吐き出すように言い終えると、堪《こら》えきれない涙を流した。そしてそれを勘七から隠すように慌てて手で拭う。そして、京はふと首を傾《かし》げて空を仰いだ。勘七も又、直次郎に問うように空を仰ぐ。青く晴れた空には白い雲が浮いており、穏やかな春である。

「時が戻るものならば、直次郎にあんな文を出す前に、そして足軽株の話など持ち込む前に戻して欲しいと、今でも思うのです。忠義など捨てて、逃げてよいと……いっそ言ってやれば良かった」

そう言って、次から次へと溢れる涙を拭っていた。

勘七は、涙を零《こぼ》す京の姿が儚《はかな》く見えた。そして、この人もまたあの桜田門外の変から、直次郎の死を重しとして抱えてきたのかと思った。

「あの日、桜田門外で私は直次郎を看取《みと》ったのです。行列に並ぶと聞いて、直次郎の晴れ姿を見たくて」

京は驚いたように顔を上げ、涙を隠しもせず、じっと勘七を見詰めていた。

「あなたが」

「ええ」

勘七はうなずいて微笑んで見せた。しかし、上手《うま》く笑えずにうつむく。

「あの日のことは、今でも夢に見ます。間近に人が斬られる有様は、誠に恐ろしく、そして身が竦《すく》んだ己の情けなさに口惜しく……」

勘七は言いながら思わず、胸をぐっと押えた。鼓動が速まるのを感じていた。

「なぜ私が直次郎を助けてやれなかったのかと、何度も悔いたものです」

「そのような……」

京は気遣わしげに勘七を見やる。

勘七はその記憶を思い出しながら、己の両手を前へ出す。

「直次郎はこう、抱えている私の腕の中で、殿の無事を何度も確かめたのです。私はその時、嘘をついた。大老は無事だと答えてしまいました。すると直次郎は安堵したように笑ったのです」

「笑った……」

勘七はうなずいた。

「私には、直次郎がなぜ笑ったのか、分からなかった。せっかくの晴れの日に、何者かもしれぬ浪人の狼藉《ろうぜき》で、斬られて血を流し、どれほど口惜しいことかと……」

勘七はぐっと拳を握りしめ、そしてそれをほどく。

「でも今のお話を聞いて分かりました」

京は問いかけるように首を傾げた。勘七はうなずく。

「直次郎は、あなたがおっしゃる通り、武士としての道を貫くべく、主を守り、戦うことを選んだのでしょう。そしてそれが叶《かな》ったからこそ、穏やかだった」

京は静かに目を見開いた。勘七は言葉を接《つ》いだ。

「あの日のことを思い出すたび辛《つら》かったが、直次郎の最期の顔だけが、私にとっても救いだった。そしてそれを直次郎にさせたのは、あなたの言葉だったのでしょうね」

京は不意に両手で顔を覆い、俯いた。そして肩を震わせる。

「お京さん」

勘七が案ずるように声をかけると、京はただ、頭を横に振った。

「おかしなこと」

言葉とは裏腹に、京の声は震えているように聞こえた。

「何がですか」

勘七が問うと、京はゆっくりと顔を上げる。そして勘七から目を逸らす。

「もう幾年もお役で顔を合わせていたというのに、こんな形で話を聞いて、幾らか心が軽くなるものならば、もっと早くに聞いておきたいものでした」

そしてふと、京は天を仰ぐ。

「ああもう、みっともない」

そう言うと勘七から顔を背ける。それから勢いをつけて勘七を振り返ると口を開く。

「どうしてくださるんですか」

叱るような口調で言われた。

「それを私に言われましても」

京は、ぐっと唇をかみ締めると、拗《す》ねたように顔を背ける。弱音を吐いたことが、どうにも我慢ならないようで、勘七を叱ることで立ち直ろうとしているのが見て取れて、勘七は可笑《おか》しくなった。

「そうですね、私が余計を申しましたね」

勘七の言葉に、京もかみ締めていた唇を解き、二人でしばらく、小さく笑った。そして、京はその場にしゃがんで手を合わせる。しばらくじっと静かに手を合わせていたが、顔を上げて墓石を見上げる。

「中は空だそうですが、ついいつも、話しかけてしまうのです」

京が言う。

「私もです」

「まあ」

京は立ち上がり、しゃんと立つ。

「鼻緒が切れたのも、直次郎の仕業かと思うようですわね」

「子どものころから、悪戯《いたずら》ばかりしておりましたから……」

それから二人は墓所を出た。しばらく黙って歩いていたが、ふと京が空を見上げる。

「直次郎は、あなたの嘘に、彼岸で気付いたのでしょうね」

「え」

「あちらで大老にお会いしたでしょうから」

「まあ、いずれ私が死んだら、直次郎から小言を言われることは覚悟していますよ」

京は伏し目がちに笑った。

「幼いころはよく、一緒に遊んだものです。それだけに、骸《むくろ》さえ弔えない死が辛くて、思い出を語ることもできなかった」

そして足を止めると、勘七に頭を下げる。

「ありがとうございます」

「いえ。私こそ、こうして直次郎のことを話せて良かった」

京は再び顔を上げる。

「弘前藩の御用がなくなり、ご苦労をおかけしているのではないかと案じていたのですが……」

京は恐縮したように眉を顰《ひそ》めた。

「いえ、そんな」

「いずこも同じではございますが、何ぞできることがありましたら、何なりとお声がけください。松嶋屋にもおいでくださいませ」

「ありがとうございます」

勘七はそう答えて軽く頭を下げる。そして、丁寧に頭を下げた京の、華奢な肩先を見た。

どこか逞《たくま》しくさえ感じていた京が、初めて自分と年の変わらぬ一人の女子に見えた気がした。

夕暮れ近く、日本橋の駿河町にある松嶋屋は、ほどなく暖簾をしまおうとしていた。京が店に帰り着くのを見送って、勘七は永岡屋への帰途を急いだ。

◯

三月の半ば過ぎ、勘七は駿河町松嶋屋の前に立っていた。

松嶋屋の店先は、緋毛氈《ひもうせん》を敷いた床几《しょうぎ》が出されており、大きく開かれた暖簾の向こうには花が活《い》けられているのが見えた。

勘七はその店の前で人の行きから様を見ていると、男ばかりか、女子供もしばしば店の中へと入っていくのが見えた。

「どうぞまた、ごひいきに」

そう言って暖簾の向こうから顔を覗かせたのは、藍の小紋を着た京だった。

「勘七さんではありませんか」

京は勘七に気付いて声をかける。勘七は、静かに頭を下げた。

「その、近くに参りまして、店の様子を拝見したいと」

勘七が言うと、京は愛想よく微笑んで、勘七を手招いた。

暖簾の内へ入ると、墨の香りがしていた。ひんやりとした空気の中に、整然と、墨や筆、硯、矢立《やたて》が並んでいる。

「いつぞや頂いた矢立も、こちらのお品ですか」

勘七は懐から、かつて京から貰《もら》った矢立を取り出す。

「お使い頂いていましたか。さようです。店の品でございまして」

京はふわりと笑って見せた。

勘七は京に勧められるまま、店の小上がりに座り込んで店の中を見回す。

「そういえば、うかがいましたよ勘七さん」

京が茶を差し出しながら勘七の傍らに座る。勘七は湯のみを手に取りながら首を傾げる。

「何をでしょうか」

「何でも、往来で立ち回りなさったそうで」

勘七は思わず飲みかけた茶を噴きかけて咽《む》せた。

「広屋の浜口さまのご近所でとうかがいましたけど」

勘七は、はあ、とため息をついた。

「立ち回りなんて格好の良いものではありません。そんな話をどちらで」

「赤坂氷川の勝麟太郎さまのところへ御用に伺いまして」

勘七は、ああ、と頷いた。

「松嶋屋さんは勝先生とご懇意なのですか」

「ええ。うちの品を気に入っていただいていて。時折、私が御用に伺うのです。この際、元奥女中というのは重宝で、女でも何とか体裁は保てるようです。勘七さんはお親しいのですか」

勘七は苦笑した。

「親しいというには立場も違います。お世話にはなっております」

すると京は、聞こえよがしにため息をつく。

「困った殿方です。何かと奥のことを聞いて来られますが、あの方ご自身が、御屋敷に大奥を抱えていらっしゃるのに」

　京が言うには、勝の家には、正妻をはじめまだ十代だという妾《めかけ》まで合わせて四、五人の女がいるという。

「まだ、増やしたいご様子ですよ」

　京が苦笑していると、店に来客があった。若い町娘が、二人ほど、店先にあった筆を買って帰っていく。勘七は茶を啜《すす》りながらその様子をじっと見ていた。客を送り出して戻ってきた京は、再び勘七の傍らに座る。

「繁盛のご様子ですね」

　勘七が言うと、にっこりと笑った。

「これが、うちの看板商品です」

　そう言って京は、一つの筆を差し出した。細いその筆は、持ち手に朱がさしてある。

「女ものの筆ですが、敢《あ》えて持ち手を赤にしたところ、花柳界で話題になりましてね」

「はあ」

　勘七は、その細い筆を見詰める。何の変哲もない、ただ細いだけの筆なのだが、それに朱をさしただけで、そんなに違うものかと思った。

「もう一つはこちらです」

京に差し出されたのは、矢立だった。木目の矢立に、赤と黒の市松の塗りが施されている。勘七がかつて京から貰った品に比べると、随分と廉価な品に見えた。

「これが、五百文」

「五百文……これがですか」

京は笑う。

「人気なのですよ、何故《なぜ》だか分かりますか」

勘七は首を傾げた。すると京は、品の傍らに置かれた紙をひらりと見せる。

「田之助《たのすけ》好み……でございますか」

勘七が問いかけると、京はうなずいた。

「ご存知でしょう。沢村《さわむら》田之助。今や千両役者です」

沢村田之助といえば稀代《きたい》の女形だというので、女たちに人気だ。以前、紀之介が、

「女のように美しい男なんて、俺にしてみれば腹の足しにもなりゃしねえ。いっそ、左団次《さだんじ》のように芸の凄味《すごみ》で名を上げろって言うんだよ」

と、ふて腐っていたのを思い出す。

勘七は昨年末に、初めて歌舞伎を見るという正助を連れて、田之助を見に行った。なかなか見応《みごた》えがあり、美しい舞台だったのを覚えている。

「では、こちらのお品を沢村田之助が使っているのですか」

「さあ」

京はこともなげにそう言った。勘七が無言で先を促すと、京はその矢立を勘七から受け取った。

「姉が田之助贔屓《びいき》でしてね。何とかして田之助さんにお近づきになってみたいと申したのがきっかけで。田之助足袋《たび》を出した店の者が、その名を冠したばかりに、興行師から田之助へ付け届けをするように言われた話を聞きつけて、いっそうちも田之助の名をいただこうと言い出したのです」

「はあ」

「まず、この矢立と共に、名を借りるからとお礼金を田之助に納めているのです。それでも全然、儲《もう》かるのですから、やはり役者人気は大したものですよ」

「これが」

「田之助贔屓の女客、田之助にあやかってもてたい男客。いずれも買っていくのですから、今、当家を支える屋台骨ですよ」

勘七は、驚き呆《あき》れ、それをしみじみと見やる。

「本当に良い職人の品というのは、それだけでまた別の価値があるものですが、それとは別に、世間の流行というものの持つ力は、大きなものですね」

京の話を聞きながら、勘七はため息をついた。京がその様子を怪訝《けげん》そうに窺うのを見て、勘七は笑おうとして失敗した。

「いえ、大した御店です。さすがは松嶋さまのご実家だと」

「嫌味ですか」

「滅相もない。これならば、御用金もご心配なさることはありますまい」

勘七の言葉に京は気遣わしげに首を傾げた。

「ご苦労を」

「いえ……」

「この際、見栄は害にこそなれ、得にはなりませんよ」

歯切れのいい言葉が、聞き覚えのある祐筆さまらしいと、勘七は思った。言われてみればこの語り口は、武家の女というよりは、商家の女らしい。

勘七は言葉を接いだ。

「今、袋小路にいるような心地でいます」

浜口が話していたことを考えれば、世間というものをきちんと見てみようと思い立ち、それからの数日は、毎日、ふらふらと町を歩いていた。

昼日中には、めしやの前に置かれた縁台で、行きかう人を見ていた。夕刻になれば、内湯があるのに湯にも出かけ、繁盛している越後屋を覗きにも行った。

そして、人が集まるところで話されているのは、大抵が天下の動静だ。

先だっては将軍が和宮《かずのみや》様ご降嫁《こうか》の御礼として上洛《じょうらく》していた。そのこともよく話題になっていた。

「将軍様自ら江戸を空けるなんてことは、聞いたことがねえ」

というのが、江戸の人々の不安を掻き立てる。また、人斬りの横行も甚だしい。湯屋では斬られた傷を自慢する町人たちが大勢いた。

「おう、お前さんも斬られたのかい」

と、勘七の肩口を見て話を聞きたがるものもいた。笑い話にしてはいるが、ここまで治安が乱れているのは、笑っている場合ではない。

久しぶりに訪れた菊十は、紀之介の姉であるお蔦の夫婦が取り仕切っていたが、

「最近では芸者を呼びもせず、陰気な会合ばかりで華がない」

と、お蔦がぼやいていた。夜に出歩く人が減り、潰れた料亭や置屋《おきや》も多い。遊郭も上がったりだと聞いている。

「どこもかしこも、景気の悪い話ばかりで」

勘七が言うと、京は一つ深く息を吐くと、苛立ったように口をとがらせた。

「ご政事が散らかっているのが悪いのですよ」

「は」

「そうじゃありませんか。この有様では、かつてのようなまともな商いでは、稼ぐこ

とはできません。松嶋屋とて、多かれ少なかれ、藩の御用での踏み倒しにも遭い、旗本邸からの踏み倒しも当たり前に起きていますからね。ほんの少し前ならば、痛手でもありませんでしたが、物価の高い今は、生き死にに関わります」

勘七は、京の言葉を聞きながら、深くうなずいた。

「当家は、信頼できぬ武士よりも、町人を相手に物を売ることに決めたのです」

「町人に」

「無論、以前からも町人も買いに参りましたが、江戸の御店の多くがそうであるように、当家も実入りの多くは武家や寺社の御用でした。それを算段せぬことにしたのですよ」

勘七は腕を組んだ。

永岡屋もまた、御用の数は減り、御用そのものの信頼も低い。仕入れて売っても、金が回収できないことで、痛手を蒙《こうむ》ることが多かった。しかも相手は武士であるばかりに、掛け値なしで金を寄越せとは言えぬ間柄であることが、余計に厄介だった。

「商いのやり方を考えなければなりませんね」

勘七がぼやく言葉に、京は静かにうなずいた。そして勘七は京を振り返る。

「一つ、お願いをしてもよろしいですか」

「はい」

「うちの店にいらしてみていただけないでしょうか」

京は驚いたように目を見開いたが、すぐに微笑んで見せた。

「お安い御用でございますよ」

京は勘七の後について店を出た。駿河町から本石町はほんの目と鼻の先。これまで出会わなかったのが不思議なほどの近所である。そして永岡屋の前に京と並んで立った勘七は、京を振り返る。

「ここが永岡屋です」

勘七がかしこまって言うと、京は笑いながらうなずく。

「存じております」

「入りづらい店でしょうか」

京は勘七を見上げる。勘七は至極真面目《まじめ》な様子で問いかけた。

「さようでございますね。やはり、御用の向きを受けるお店だからでしょうか。通りを行く方には縁のない店に見えます」

「やはりそうですか」

勘七はうなずきながら、藍の暖簾をくぐる。

「おかえりなさいませ、旦那さま」

与平が帳場格子から顔を覗かせる。そしてそれに続いて入ってきた京を見て、再び勘七を見ると、物問いたげな視線を向けた。

「駿河町の松嶋屋さんのお京さんです」

祐筆だったことなど、話せば長くなるからと、大分端折《はしょ》って話すと、与平は、はあ、と曖昧に返事をしつつ帳場格子から出てきた。

「おいでなさいませ」

与平の挨拶に、京は流麗な所作で頭を下げる。

「お邪魔いたします」

その間に勘七は手燭台《てしょくだい》に火を入れて、店裏から続く蔵へと向かう。

「こちらにおいでください」

与平を置き去り、京を連れだって蔵へと向かう。

蔵の中はひんやりとして冷たい空気が張りつめていた。

「この中にあるものが売れればいいと思うのですが……」

勘七の言葉に京は薄明かりの中で積まれた行李《こうり》を見渡す。

「どんな品がおありなのですか」

「ここにあるのは、試し作りの品や、御用先から断られた品ですよ。捨てるのもはばかられるから入れているだけなのですが……」

元々、火事の多い江戸において、紙の在庫などそんなに長らくためておけるものでもない。蔵にあるのは、それでも残ってしまった厄介な品ばかりである。

勘七は手燭台をそこに置き、改めて京を振り返った。

「先日の直次郎の墓参りで、お京さんとお話しさせていただきましたね」

「はい」

勘七の言葉に、京はうなずく。勘七はさらにずいと身を乗り出した。

「武士には武士の道があるように、商人にも商人の道があるのだとしたら、負けを覚悟でも、斬り込まなければならないことがあるのかもしれない。そしてそれをやり遂げて、返り討ちにあったなら、私は笑顔で店を畳めるかもしれないと、そう思ったんですよ」

ここ数日、店を畳むことばかりを考えていた。しかしそれを思う度に苦い思いばかりがこみ上げて、何一つことを進めることができなかった。だが、やれることは全てやってみようと心に決めたら、少し気が楽にもなった。

「しかしながら、斬り込むにも、得物《えもの》がいります。そして今、私が持っている得物はこの品々だけでして……」

不安を込めて京を窺うと、京もまた困惑したような表情で勘七を見返す。そして積まれた行李の一つを開いた。

「これは確か……」

「ああ、はい一昨年に弘前藩邸にお持ちした料紙の試しでございます」

京がそれを灯《あか》りに翳《かざ》し、勘七はそれを見ようと身を乗り出した。が、京の白い首筋が暗がりに映え、思わずそちらに目を奪われた。その時、不意に蔵の入口に人影がのっそりと現れた。

「何やってるんだ、お前」

明るい声に勘七が弾かれるように顔を上げると、そこには見慣れた紀之介が立っていた。

「いや、あの……」

「あら、紀之介さんじゃありませんか」

狼狽《うろた》える勘七を後目《しりめ》に、京が紀之介の名を呼んだ。

「ああ、松嶋屋さんのお京さん」

紀之介は気安く呼んで、蔵の中へ入ってくる。

「この男をご存知なんですか」

勘七が問うと、ええ、と京はうなずいた。

「お得意様の芸者、小糸ちゃんのお連れさんです。勘七さんこそどうして」

「腐れ縁です」

勘七が答えると、紀之介は勘七の肩をたたいた。

「幼馴染というやつで」

「まあ、それはご縁の深いこと」

ほほほ、と高らかに京が笑う。紀之介はぐっと勘七を引き寄せると、小声で問いかける。

「珍しいね、お前に女の知り合いとは」

「どうせ私は野暮天だよ。お前のように、堂々と芸者の箱持ち暮らしができるか」

勘七が紀之介の手を振り払うと、紀之介は今度は京の手元に目を移す。

「それで、この暗がりで二人で何をなさっているんでしょう」

揶揄《やゆ》するような口ぶりに、勘七は眉を寄せる。

「いや、店の品を見ていただいていたのだ。小売りで売れるものがないかと……」

紀之介はぐるりと辺りを見回して、そこらにある行李を次々に開けていく。ほとんどの行李の中は、奉書紙や料紙といった類である。これらは主に、武家が使うもので、御用の先があるときは、常に蔵に留まることなく売れていた。

「お京さんの持っているこれは売れそうじゃないか」

紀之介はそう言って、京の手元を指す。勘七は苦笑する。

「それはその、弘前藩で色に品がないと仰せられた品です」

「ああ、あの厳しい祐筆さまか」

紀之介が間髪をいれずに言い、勘七は気まずく絶句した。その様子を見て、京が不意に噴き出した。

「お京さん」

紀之介が京を見て首を傾げる。

「いえいえ。隠すつもりもございませんので申しますが、私がその厳しい祐筆でしたものですから」

紀之介は、ああ、と手を打った。

「道理で。どこか凛《りん》として近寄り難いわけですね」

紀之介は慌てる様子すらなく、さらりと言ってのける。いちいち戸惑う勘七は、何やら自分が小さく思えてきた。京は、そんな勘七と紀之介を見比べた。

「おかしな組み合わせですこと」

「そうでしょう。片や堅物《かたぶつ》、片や放蕩《ほうとう》で」

紀之介は悪びれもせずにそう言って、ははは、と快活に笑った。

その時、店の方で声が聞こえた。

「御免下さいよ。うちの紀之介さんがこちらに来ていないかしら」

すると紀之介が蔵から店の方を覗いて、

「こっちこっち」

と、手招きをする。

「ちょいと、私が白粉を買っているうちに、ひょいといなくなっちまうんだから。どうせ、勘七さんの所だろうと思ったけど……」

文句を言いつつ姿を見せたのは、芸者の小糸である。

「あら、小糸ちゃん」

そこには座敷に向かう支度を整えたらしい小糸が立っていた。

「松嶋屋さんの」

小糸は嬉《うれ》しそうに微笑んだ。

「先だって頂いた筆、あちらこちらで誉《ほ》められておりますよ」

「ありがとうございます。おかげで繁盛させていただいて……あ、勘七さん。いっそお店の品を小糸さんに使っていただいたら」

京は思いついたように、勘七に向き直る。勘七は首を傾げる。

「うちの品はほとんどが武家の方向けでございますので、あまり芸者には受けないかと思いますが……」

紀之介は勘七の言葉を無視して、京に向き直る。

「いいですね、そうしましょう」

「紀之介」

勘七が窘《たしな》めると、紀之介は肩を竦《すく》めてため息をつく。

「どうせお前のことだから、武家の方々に愛顧されているのに、深川やら向島といった悪所の芸者に持たせることで、かえって今のお客にご不快を与えてはいけないのではないかとか、小難しく考えているんだろうが、そんなことはむしろこの際、心配無用。松嶋屋さんだって、悪所の歌舞伎役者の名を冠して、売れているのだからね」

そう言うと、紀之介は蔵の入口にいる小糸の手を引いて中に入れる。

「ここにある品、どれか欲しいものはあるかい」

紀之介に言われて、小糸はぐるりと蔵を見渡す。奉書紙や、美濃紙などには目もくれない。そして京が手にしていた料紙を見た。

「ちょいといいですか」

そしてそれを手に取ったまま、蔵を出て日の光に当ててみる。

「これ、いいですね」

「しかしそれは」

勘七が言いかけると、京がその袖を引いた。

「武家の奥方にはやや色がきついのですが、粋筋の方には華やかで良いかと思いますよ」

「そういうものですか」

「ええ。相手が変われば売れるものはいくらでもございます」

小糸はその後もいくつかの品を見て回り、武家の奥方や姫君たちには不評であった、模様の入った懐紙も気に入ったようだ。

「まずは小糸ちゃんに使っていただいて、向島界隈《かいわい》で少し話題になればいいのではありませんか」

京の言葉に、小糸は満足そうに紙束を紀之介に預ける。四人揃《そろ》って蔵を出ると、店の外は既に日が傾きかけていた。

「あらいけない。お座敷に急がないと」

小糸は慌てた様子で紀之介を振り返る。紀之介は慣れた様子で小糸の三味線箱を持った。

「それじゃあ、またな」

紀之介は明るく笑い、小糸は丁寧に会釈をした。二人は夕泥《ゆうなず》む町を慌ただしく駆けて行く。

勘七と京は店先に並んでそれを見送った。

「全く忙《せわ》しない奴です」

勘七は苦笑しながらそう言う。

「でも、小糸ちゃんとお知り合いというのはようございました。あれほどの売れっ子ともなると、武家や大店《おおだな》のお客も多いもの。永岡屋さんのお品は一流ですから失礼になりませんし、話題にもなりましょう」

菊十で最初に見かけたときも、絵草紙屋で話題だと聞いていた。また、紀之介が転がり込んだのも、お偉方の武家が岡惚《おかぼ》れしていたのがきっかけであったと思い出す。

「そんな売れっ子のところに紀之介がいていいんですかね」

京がくすくすと忍び笑う。

「小糸ちゃんに男がいるのはみんな知っていますけどね。紀之介さんがああいう方だから、小糸ちゃんとの組み合わせで、かえって売れているところもあるんですよ」

分からないものだなあ、と、勘七はつぶやく。京も全くです、と答えた。

「芸者仲間の中で話題に上れば、また少し、品がはけるでしょう。ただ、今日、拝見した限りでは、店の風情があまりにも殺風景でございます。障子紙や襖紙を買いに来るにはよろしいでしょうが、いま少し、遊び心がないと、女子は参りませんし、粋筋は嫌います」

「そういうものですか」

京は店をぐるりと見渡すと、うん、とうなずいた。

「表に緋毛氈を敷いた床几を置いて、煙草盆《たばこぼん》でも置いておくと、人は立ち止まりやすくなります。そして、暖簾を少し上げて、そこから見えるあたりに花でも活けると、女子は興味を持ちますよ」

勘七は、はあ、と嘆息して店を見渡した。そう言われれば、永岡屋の店の中には色合いがまるでないことに気付かされる。

「内儀さんにでも、整えていただくのがよろしいのではありませんか」

京の言葉に勘七は首を捻《ひね》る。

「大内儀さんは大分、年かさですので、小糸さんのような人が好むようにはできますまい」

「いえいえ、あなたの内儀さんは」

京に問われて勘七は慌てて首を横に振った。

「おりませんよ。こんな借財だらけの店に来てくれる人は」

「あら、そうですか」

京は、さらりと返事を返した。そして二人はしばらく黙って店を眺めていたが、やがて京が、勘七を見上げる。

「何はともあれ、あなたが売りたい方に心を込められるのがよろしいのではありませんか」

「売りたい相手を、私が決めるのですか」

京は深くうなずいた。

「そうですよ。あなたが主なのですから」

勘七は苦笑する。

「この不景気に、客を選ぶなどという真似《まね》をしていて良いはずもありますまい」

「八方美人は嫌われますよ。誰か一人、あなたの好きな方を決めてみられるのがよろしいでしょう」

京は軽い口調で言って笑った。

「しかし、それは私の我儘《わがまま》でしかないのでは」

「店の主というのは、我儘を言うものですよ」

勘七は、へ、と間抜けな声を出す。京は勘七を見上げる。

「我が家の父なぞは、芸者に好かれたいからと、女が使いやすい筆を作りたいと駄々をこね、姉なぞは贔屓の田之助に会いたいからと、あの矢立を作ったのですよ。はじめは店のものも呆れておりましたが、主が阿呆だと店のものはしっかりしてまいります。そしてどちらも今は、松嶋屋の看板です」

「そのようなものですか」

「そうですよ。誰か一人を決めたことで、それ以外の人にまで好かれる。そんなことが、商いの世にはあるようです。私も最近知りました」

勘七は、はあ、とうなずきながら腕組みをした。

「売りたい相手」などというものを考えたことはなかった。これまで相手は武家と決まっていたし、その品は、先方からの望みに応えたものだけを用意すれば良かった。御用がなくなった以上、小売りをしなければならないが、その小売りの術はまるで見当がつかなかった。

「そんな安易なことでよいのでしょうかね」

勘七が戸惑いながら言うと、京はふふふ、と静かに笑った。

「では難しく考えたら、みなが必ず幸せになる一本道が見つかるのですか」

勘七は声を呑《の》む。一年近く同じことを悩んできたが、答えはいつも見つからず、堂々巡りの繰り返し。その結果、少し稼いで、借りて返して、まさに火の車のような日々である。必ず幸せになる一本道など、どこにもないのだろう。

「どちらにせよ八方塞《ふさ》がりならば、一度、思い切って奉公人が呆れるほどの阿呆を申して御覧なさいませ」

京はそう言うと、しゃんと背筋を伸ばした。勘七はその凜とした横顔を見て、何やら安心して、次におかしくなって笑った。

「何ですか」

京はそれを見逃さない。

「いえ、やはり松嶋さまですね」

その言葉に、京はふと顔を背けた。

「皮肉ですか」

「いえ、ただ覇気がないとあなたらしくない」

勘七の言葉に、京は勘七を一瞥《いちべつ》してまた、顔を逸らす。

「私はただ、思ったことを申しただけです」

京はそう言ってから、ふと空を見上げる。

「もう、暮れてまいりますね。そろそろ失礼を致します」

「お送りします」

勘七は、京に付き添って店を出た。二人はゆっくりと歩き始める。

夕暮れ時の日本橋のあちこちに、小さな灯《とも》りが灯る。忙しなく、店じまいが始まる。

夕闇が降りてくると昨今ではめっきり物騒になるのだが、この時分はまだ人気《ひとけ》も多い。

「それにしても、小糸ちゃんは随分と紀之介さんに惚《ほ》れていますね」

先に沈黙を破ったのは京だった。

「ええ、幸せだそうですよ」

「小糸ちゃんが」

「はい、以前言われました。助六に惚れた揚巻《あげまき》は幸せだと」

「まあ……さながら芝居のようですね。美男美女、放蕩息子と売れっ子芸者。私はとんだ堅物《かたぶつ》で、そういう人生とは縁がございませんでしたが、生まれ変わったら、あんな風に生きてみたいものですね」

勘七は京の横顔を見る。

「女子はああいう助六のような男が好きなのですかね」

「さあ、私は分かりません。何せ、つい先ごろまで女だらけの中におりましたでしょう。あれが男ぶりかと言われてもねえ」

京の言葉に勘七は苦笑する。

「私なぞは、時折、紀之介が羨《うらや》ましくも妬《ねた》ましく思うことがありますよ」

紀之介はいつもふらふらとしている。それは以前からそうだった。何があっても、紀之介を支え、守ろうとする父や姉があるからこその放蕩なのだと勘七は思っている。しかし、そんな放蕩にもかかわらず、憎まれることもなく、痛手も負わない。勘七がまねできないようなことをして、時には大物に可愛がられ、時には大金を手にすることさえある。

「紀之介を見ていると、私はひどく小心で卑屈にさえ思えるのです」

勘七のために奔走してくれる友であることは重々承知している。それでもその優しささえも、時に妬ましい。

「当たり前のことではありませんか」

勘七が京に目をやると、京は真っ直《ま す》ぐに勘七の目を見返した。

「私なんぞ、いろんな方が妬ましいですよ。最たるものは姉です。私よりもどこか暢《のん》気《き》で、何をやっても父も義兄《あに》も母も許してしまう。片や私なんぞ、この通りで勝気なものですから、可愛げがなくていけません。幼いころから、いつか姉を困らせてやりたいと思っていたものです」

「お京さんが」

「ええ。でもそんな妬みも、私がここに至るまでの何がしかの力にはなっているのでございましょう」

二人の視界の先に、駿河町松嶋屋が見えてきた。ゆっくりと歩みを進めて、裏木戸の前で止まる。京は勘七を見上げた。

「あなたにはあなたの良さがありましょう」

勘七は思いがけない言葉に目を見開いた。京は真っ直ぐに勘七を見る。

「何も気休めを申しているのではありませんよ。あなたはあなたで努めておいでです。紀之介さんのように華やかさはありませんが、それでいいではありませんか。足りぬものは他のものから借りれば良いだけですから」

京から誉め言葉が出てくるとは思わず、勘七は何やら照れくさく、耳朶《みみたぶ》が熱くなるのを感じてうつむいた。

「あの……ありがとうございます」

「いえ、思ったことを言っただけですから」

しばらくの沈黙が続いた。

「では、失礼いたしますね」

京が裏木戸に手をかけた。

「ありがとうございます」

勘七が再び声を張って頭を下げる。京はその声に驚き、そして柔らかく笑った。

その顔は、かつて藩邸で見た凛としたものでも、墓所で見た寂しげなものでもなく、どこか温かく、いつまでも見ていたいと思えるものだった。

「くれぐれもお気をつけて。立ち回りなぞ、なさいませんよう」

浜口家からの帰途の一件を言われ、勘七は頭を掻いた。

「あれはもうごめんです」

そして京は木戸の内側へと消えた。

勘七は帰途につく。少し背筋を伸ばしてみると、藍に染まる空が近くなったように感じた。長らく背を丸めて歩いていたのだと気付かされたような気がした。

ほっと胸に小さく灯《ひ》が灯ったような安らぎがあり、歩きながら思わず笑みがこぼれた。

○

四月になるころには、永岡屋の表がずいぶんと様変わりした。

これまでは、暖簾こそ出しているものの、紙が湿り気を嫌うからと、品は奥へしまいこみ、御用の先と、近所の商店主だけが立ち寄る店でしかなかった。どちらかというと、殺風景にも見える、色のない店だった。

それが、藍の暖簾はそのままだが、外に赤い毛氈を敷いた床几が置かれ、そこには煙草盆まで置かれている。開かれた暖簾から覗くのは、大きな花器に入れられた花。そして、店の中には料紙や懐紙など、女が好む品が揃えられている。奥にはこれまでどおり、障子紙や襖紙、奉書紙なども取り揃えてあるし、変わらず帳面屋の紙も卸している。

出入りする客の中には、芸者や娘たちも増えていて、華やいだ雰囲気に包まれていた。小売りの売上げも少しずつ伸びており、蔵の品が着々と売れていくことで、店にはほんの少しだがゆとりが生まれた。

おかげで、町名主の十兵衛に御用金を上納することができた。そこまで大きな額にはならなかったが、二十両余を納めることに与平たちと決めた。十兵衛は勘七を歓待し、それを受け取った。

「いやはや、永岡屋さんは先代の善五郎さんの時分から、商い上手だと思っていたものだが、さすがは善さんが見込んだだけのことはある。勘七さんもいい主におなりだね」

誉めそやす言葉が、世辞だと分かっていても、勘七は善五郎が誉められたことが嬉しかった。

御用金集めに必死の十兵衛は、殊更《ことさら》に御用金を納めた店の名をあちこちで言って回っているらしい。おかげで番付が出ないまでも、大きな宣伝になってもいた。

「ずいぶんと、景気がいいねえ永岡屋さんは。店の趣も変わって、繁盛だ」

話を聞きつけた近所の商店主たちが勘七にそう言って笑った。おかげさまで、と応えながら、勘七も改めて店を見る。

かつて初めて江戸に来て、永岡屋を見たときは、重厚な風情の店だと感じていた。ここで働くということを聞き、自分につとまるかと慄《おのの》いたのを覚えている。だが、それだけに近寄りがたい雰囲気もある店だったということでもある。

だが、小糸があちこちの座敷で料紙や懐紙を使って、ことさら永岡屋の名を唱えてくれたおかげで、向島界隈の芸者たちが買いにやってくるようになった。それを見ていた町娘が、時折店を覗くようになり、小売りの売上げもわずかながら上向いた。まだまだ借財が減るほどではないにせよ、閑古鳥《かんこどり》が鳴いていたころに比べると、少し活気が出てきた。

そのおかげで、新たに永岡屋で紙を注文したいという商店主も増えてきて、借財も少しずつ返せるようになってきた。

しかし、ほどなくして江戸の様相はまた変わってきた。

五月の十六日には、将軍家茂公が壮麗な行軍を率いて、江戸を発《た》ったのだ。将軍が上洛の後、幕府に対し反旗を翻す長州の討伐へ向かうということは、江戸の町にも瞬《また》く間に知れ渡った。

「将軍自らが軍を率いて進発する」

これまで江戸町人にとって将軍は、江戸のお城におわす者。そこから動かずして、将軍の家来である諸大名が、その忠義を尽くして将軍と、そのお膝元である江戸を守るものだと信じている。その守られるべき将軍が江戸を空けてしまう。前回の上洛は和宮降嫁の御礼であって仕方がないが、今回は一つの藩の起こした反乱を討ちに行くという。それは、江戸が丸裸にされたような不安を掻き立てるものでもあった。

町の活気もそれに引きずられるように沈み、おかげで少しは上向いていた店の景気も横ばいとなってしまった。

「何か、手を打たねばならないと思う」

店の中でもそういう話はしばしば出ていた。しかし、それはこの近隣の店主たちみなの考えでもあった。

隣の糸物問屋、藤屋《ふじや》の主も、白粉屋《おしろい》の主も、もっぱらそれが気がかりらしく、何度も勘七の元を訪ねていた。

「今年は祭もないからね。何かこう、ぱっと華やぐようなことが起きないことには、人の財布の紐《ひも》はかたいままだよ。向こう五軒くらいで知恵を出し合って、何か考えてみないか」

結果、通り沿いの店同士で幟《のぼり》を立てたり、籤引《くじび》きなんぞをしてみたりしたが、それも不発に終わった。

「俺も考えてみる」

たまたま遊びに来ていた紀之介が、そう言って胸を叩いたのが、五月の二十日過ぎのこと。そうして六月が近づいた五月二十九日のことである。昼日中に小柄な坊主頭の男がひょいと店に顔を覗かせた。

「いらっしゃいませ」

店に出ていた勘七が挨拶をする。幇間《ほうかん》と思《おぼ》しきその男は、勘七に近づくとぺこりと頭を下げた。

「こちらは永岡屋の旦那さまで」

「そうですが」

するとと大仰に手を叩く。

「さすがはお店の旦那さま、すぐにそれと分かる風格がおありでございますなあ」

「はあ」

幇間の言いように慣れていない勘七は、思わず苦笑する。幇間は手にしていた扇をひらりと広げ、勘七を手招く。勘七が顔を寄せると、口元を扇で隠して声を潜める。

「旦那さまに折り入ってお願いがございまして」

そう言うと幇間は懐から文を一つ取り出して、勘七に差し出した。勘七が広げてみると、そこには見覚えのある紀之介の字が書かれていた。

「隅田川《すみだがわ》へ、来られたし」

という言葉が並んでいる。怪訝な顔で幇間を見ると幇間はまたにやりと笑う。

「紀之介さんがね、これから遊びを考えておりましてね。店の名を染め抜いた前掛けを持って来て欲しいって言うんですよ」

勘七は眉を寄せた。

「見ていただけば分かるように、店が開いているんですよ。そう伝えてください」

勘七が言うと、幇間は困惑顔を見せた。

「いやあ、旦那さまも連れてくるように、きつく言われていますんで」

「しかし……」

勘七が言うと、帳場の与平が格子の向こうから顔を覗かせた。

「行っておあげなさいよ、旦那さま」

「しかし」

「紀之介さんは恩人でもありますからね」

小売りが繁盛し始めた恩義があってか、番頭の与平の紀之介への評は、どうしようもない放蕩息子から少し格上げしている。与平はそばにある前掛けをとると、それを勘七に手渡した。勘七は前掛けを手に渋々と幇間に向き直る。

「全く、あいつは」

「そうこなくっちゃ。さすがは番頭さん、しっかりしていなさる」

幇間はそう言うが早いか、勘七の腕を取って店の外へと引きずり出した。


二人はそろって隅田川へと向かう。

隅田川の堤が見えてきたところで、何やらがやがやと人が集まる気配がしていた。

「紀之介さん、永岡屋さんを連れてきましたよ」

「おう」

見ると、紀之介はほろ酔いで何やら茶屋の床几に敷いてあったらしい緋毛氈を肩からかけている。

「何だ紀之介、その有様は」

すると、紀之介の傍らにいた小糸が、勘七に拍子木を渡した。

「ささ、勘七さんも」

勘七は押し付けられるままに拍子木を握る。

見ると、隣近所の商店主たちも、その行列に混じっていた。

「何がなんだか知らないが、とりあえずね」

白粉屋の主は、半ば困惑しつつも、楽しそうだった。それぞれの店主たちは、店名を染め抜いた藍染の前掛けをかけている。

「永岡屋さんも」

勘七は戸惑いながらも前掛けをする。

「紀之介、おい」

紀之介に声をかけると、紀之介はにやりと笑う。

「あのな、景気が悪いと沈んでいると、共倒れになるだけだ。この際、派手に行列でもやって、景気がいいふりでもしておこうや」

「いいふり……って」

「嘘もつき通せば真。ふりも、いずれは真になるさ」

紀之介はそう言うと、くるりと勘七に背を向けた。

「出陣」

不意に紀之介が声を張り上げる。紀之介の前に「御前汁粉」と白抜きされた紺地の幟が立ち上がる。小糸をはじめ、五人の若い芸者たちが、一斉に三味線をかき鳴らす。そこに混じった商店主や町人たちは、味噌漉《みそこ》しを持って太鼓のように打ち鳴らす。十二人の行列が、ゆっくりと動き出し、勘七は促されるままそこに並んで歩いていた。

「おい、これはどんな趣向だい」

勘七が傍らに立つ小糸に問いかける。小糸は軽快に三味線を弾き鳴らしながら、勘七に笑いかける。

「もちろん、勘七さんたちのお店が盛り上がるようにというのもあるのですが、上様の御進発から江戸の町が沈んでいる。それがつまらないから、いっそ御進発を笑い飛ばそうって紀之介さんが」

つまりは、汁粉の幟は馬印、緋毛氈は陣羽織に見立てているというのである。そして、その紀之介の道先に、先ほどの幇間が紙吹雪《ふぶき》を散らしていく。

「下に、下に」

声をかけながら行くさまを見ようと、隅田川の堤には町人たちが集まり始めた。先頭を行く紀之介は、しかつめらしく、

「ついて来るがよい」

とのたまい、知らぬ間に、通りすがりの町人たちまで行列に加わり始めた。勘七も戸惑いこそしていたが、拍子木を叩くうちに何やら可笑しくなってきて、次第に調子を合わせていた。道行く人々は、不謹慎と怒るかと思いきや、その間抜けな紀之介の装いに、大笑いをしている。気付けば隊列は三十人を超えていた。勘七は、行列から抜け出す辺りは、その珍妙な行列を見物する人々が集まり始めていた。勘七は、行列から抜けようにも抜けられずにいた。

「これが粋な遊びってもんですかね」

勘七が隣を歩く小糸に問いかける。小糸は笑顔で三味線を奏でながら、さあ、と首を傾げた。

見ると、背に彫り物のある大柄な町人が、紀之介を担ぎ上げている。それで一層、笑いが起こる。小糸はその紀之介の背中を見たままで言った。

「紀之介さんは、人を不幸にしません。人を幸せにして、己も幸せになれる。そういう人を見ていると、私はとても安らぐんです」

その言葉を聞いて、勘七は改めて紀之介を見た。

人を蹴落としてまで、人をけなしてまで、上に上ろうと思ったことは、勘七とてない。しかし、誰かを幸せにするためには、自分がどこかで耐えるべきだと思っていたし、不幸の籤を引かねばならないと思っていた。だが、紀之介は確かに、誰のことも不幸にしないし、己もまた、楽しそうだ。

「私も、あいつに救われているのかもしれないな」

勘七はそう言った。そして、改めて、行列に連なる人々と、周囲で眺める町人たちを見た。みな、紀之介を指差して笑っている。

半月ほど前の将軍御進発の一行は、壮麗なものであった。しかしそれは決して、江戸の町人にとって晴れやかな日ではなく、むしろ、刻々と忍び寄る尊攘派の気配を感じさせるものでしかなかった。張り詰めたその緊張は、この間抜けな行列のおかげで、笑い話に変わりつつあるように思えた。

やがて行列は、向島の料理屋八百松《やおまつ》に着いた。

「何やら、また阿呆をしましたね」

八百松の女将と思しき中年の女は、紀之介を見知っているのか親しげに言った。

「おう、みんな上がれ」

紀之介はそう言い放つと、そのまま座敷へと上がりこむ。

どさくさに紛れて行列にいた町人たちはその場で解散し、商店主たちもまた、そこで足を止めた。

「いやいや、私らはそこまで金はねえ。ここまでで十分、面白かった」

味噌漉しやら、拍子木やらを置いて、旦那たちは引き返していった。後には、五人の芸者と、勘七、紀之介、幇間の五作《ごさく》、それからただ一人、見知らぬ男が残った。その男は、行軍の半ばから知らぬうちに混じっていたのだが、身なりは薄汚れていて、口元には無精ひげ。汗臭く、色の黒い男である。紀之介はその見知らぬ男のことも全く気に留めず、どんどんと店へ入っていく。

勘七もまた、ふと己の懐が気になり足を止める。借財を抱えた永岡屋の主が、こんなところで散財している場合だろうか。そう思って、思わず足を止めた。すると、無精ひげの男が、勘七の腕を引いて店の中へ上げようとする。

「いえ、私は」

勘七が遠慮をすると、男が笑う。

「こんな楽しい出陣はありません。私が奢《おご》りますから」

ぼろを着た男に言われたところで、全く説得力はないのだが、思いがけない強い力で引っ張られ、勘七はやむなく店に上がる。

紀之介は勝手知ったる様子で座敷に上がり、勘七を見て、連れ立ってきたぼろの男を見た。

「お前さん、どちらだい」

紀之介が問うと、ぼろの男は、へえ、と座って頭を下げる。

「私は嘉右衛門《かえもん》と申します。ふらりと隅田川に出てみましたら、壮麗な御進発を拝見しまして、ご出陣についてまいりました」

紀之介は満面の笑みを浮かべると、そのまま嘉右衛門に歩み寄る。

「いやはや、良き出会いですな。飲みましょう」

意気揚々とそう言うと、遠慮のかけらもなく酒と肴《さかな》を注文し始めた。引き連れてきた小糸をはじめとした芸者たちは、三味線に小唄、そして舞を始める。

勘七は、どうとでもなれと、自棄《やけ》な気持ちになっていた。嘉右衛門が奢るという言葉を信じる気にはなれないが、ここで腐っていても仕方がない。

「ささ、どうぞ」

嘉右衛門は勘七に酒をすすめる。勘七は杯に酒を受けながら、一気にそれを呷《あお》った。

そして嘉右衛門をしみじみと見る。

「おや、お疑いですね」

「いえ、滅相……」

勘七は否定しかけて、手がすべり、杯を取り落としそうになって、慌てた。嘉右衛門はその有様を見て、ははは、と太い声で笑った。

「永岡屋さんは存じていますよ。先代の善五郎さんは、私も一、二度、講でお見かけしました」

「父をご存知で」

「ええ、優しい穏やかな方で。大店の旦那に生意気だと叱られた私を庇って下さったこともございました」

先ほどからの身のこなし、所作を見ると、相応に品のある、旦那といった風情もある。年のころは勘七や紀之介よりも十ほど年かさだろう。

「嘉右衛門さんもご商売を」

勘七が問うと、嘉右衛門は苦笑した。

「従前は、三十間堀《さんじっけんぼり》で」

永岡屋からはさほど遠くない。

「今はどちらで」

すると、嘉右衛門はにっこりと笑った。

「本日ただいま、獄《ごく》から出てまいりまして」

「獄」

勘七は思わず声を張り上げた。三味線の音が止まり、芸者たちも舞を止めた。

「いえいえ、お続けください」

嘉右衛門に言われて、気を取り直したように芸者たちが歌い始める。紀之介もこちらの話に興味を持ったのか、膝を進めてにじり寄る。

「牢獄《ろうごく》に入っていたのかい」

紀之介が問うと、嘉右衛門ははい、とうなずく。

「商いで借財を作りましてね、異人相手の相場に手を出したのですが、それが禁に触れまして、かれこれ五年、入っておりました」

嘉右衛門の様子は至極冷静である。

「では、今、店は」

「三十間堀はございませんが」

その時、襖が開いて仲居が顔を覗かせた。

「こちらさんが、お人を探しておいでで」

仲居の後ろは、何やら洋装のような上衣に袴《はかま》といった様子の男だった。顔を覗かせて、嘉右衛門を見つけると、

「旦那さま」

と言って駆け寄った。

「おお、三平《さんぺい》、早かったな」

「早かったではございません。横浜から獄に行ってみれば既に出て行ったと言われ、人相風体《ふうてい》を探していれば、隅田川沿いの珍妙な行列に混じっていたと言われ、ようやっとたどり着いた次第です」

そして三平と呼ばれた男は、風呂敷包みを差し出した。

「ひとまず着替えでございます」

見ると上田紬《うえだつむぎ》と思しき一式が包まれていた。嘉右衛門はくたびれたぼろをその場で脱ぐと、手早くそれに着替える。装いが整うと、なるほど商家の旦那らしい風情になった。

「横浜から来たと言ったかい」

紀之介は三平に食い入るように問いかける。三平が、へえ、と曖昧にうなずいて主を見上げる。嘉右衛門はその場に座り、紀之介に杯を持たせて酒を注《つ》ぐ。

「今は横浜に店がありましてね」

嘉右衛門は、三十間堀にあった家業の材木商を継いだものの、大口の顧客であった盛岡《もりおか》藩から不払いに遭った。

「盛岡藩の不払いでございますか」

勘七は、思わず身を乗り出した。

「藩の普請《ふしん》のために材木を供出したんでございますが、木材が雨に濡《ぬ》れたのを理由に、お足を頂けなかったんでございます。その額、二万両」

「二万両」

勘七は驚きの声を上げた。嘉右衛門はそれを半ば笑いながら話す。

おかげで店は傾き、奉公人を辞めさせるしかなかった。這々《ほうほう》の体《てい》で横浜に逃げ、店を開いた。はじめは、輸入物を扱う店を開いたが、やがて異人たちは日本の貨幣の価値に目をつけていたことを知り、借財を返すためにも、止むに止まれず貨幣を売ることになったのだという。それが原因で御用となり、獄へ入ることになった。

「ひとまず私が獄にいる間に、為替から手を引き、奉公人が細々と貿易を扱う店を続けてくれていたので、実入りはあったのです」

勘七は不意に、一回りも年上のこの男が、身近に思えてきた。

「では、これからも、異人を相手に商いをなさるおつもりですか」

嘉右衛門はうん、と腕を組む。

「藩もお上も客としてはたちが悪い。これから、異国の商人たちが入ってきますからね。彼らの家や商館を建てる材木商をやるつもりです。材木商なら、昔とった杵柄《きねづか》というやつで、始めやすいですからね」

嘉右衛門の表情には、藩への恨みつらみも、自らを獄に入れたお上への憎しみも欠片《かけら》もない。ただこの先への展望に浮き立っているように見えた。

「何とも、たくましくていらっしゃる」

勘七が感嘆すると嘉右衛門は笑った。

「無論、私とて獄に繋《つな》がれている間、理不尽に腹を立てていました。しかし、今はあれも良かったのかもしれないと思います」

「何故《なにゆえ》に」

勘七が問うと、嘉右衛門は肩を竦めて見せた。

「将軍様はお留守で、江戸は暗いと人は言う。けれど、獄に比べればどこも極楽です。私はこれから始まる異国との交易が楽しみで仕方がない」

勘七は、思わず嘉右衛門へと膝を詰めた。

「もしも、将軍様が長州に負ければ、攘夷の機運も高まりましょう。そうしたら、いかがなさいますか」

嘉右衛門はその言葉に、首を横に振った。

「時の流れというのは、逆らう分だけ痛手を蒙《こうむ》ります。開国はもう止まりませんよ。それならばその流れに上手く乗るのが得策です。尊王も佐幕も、どちらもこの流れに呑み込まれて欠片もなくなります。気にするのはおやめなさい」

「どちらもなくなるとは、どういうことですか」

勘七が問いかけると、嘉右衛門は勘七の顔を見て、面白そうに笑った。

「紀之介さんも面白い人だが、勘七さんもおかしな人だ。私がこんなことを言うと、大抵の人は大笑いするか怒るかするものですよ」

嘉右衛門はそう言いながら、箸《はし》を手にもって、二本を交差させる。

「今、幕府は尊攘派の長州と戦っていると、人は思っている。そして、どちらが勝つのかと固唾を呑んで見守っている。しかし、そんなことはどうでも良いのです」

嘉右衛門は膳の上に、箸を転がすと、そこに杯に残った酒を垂らした。酒は音もなく二本の箸の間を流れ、膳を濡らす。勘七は、慌てて手ぬぐいを差し出そうとするが、嘉右衛門はその手を制した。

「この酒が流れというやつですよ、勘七さん。我々は武士ではない。武士ではないから、尊王だ佐幕だと騒ぐ箸どもに付き合うことはない。むしろ、この酒のように流れているものが何かを見るべきです」

勘七は両腕を組んだ。そして、嘉右衛門の膳の上で光る酒の雫《しずく》を見詰めた。そして、答えを求めるように嘉右衛門を見上げる。

「流れとは、どういうことでしょう」

嘉右衛門は笑う。

「今、私がここにいるのは、ここに流れがあったからです」

そう言って嘉右衛門は、芸者の三味線に合わせて踊り始めた紀之介を見た。紀之介はすっかり酔って顔を赤くして、足取りも覚束《おぼつか》ない。それを幇間の五作が囃《はや》し立てる。

「将軍様御進発は江戸の町人にとって不安でしかない。その不安があるからこそ、今日の行列は三十人を超えるまで膨れ上がったんですよ。みな、あれを笑い飛ばしてくれる誰かを求めていたんでしょう」

勘七は改めて紀之介を見た。確かに勘七もばかばかしいと思いながら、囃しながら歩いているうちに可笑しくて楽しくてならなかった。

「将軍様が負けるはずがない」

「天下の江戸を焼くはずがない」

「日本橋が寂れるはずがない」

念仏のように唱えながら日々の仕事をしていたが、不安は忘れようとしていても、胸の奥で燻《くすぶ》っていた。それが、行列で笑ううちに、ただの滑稽な杞憂《きゆう》のようにさえ思えてきた。

「大方の世の出来事は、たった一人の力で動くようなものではありません。そして、はっきりとした旗印のもとに動くものでもありません。抗《あらが》い難く流れていくものです。そいつに乗れたものだけが、勝てるということでしょうね」

嘉右衛門の言葉は、いつか勝が言っていたことにも似ているように思えた。

「時の龍を見失うなと、以前、別の方に言われたことがあります」

嘉右衛門はにっこりと微笑んだ。

「おや、その方は、私と気が合いそうですね」

そのとき、ばたばたという慌しい足音が響いた。

「御用」

襖の開く音と同時に、声が響いた。そこには捕り手が三人立っていた。その捕り手を前に、芸者たちも勘七たちも呆気《あっけ》にとられて座り込んでいた。

「先ほど昼日中から、この川沿いで騒動を起こしたのはそこもとらであろう」

「はい、俺です」

紀之介はそれを聞くなり、迷わずに手を上げた。そしてそのままわざとらしく大あくびをした。すると、捕り手は苛立ちを隠しもせず、足を踏み入れた。

「恐れ多くも将軍様の名を騙《かた》り、町人を扇動して騒ぎを起こしたこと、代官所にて詮議をいたす。参れ」

そう言うと、捕り手は紀之介の腕を摑《つか》んだ。勘七は思わず捕り手を止めようと立ち上がりかけたが、嘉右衛門に腕を摑まれた。勘七が振り返ると、嘉右衛門は平然とした顔でそこに座っていた。とらわれていく紀之介も、慌てる様子も悪びれる様子もなく、酔いの残る足取りでふらりふらりとついていく。

勘七は、座敷を出て行く紀之介の後を追った。廊下を渡り、玄関を出る。すると、店の外には町人たちがたむろしていた。

「おう、さっきの将軍様じゃねえか。そいつを捕まえようっていうのか」

紀之介を担いでいた大柄な男が、捕り手の前に立ちはだかった。

「冗談じゃねえ。そもそも、あれっぱかしのことで捕らえるなんて、奉行所の肝が小さいにもほどがある。将軍様のお留守で、お前らが好き勝手にやろうっていうなら、そうはいかねえ」

大声で男が怒鳴り始めると、店の近くからぞろぞろと人が集まり始めた。

店の中から、座敷にいた芸者たちも飛び出してくる。

「紀之介さんを捕まえるくらいなら、私がいくよ」

小糸が紀之介の傍らに駆け寄り、その身を挺《てい》して庇《かば》う。それを冷やかす声が町人たちから上がる。

「男前は違うねえ」

すると、紀之介はそれを気にする風もなく、小糸をそっと横へどけた。

「小糸、仕方ねえよ。俺はそういう星の下だったんだろうよ」

わざと芝居がかった様子で紀之介は言い放つ。

「俺は日本橋横山町の家持、又兵衛の長子だ。しかし、今は放蕩が過ぎて勘当されて、今はこの小糸の情夫《いろ》で玉屋に居候《いそうろう》だ」

捕り手は、渋い顔でうなずいた。あからさまに実家を庇ったのが見えたからだろう。

捕り手は、厄介なことになる前に、紀之介を引っ張ろうと人垣を掻き分けようとする。しかし、それは前に進めない。

「まだ捕らえるって言うのかい」

小糸が仁王立ちする。人垣は既に先ほどの行列と同じくらいに膨れ上がっていた。捕り手は、ぐるりと自らを囲む町人たちの殺気に困惑し、そして紀之介の腕を振り払った。

「横山町家持、又兵衛の子、紀之介。追って沙汰する」

そう言い放つと、そのまま捕り手は手ぶらで人垣を掻き分けて出て行った。勘七は、ほっとしたように胸をなでおろす。町人たちは去っていく捕り手に対して、揶揄と罵《のの》りの言葉を浴びせかけた。そして、紀之介を担ぎ上げた。歓声がわきあがり、みなの中心に紀之介はいた。嘉右衛門は勘七の隣でその様子をじっと見ていた。

「みなが求めているのは、頼りにならぬお上じゃない。今、この場の空気を作り、導いてくれる人なんです。そして、それは理屈ではない」

熱狂する町人たちの姿を見て、勘七はなぜか、ぞっとした寒気を覚えた。

ここで繰り広げられている光景は、ただの酔っ払いの遊びではないのだと思った。これが、時代の濁流の一つの姿なのだとしたら、これから先はどうなっていくのか。

「先のことが、見えればいいのに」

勘七のつぶやきに、嘉右衛門は不遜《ふそん》なまでの笑みを浮かべて見せた。

「私には、この先は楽しいことしか見えていませんがね」

勘七は、嘉右衛門のその横顔を見て、再び紀之介を担ぐ人々の姿に目を転じる。彼らの張り詰めたような笑顔の中にある不安を目に焼き付けていた。

○

「御進発はいかがでしたか」

噂を聞いた京が、勘七を訪ねてきた。奥の母屋の縁側に茶を差し出すと、京はそれを飲む。勘七は頭を掻いた。

「全く、とんでもないことに付き合わされたものです」

あの後、騒動がおさまってから、代官所に改めて呼び出された紀之介は、役人からひどく叱られたものの、無罪放免となった。そしてそのままの勢いで、嘉右衛門の店に遊びに行くといって横浜へと向かったきり帰ってこない。

「その嘉右衛門という方も面白い方ですね」

「そうなのです。何やら易者のようなことを言う。そのくせ勝先生と同じことも言う。紀之介のことをひどく気に入っていましたし」

「存外、紀之介さんのような方は、異人とも渡り合えるのかもしれませんね」

二人は静かに笑い合い、そして京が一つ息をつく。

「表のお店は人が入っているようで」

「ええ。おかげさまで芸者や町娘たちが来るようになりました。まだまだ借財は消えませんが、それでも活気が戻ってきております」

「それは良うございました」

京は湯のみを置くと、静かに微笑む。

「望むと望まざるとにかかわらず、永岡屋さんには私が奥を辞したせいでご苦労をおかけしましたから」

「いえ、お京さんのせいではありません」

勘七は静かに目を閉じて息を整える。

「弘前藩の御用がなくなったことも、小諸藩の御用が不如意に終わったことも、いたし方ないことなのだと、今は少しずつ割り切ろうと思うのです。嘉右衛門さんの話を聞いて、あの人のやりようを見ていると、いつまでも囚《とら》われていても仕方ないと思えるようになりましたし」

勘七がそう言うと、京はうなずいた。

「良いお顔をしておいでですよ」

勘七は慌てて自分の顔を手で覆う。

「そうでしょうか」

「ええ、随分と、生き生きとしておいでです」

「ありがとうございます」

思えば最近では、思い悩むよりも次の手を考えることが楽しくなってきていた。事態はさほど好転してはいないのだが、それでも商いを楽しむゆとりがあった。そう思えるようになったのは、ほんの最近のことだ。

「我儘《わがまま》でいい」

「あなたにはあなたの良さがある」

京が重ねて言ってくれた言葉に、少しずつ、己を信じる力をもらってきたように思えた。

「お京さんのおかげだと、思っています」

勘七が言うと、京は嬉しそうに微笑んだ。静かで優しい笑顔だった。

「何かしら、お役に立てたというのであれば、良うございました」

そして一つ息をつくと、ふと前栽《せんざい》に視線を移す。

「これで、安心して参れます」

勘七は眉を寄せる。

「どちらかへ、参られるのですか」

京は改めて勘七に向き直る。

「このたび、松嶋屋は父が隠居して姉夫婦に譲ることになりまして。いつまでも小《こ》姑《じゅうと》がうろうろしていては目障りでしょうから、私は近く、父の生国の三河《みかわ》へ参るつもりです」

京はさらさらと流れるように一気に言い切った。勘七は驚き、京の顔を凝視する。

「長らく上屋敷で暮らしておりましたから、日本橋の町で遊ぶこともなかったのですが、ここ二年、芝居もたくさん見ましたし、着物もずいぶん仕立てました。楽しい日々でした」

勘七は言葉を探したが、何と言って良いか分からず、ぐるぐると頭を巡らせた。

「あなたはそれで良いのですか」

勘七の問いに、京は自嘲するような笑みを浮かべた。

「良いも何も、父が決めたことです。従うのが娘というものでしょう」

「そんな」

「私とて、少なからず婦道《ふどう》は心得てございますよ」

京は勘七の反論を封じるように言う。勘七はグッと息をのみ、そして言葉を探した。

「残念です」

口をついて出たのは、その一言だった。京は勘七から目を逸らしたまま、肩に力を入れているのが分かった。

「お京さんは、江戸で生きていかれる方だと思っていました。何やら、逃げるように去ってしまわれるのは、残念です」

京が振り返る。

「逃げるわけでは」

「逃げられるのでしょう」

京が勘七を見つめ、言葉に詰まる。勘七は京を見据えた。

「小姑がいつまでもいては迷惑だなどとおっしゃいますが、あなたはそんなつまらないことで生き方を決めるような人ではないと思っていました。上屋敷にいらしたころは、もっと凜として、筋の通った、厳しいが気持ちのよい方でした。今も変わられぬと思っていたのですが、残念でなりません」

勘七は己の口をついて出た悪態に、自分でも驚いた。京が怒るかと思いつつ、恐る恐る顔を上げた。だが、京は勘七を見たまま静かに笑みを浮かべた。

「私は元より、小心なつまらぬ女でございますよ。ただ流されて生きているだけです」

その笑みは、かつて藩邸にいたころに見覚えのある隙《すき》のないものだった。それは堅《けん》牢《ろう》な城壁のように勘七を拒んでいるように見えた。

「仕方ないことが多すぎますね」

京はそう言って、すっと立ち上がる。そしてそれ以上は何も言わず、勘七に会釈をすると裏木戸から外へ出て行った。勘七は見送りに立つ気になれず、苛立つ気持ちを抱えたまま、母屋から店へと戻った。

帳場格子の内側で、算盤を弾いていた与平が怪訝そうな顔で勘七を見た。

「どうなさいました、旦那さま。険しい顔をなさって」

「いや、どうもしませんよ」

勘七は手遊びに店先の品を整える。そして品を見渡す。思えば、ここにある品の中には、弘前藩にいた当時の京と作ったものも多い。最初につき返されたときには腹が立ち、小生意気な奥女中だと怒っていた。しかし、京なりのこだわりが分かるようになってからは、他の仕事とは比すべくもなく、弘前藩の仕事は楽しかった。

「何か、松嶋屋のお京さんに言われましたか」

店先に立ち尽くす勘七に、与平が揶揄するように問いかける。

「別に何も。ただ、お京さんは江戸を離れるそうですよ」

与平も驚いたように身を乗り出す。

「それはまた何故」

「姉夫婦が後を継がれるそうで、居場所がないからだそうです」

与平は片手に持った算盤をじゃらりと鳴らした。

「それはまた、寂しくなりますねえ」

勘七は、寂しいという思いより、裏切られたような苛立ちのほうが勝っていた。

「旦那さまのような方には、ああいう方がいらしてくれたらいいのですが」

与平はそう言って勘七の様子をうかがう。勘七は額に手を当ててため息をつく。

「新しい手代でも探せってことですか。うちではもう新しく雇うゆとりはありませんよ」

京の父が決めたこととあれば、致し方ないとも思う。だが、京に限っては、己の好まぬことを唯々諾々《いいだくだく》と受けはしないだろうとも思った。だからこそ余計に腹も立った。

その日の夜半、遠くで呼子《よぶこ》の音が聞こえた。

勘七は布団から起きて縁へ出た。近ごろでは、夜になると人斬りも出るし、夜盗も出ている。呼子が聞こえることも珍しくない。だがその夜は気がかりになり、店へ出た。

すると、離れから与平や佐吉、小僧の正助も店へ出てきた。

「呼子が聞こえましたね」

勘七が言うと、佐吉がうなずく。

「夜盗でしょうかね。見てきますね」

「いや、人斬りだといけない。出ないほうがいい」

勘七は止めたが、佐吉はするりと出て行った。店の外は既に辺りの店から人が出てきていたようで、ざわざわとした話し声が聞こえてきた。勘七と与平も店の外へ顔を出す。

「何だって」

通りで岡《おか》っ引《ぴき》と話している佐吉が振り返る。

「何でも、夜盗が出たそうですよ。どこでしたっけ」

佐吉が問うと、岡っ引の男が得意げな顔でうなずく。

「駿河町の松嶋屋だよ」

勘七が目を見開くと、与平が青ざめた顔で勘七を見た。

「松嶋屋」

勘七は慌てて走り出そうとする。その腕を与平が掴んだ。

「旦那さま、提灯《ちょうちん》、提灯」

佐吉が慌てて提灯を持ってくる。勘七は浴衣《ゆかた》に庭下駄《にわげた》といった体《てい》で、日本橋の大通りを走っていった。

善五郎が斬られた夜のことが、まざまざと脳裏に蘇《よみがえ》る。部屋に飛び散った血飛沫《ちしぶき》と、力ない善五郎の青ざめた顔が繰り返し思い浮かび、勘七は転がるように走っていた。

駿河町、松嶋屋の辺りでは、提灯の灯りがたむろしているのが見えた。やじ馬たちはみな、勘七と同様、寝起きのまま駆けつけたといった体であった。

「すみません、あの」

勘七がたむろする人垣を掻き分けながら前へ進むと、事の顚末《てんまつ》を見ていたらしい老人が、前方に陣取り、滔々《とうとう》と見物客たちに話して聞かせていた。勘七はその老人の肩を叩く。

「あの、松嶋屋さんは」

「いや、娘さんのほかは怪我はないよ」

「娘さんというと」

「あの、奥女中さんだった……」

「お京さんですか」

「そうそう」

勘七はその老人を避《よ》けて、店の入口へと進む。叩き割られた表戸の中へ足を踏み入れると、店の者たちと、捕り手の岡っ引と与力らがいた。その中ほどに、お京が座っていた。

「勘七さん」

京が勘七を見つけて声をかける。勘七は大きく息をついた。

「お京さんが怪我をされたと、今、そこで聞きましたけど」

「いやはや、武勇でございました」

傍らに立つ番頭と思しき中年の男が、しみじみと言う。勘七は男を振り返る。

「武勇」

男は、ええ、と深くうなずいた。

「千両箱を抱えて逃げる男を、そこにある竹ざお片手に追いかけて、一息にこう」

男は長刀《なぎなた》のようにそれを振るうさまを真似して見せた。

「盗人《ぬすっと》めはどうと倒れて、そこへ通り沿いの男たちが圧《お》し掛かり、無事に御用になりまして」

「はあ」

勘七は、事の顛末に呆気にとられた。京に目を転じると、京は耳朶《みみたぶ》まで真っ赤にしてうつむいていた。

「奥で長刀を嗜《たしな》みましたので」

怪我は転んで腕をすりむいたのだという。傍らにいる母と思しき女がせっせと腕にさらしを巻いていた。

「火事見舞いは聞きますけれど、夜盗見舞いにいらっしゃったのですか」

京は勘七に苦笑交じりに問いかける。

「いえ」

その途端、力が抜けて涙が出てきた。それを拳で慌てて拭うと、勘七はその場で膝を折った。

「昼にあまりにあまりな言い様をしたままで、今生《こんじょう》の別れになったかと思いまして」

「まあ、大仰な」

京は明るく笑う。勘七はその笑顔を見ながら、問いかける。

「どうしても、三河にいらっしゃるのですか」

「父もそうせよと申しますし、仕方ありません」

そのやりとりを傍らで見ていた松嶋屋の主人、与三郎《よさぶろう》は、怪訝な表情で勘七を見詰める。

「どちらさまかね」

勘七は改めて与三郎に向き直る。

「ご挨拶が遅れまして、本石町永岡屋主人、勘七でございます」

与三郎は、一つ頭を下げた。そして勘七を見て、京を見て、再び勘七を見た。

「京を、日本橋に残せとお言いかい」

「はい。できることならば」

勘七がうなずく。与三郎は腕を組んで首を傾げる。

「それはつまり、京を、お前さんの嫁に欲しいということかい」

「は」

勘七は思いもしなかったことを言われて固まった。京もまた、ほほほと笑う。

「いやですよ父さま。そんなんじゃありませんから」

勘七は固まったままで、ゆっくりと京を見やる。京は笑いながら父を窘《たしな》め、同意を求めるように勘七に目配せをした。勘七はその目を見て答えようとして口を開いた。

「いえ」

勘七は、自らの口をついて出た言葉に驚いた。が、言葉は次々に出てきた。

「それなら全てうまくいくじゃありませんか。お京さんは日本橋に残ることができますし、私の店にも来てくれる」

勘七は昼から感じていた胸の痞《つか》えがとれたような安堵を覚えて、思わず頬が緩んだ。

「そうですよ。思いつきませんでした。それなら万事……」

そこまで言いかけて勘七ははたと気付いた。

「すみません、勝手なことを」

京は驚いたように目を見開いていたが、やがて堪《こら》えきれなくなったように笑い出した。両手で顔を覆い、肩を震わせて笑う。

「そんなに笑わなくても」

勘七の困惑顔の傍らに立つ与三郎は、腕組みをして仁王立ちをしたまま動かない。

「よろしいじゃありませんか」

不意に口を開いたのは、京の傍らにいた母と思しき女である。

「房《ふさ》、しかし」

「このまま三河に引きずっていったところで、京にとっては窮屈でしょう。こんな庭下駄で駆けつけてくださる人がいるうちが、この子も華ですよ」

与三郎はしばらく黙って勘七を見下ろしていたが、腕組みを解いた。

「明日、改めて来い。そんな庭下駄浴衣の形《なり》で来られても、何とも言えぬわ」

勘七は、改めて与三郎に深く頭を下げた。そして京を見ると、まだ笑いがおさまらぬのか、口元を手で隠している。

勘七は立ち上がり、房と京、それに居並ぶ奉公人、まだ残っていた与力たちにも頭を下げた。

「明日、出直して参ります」

勘七は、提灯を片手に来たときよりも遥《はる》かにゆっくりとした足取りで歩いていた。歩くうちに頭がはっきりしてきて、己のしでかしたことを思い返してしまった。

「えらいことになった」

体中から火を噴くような思いに駆られ、結局、店まで走って帰った。

翌日、再び勘七は松嶋屋の前に立っていた。

黒紋付の羽織を着て、隣には番頭の与平と、大内儀の千代がいた。

昨夜の事の顛末を、今朝早くに与平と千代に話して聞かせたところ、二人は呆気にとられていたが、しまいには笑い出した。

そして、改めての挨拶に二人はついてくることになったのだ。松嶋屋の看板を見上げて、勘七は何度も大きく息を整える。傍らの千代はその勘七を見上げる。

「勘七の嫁の世話は、いずれ私がせねばならぬと思っていたのですが、いつの間にやら自分でみつけてくるとはねえ」

千代はしみじみと言った。何でも、善五郎は勘七の嫁候補を何人か挙げていたらしく、頃合を見て見合いをさせようと話していたそうだ。

「だから言ったじゃありませんか。旦那さまのような人には、あれくらいしっかりした人が側《そば》にいたほうがいいと」

与平が笑顔を見せる。

「それは私も分かっているが、嫁にとは思いもしなかった」

何せ相手はやり手で厳しい元祐筆で、片や頼りない御用聞きである。立場が違いすぎると思った。

「永岡屋も御用商人、松嶋屋も同じく御用商人。お前は店の主人で、あちらは主人の次女。釣り合いはとれていますよ。自信をお持ちなさい」

千代は満面の笑みで勘七の背を押す。

「ごめんくださいませ」

勘七が声を張り上げる。訳知り顔で女中がやってきて、早々に奥の間へ通された。しばらくすると、やはり同じように威容を誇る風情で、与三郎がやって来た。

「昨晩は、大変な時分にお騒がせをいたしまして、失礼いたしました」

勘七が頭を下げると、うむ、と与三郎が唸るようにうなずく。しばらくして、房に連れられて京がやってきた。

勘七に向き合うようにして座る京は、鮮やかな真朱《まそお》の友禅の着物を纏《まと》っていた。日ごろ町中では、抑えた色のものを着ていたので、いつもと全く違う印象だった。かつて弘前藩の奥で初めて目にしたときと同じか、それ以上に美しく見えて、勘七は改めて緊張した。

長い沈黙が続いていた。勘七の後ろに座る与平が、勘七の背をつつく。

「あの、事が後先になりまして、その、大変、失礼いたしました。改めて、お京さんを、永岡屋の嫁として迎えさせていただきたく存じます」

そしてまた、しばらくの沈黙が続く。

「あなた」

房のささやく声がした。おほん、という与三郎の咳払いが響く。

「承知した。日取りは追って決めましょう」

与三郎の声に、勘七はほっと胸をなでおろし、そして頭を下げる。が、改めて顔を上げた。

「お京さんも、それでよろしいでしょうか」

そういえば、当人からは何も聞いていなかったことに、ここに来て思い至った。京は勘七を真っ直ぐに見てやさしく微笑んだ。そして三つ指をついて頭を下げる。

「よろしゅうお願い申し上げます」

勘七は慌ててまた頭を下げた。

慶応《けいおう》元年（一八六五）の十月。勘七と京は祝言を挙げた。

第四章 旅立ち

慶応二年（一八六六）の春が訪れていた。

上野山では花見の季節が訪れ、あちらこちらで毛氈《もうせん》を広げての宴《うたげ》が開かれている。舞い散る花びらの下、勘七は一つの毛氈に上がる。

「お待たせしました」

日本橋の旦那衆の花見席が開かれていた。以前の菊十での集まりよりも、大勢の旦那が集まっての大宴会になっていた。

「おう、永岡屋さん、早くおいでなさい」

いつぞやは善五郎の陰口を言っていた味噌《みそ》問屋の主《あるじ》が手招きをする。勘七はその座に腰掛ける。手にした杯になみなみと酒が注《つ》がれて、勘七はそれを押し頂いてから飲み干す。

「昨今では、ずいぶんと羽振りがよさそうですね」

勘七は、いえいえ、と恐縮して否定する。

近ごろは店の表の風情が変わったというので、急に金回りが良くなったと勘違いする店主も多い。そのため、借財返済の猶予をとりつけやすくなったと番頭の与平も言っていた。

「松嶋屋さんの娘さんを娶《めと》られたと聞きましたよ。奥勤めをされた秘蔵の娘だと専らの評判で」

勘七は、ははは、と苦笑する。噂《うわさ》というのはあてにならない。京はどうやら松嶋屋の秘蔵の娘であったことになっているらしい。

嫁いできた後に、京が勘七よりも四つほど年かさだということが分かった。

「ですから嫁ぐ当てのない年増《としま》だと申しましたよ。肩身が狭かろうから、三河へ参ろうと、父に言われていたのです」

と、京は言う。

その娘を無事に嫁がせた京の父、与三郎は、安心したらしく、結局は隠居してからも江戸に留《とど》まっている。ついでに「秘蔵の娘だったので、嫁に出し渋った」という噂を、せっせと自ら流しているらしい。

勘七は、座の中にいる舅《しゅうと》、与三郎の姿を探す。隠居然として座り込んで酒を飲む傍らで、姉婿《あねむこ》がかいがいしくあちこちに酌をして回っていた。勘七は味噌問屋の側《そば》を立ち、舅のところへと座を移す。

「お舅《とう》さま、どうぞ」

勘七が酌をしに行くと、松嶋屋の与三郎は上機嫌で勘七の手をとった。

「おう、京は達者かい」

「はい、それはもう」

勘七は即答した。

永岡屋に京が嫁いでから五か月余りが過ぎていた。京は嫁ぐ以前から永岡屋の者とは親しくしていたこともあったが、あっという間に打ち解けて、今ではすっかり永岡屋の女主人になっていた。

千代とも気が合うらしく、嫁いで一月もすると、裏の母屋の一室を使って、二人で女筆《にょひつ》指南を始めていた。

「元祐筆《ゆうひつ》という肩書きは、この際、きちんと活《い》かしましょう。書を好むものが増えれば、紙も売れるし、実家の筆や硯《すずり》も売れますからね。お姑《かあ》さまも書はお上手ですから。これもひとつの商いです」

時折、代筆なども請け負うことで、表の店とは別に、なかなか繁盛している。

「武家なぞに行かず、はなから商いをしていたほうが似合いだったのかもしれません」

と、京も笑っており、商家の内儀としての暮らしを楽しんでいた。番頭の与平も京の内儀ぶりには納得しているようで、二人で商いの相談をすることもあるようだ。

勘七は与三郎と向き合いながら笑う。

「商家の浮き沈みを左右するのは内儀の出来だと言われていますから、その点、当家はもう、大船に乗った心地でおります」

勘七が言うと、与三郎は満足そうにうなずいた。

「そうだろうとも。あれはわが娘ながらなかなかに聡《さと》いからな」

ははは、と陽気に笑う。与三郎の様子を見ていると、なるほど確かに京はこの人の娘なのだと思った。

ほろ酔いで上機嫌の舅の元を離れると、勘七は座の隅に端座して宴を眺めている浜口儀兵衛の姿を見つけた。

「浜口さま」

勘七が声をかけると、浜口が静かに顔を上げ、会釈を返した。

「こうした席に来るのは久方ぶりです」

浜口は、傍らに座った勘七に笑いかけてから、感慨深げに桜を見上げる。緋毛氈に花びらが落ちて、鮮やかな彩りを添えている。

「先日、永岡屋さんから紙を求めましたら、わざわざ内儀さんからお礼の文を頂戴《ちょうだい》しましたよ。噂通り、なかなかの達筆で恐れ入りました。良い人を娶られましたね」

「ありがとうございます」

浜口の賛辞には嘘《うそ》がないのが分かり、勘七は何やら誇らしくも嬉《うれ》しくなった。

「お店はいかがですか」

勘七は苦笑する。

「まだまだ安堵《あんど》とは参りません」

小売りは何とか伸びており、商店主で顧客となってくれる店も増えているけれど、御用ほどの大きな商いにはつながらない。御用先の寺社の中にも、払いを渋るところも増えてきて、儲《もう》けは相殺されている。

「まあ、今はどこもそうでしょう。金の流れが滞りすぎて、死に体のような店が増える一方です」

花の向こうで歌い舞う宴席を見詰めながら浜口がつぶやく。そうしてみるとこの宴もまた、狂騒のように見えて何やら物悲しくも思えた。勘七は、その思いを振り払うように頭を振って浜口を見る。

「しかし、こんなご時世だからこそ、信頼できる人も増えてまいりました。舅をはじめ、商いの先達もおり、共に商いを語らう若い商店主たちもおります」

すると浜口は思い出したように笑う。

「いつぞやは、あなた方が隅田川沿いで面白いことをなさいましたね」

「御進発ごっこのことですか」

「あれはあれで、話題になりましてね」

勘七は笑う。

御進発ごっこを見た江戸っ子の中には、

「このご時世にああいうことをする気風《きっぷ》が気に入った」

などと言って、わざわざ得意の紙問屋を永岡屋に替えるものまで出た。浜口はその話を笑う。

「楽しげなもの、愉快なもの、華やかなもの。そういうものが江戸のお人は大好きですから」

だからこそ、花見もまた、江戸っ子の心を摑《つか》んで離さぬものなのだろう。勘七は花を眺めて三味線の音を耳にすると、それだけで心が浮き立つのを覚える。

「私なぞは、小僧の時分からこの江戸でしか暮らしておりませんので、この宴の景色が安らぐ気がします」

浜口は、杯に入った花びらをそのままくいと飲み干した。

「勘七さんも一度、他の土地にいらしてみると面白いかもしれません。上方《かみがた》の大坂なぞは、武家がいない商人ばかりの町。着物の色合いも江戸よりも鮮やかで、楽しげですよ。尤《もっと》も、京の都が百鬼夜行《ひゃっきやこう》のような有様ですから、今しばらく落ち着いてからになりましょうが」

京の都では、尊攘《そんじょう》派の浪士たちの動きが激しく、江戸からも多くの武士が上洛《じょうらく》して治安に当たっていると聞いている。さながら戦場のようだと上方から来た商人が話していた。

「おかしな時代です」

勘七はしみじみとつぶやき、浜口の空いた杯に酒を注いだ。

「黒船が来てからこちら、私たちはずっと踊らされているような心地がしています。物の値は乱れ、御政事も右往左往している。その中で商人たちは振り回され、才覚ある商人の中でも、思わぬ損を得て潰《つぶ》れたものもあれば、お上に潰されたものもあります。今、ここに至るまで私が商人として残っているのは、運と縁の賜物《たまもの》としか申せません」

勘七の言葉に浜口は静かにうなずく。

「まさにその、運と縁こそが宝でございますよ。私とても、己一人の才覚でここまで商いをしているわけではありません。そのことに気付けたのなら、あなたも立派に商人です」

勘七が浜口を見ると、歌い踊る商店主たちを見やりながらじっと静かに微笑《ほほえ》んでいた。

「それにしても、この十年で商いは随分と変わりました」

浜口は視線を杯に落とし、しみじみと言う。勘七は首を傾《かし》げた。

「私なぞはまだ日が浅いので、何が変わったのかは分かりませんが」

「変わりましたよ。以前はもっと、市場はよく見えていた。どうすれば売れるか、どうすれば儲かるか。みな、そんなことを考えていました。しかしそんな理屈は全て覆り、儚《はかな》くなったように思います」

そして浜口は勘七の杯に酒を注ぐ。勘七はそれを押し頂き、くっと飲み干した。そして浜口に向き直る。

「以前、浜口さまは世間を見よとおっしゃった。その理屈もまた、儚いものでしょうか」

浜口は笑って勘七を見る。

「それは信じていただいていいですよ。売り手よし、買い手よし、世間よしというその心は、信長《のぶなが》公の治世の折から近江商人たちが受け継いできた心です。私はこんな世の中だからこそ、その心には、今も時代を越える力はあると思っています」

「時代を越える力……ですか」

勘七は噛《か》みしめるように呟《つぶや》く。浜口はその言葉にうなずき、そしてすっと遠くを指さした。

「あちらにおいでの乾物問屋、蚊帳《かや》店、呉服店、みなみな近江の出でおいでだ。そしてあちらの醬油《しょうゆ》問屋、材木問屋は伊勢《いせ》。彼らはみな江戸開闢《かいびゃく》の折から日本橋に店を構えています。彼ら老舗《しにせ》は実に逞《たくま》しいものですよ。あちらにおいでの近江や伊勢の大店の中には、金を二手に分けている店もあるとか」

「二手とは」

勘七が問うと、浜口は右手を広げて見せる。

「こちらには幕府を。江戸店から御用金を五百両」

そして左手を広げて見せる。

「こちらには朝廷を。本店から御用金を五百両」

それを上下交互にして見せる。

「天秤《てんびん》にかけているのですよ。その割合がどちらに傾くか、よく見ておかなければなりません」

勘七は思わず顔を顰《しか》める。それを見て浜口は笑う。

「あなたは根っからの江戸っ子だ。筋金入りの幕府贔屓《びいき》ですね。ですが、商人たるものは、政《まつりごと》の担い手が替わっても、滞りなく金を回すことこそが、己の役目と肚《はら》を決めなくては」

「政の担い手が替わるとは」

勘七が問うと、浜口は腕を組む。

「私にも具《つぶさ》に分かっているわけではありません。多くの江戸のお人が、幕府というお上に対し、不満もないことは承知しています。しかし、異国との間においては、甚《はなは》だ不如意に見えて仕方ない。さりとて朝廷にその力があるとも思えない。いずれ政は、そのありようを大きく変えざるを得ないのでしょう」

勘七はそう語る浜口の横顔を見詰めた。

「それでも商いは続けていかねばならないのですね」

勘七の言葉に浜口は深く強くうなずいた。

「商いは人の営みを支える根です。滞らせてはいけないものです」

勘七はふと視線を宴席へ向ける。

花の下に集い、語らう旦那たちが、じっくりとこの日本橋に根を張り、人々の営みを支えているということに、改めて気付いたように感じた。

「浜口さま」

「何ですか」

浜口は勘七を見る。勘七は真《ま》っ直《す》ぐに浜口の目を見返す。

「私は良き師を得ました」

浜口はふと顔を綻ばせた。

「私とて、まだまだ未熟ではございますよ。しかし、あなたはなかなか素直な良い弟子です。あなたが立派な店の主となれば、私も誇らしく思いましょう」

勘七は恐縮してうつむいた。

ふと一陣の風が吹き、辺りを薄紅に染め上げる。毛氈が翻《ひるがえ》り、いつぞや御進発ごっこを一緒にやった白粉屋の主が大騒ぎをしているのが見えた。勘七と浜口はそれを見て、声をそろえて笑った。

「勘七さん」

「はい」

勘七は笑みを納めながら浜口を振り返る。浜口は真顔で勘七を見返す。

「近く、紀州へ参ります」

「お郷《さと》でございますか」

「紀州のお城に御用で呼ばれておりまして」

「お醬油を」

浜口はゆっくりと首を横に振る。

「私自身が、呼ばれているのです」

勘七が怪訝《けげん》な顔をすると、浜口はため息をついた。

「お城の勘定を、手伝えとのことでした」

勘七は目を見開いた。

「商人の浜口さまが」

「そうです。私ごときまで呼び出すということは、いよいよ勘定が危ういのでしょうね。できるかどうかは分かりませぬが、下手《へた》を打てば、私は商人ですから、切腹ではなく打ち首にでもなるやもしれません」

浜口はそう言うと、手刀でトンと自分の首を打って見せた。

「お断りにはならないのですか」

浜口はふと天を仰ぐ。

「お上の懐を整えることができれば、あるいは世間の役にも立ちましょう。あくまでも商人として、金勘定の玄人《くろうと》として、できることはやるつもりでおりますよ」

勘七は浜口を見やる。浜口はどこか晴れ晴れとした笑顔を見せた。

「しばらくお別れです。勘七さんのご多幸を祈ります」

「浜口さまにもご多幸を。きっと成し遂げられますよ」

「ええ、そのつもりです」

浜口は強い決意をそのまなざしにうかがわせた。そして静かに立ち上がる。

「おお、広屋さん、こっちへ」

遠くから声がかかり、浜口はゆっくりとした歩調で桜の中を歩いていく。

勘七はその背に黙って頭を垂れた。

○

「旦那さま、大変です」

六月の明け六つ（午前六時頃）間もない朝、正助の声が店に響いた。

まだ母屋にいた勘七は、慌てて店先へと出る。店の表を掃いていた正助は、勘七を手招いた。勘七も通りへと飛び出して正助の指すほうを見た。

朝の活気とは異なる騒々しさが、町を覆っていた。何やら激しく物を叩《たた》く音が響き、朝靄《あさもや》の中を土煙があちこちで上がっている。ふと見ると、通り沿いに並ぶ店の屋根の上を駆けていく人の姿が見えた。そして何とも知れぬ群衆が、こちらに近づいてくるのが分かった。

「正助、早く入って。みなに声をかけておくれ」

勘七は正助を店の中へと押しやり自分も入ると、正助が開けた戸板を閉めた。

「どうなさいました」

京が勘七の傍らに寄る。

「分からない。何かおかしい」

与平や佐吉たちも店に出て、勘七と共に戸板の向こうに耳を澄ます。しかし向こうの声は言葉にならない怒号のような音でしかなく、その数も十や二十ではない。

「打ちこわしでしょうか」

与平が低い声でそう言った。

この数日前、品川で起こった打ちこわしは、次第に波紋を広げ、芝、麻布《あざぶ》、神田と広がっているという話は聞いていた。

「日本橋まで来るなんて」

京はやや青ざめてつぶやく。

勘七は帳場に駆け込み、そこにある千両箱と大福帳《だいふくちょう》を抱えて佐吉に手渡す。

「これを奥へ。あと、品も仕舞え」

ドン、ドン、という鈍い音に急《せ》かされるように、手分けしながら店に並べた品々を持てる限り蔵へと運ぶ。やがて戸板がめきめきと音を立てて割れていくのが分かった。

「蔵を閉めろ」

勘七は蔵の鍵を京に渡した。

戸板は遂に割れ、店の中には日差しが差し込む。屋根も踏み抜かれて、店先には天井からも日差しが降り注いでいた。

叩き割られた戸の向こうには、汗にまみれた男たちが、鋤《すき》、鍬《くわ》や棒を片手に立っている。

「暴利を貪《むさぼ》る商人どもは思い知るといい」

そう怒鳴ると、男たちは容赦なく店に押し入り、店先の棚や壁を力任せに叩き壊す。

勘七は、しばらくその暴挙を見ていたが、やがてその彼らに向かって膝を折る。

「私ども商人とて明日をも知れぬ身の上です。みなさまのお怒りもごもっともでございますが、ここは一つ、お引きいただきたく」

どこか芝居がかった言い回しに、男たちは手を止めた。

その時、奥から京が袋に詰めた米を手にして来ると、勘七が差し出した。勘七はそれを仁王立ちをしている男に差し出すと、男はそれをひったくるように奪う。京も勘七の傍らに膝を折り、悉《ことごと》く店の者たちもそれに倣《なら》う。

「分かっているなら良い」

男たちは捨て台詞《ぜりふ》を残して踵《きびす》を返し、再び怒号にも似た声を上げて、土ぼこりと共に去っていく。勘七はそれを追うように店の外へ出た。並びの商店を見ると、同様に、ひしゃげた戸板の前で呆然《ぼうぜん》としているもの、路上で泣く子供など、惨憺《さんたん》たるありさまである。

「まるで嵐ですね」

京が通り過ぎていく群衆を見ながらため息をつく。

「お姑《かあ》さまの機転のおかげです。お姑さまが米を支度しろとおっしゃってくださって」

京が言うと、千代は照れたように笑う。

「何でも、米か金を渡せば被害は少ないって聞いたからね。紙は腹の足しにならないから、うちはそこまで痛手はないだろうとは思ったが、それでも見事にやられたものだ」

千代は天井に空いた穴を見上げる。勘七はため息をつき、壊れた戸板を見る。

「修繕にも金がかかるというのに」

京は戸板の空いた穴を撫《な》でながら、首を捻《ひね》る。

「夜盗も出ますからね、このままでは無用心でございましょう」

「まあ、お京さんが竹ざおで倒してくれるでしょうが」

「あんなに大勢で来られては、さすがにかないませんよ」

ははは、と顔を見合わせて笑う。そこへ与平が顔を顰《しか》めて近づいた。

「旦那さま」

「ん」

「あの連中、米を求めているというのなら、それこそ蔵前は危ないのではありますまいか」

勘七は笑いをおさめた。

「蔵前にどなたかいらっしゃるのですか」

京が問うと、与平がうなずいた。

「旦那さまの幼馴染《おさななじみ》の新三郎という男が、大口屋という札差《ふださし》におりまして」

勘七はそのまま群衆を追って走り出そうとした。その腕を京がぐっと摑む。

「行かせてくれないか」

勘七が言うと、京はうなずく。

「行かせるにしても、策がございます」

そう言うと店の奥へ引きずりいれる。そして、行李《こうり》をひっくり返すと、中から古めかしい木綿の着物を引っ張り出す。

「古着に出そうにも、さすがに傷みがひどいので、ほどいて雑巾にでもしようかと思ったのですが」

それを持って庭に下りると、前栽《せんざい》の土を掘り返し、その中にそれを落とす。土ぼこりがついたところで、勘七に着せ掛けた。

「お店の旦那然とした姿であの連中についていけば、下手をすれば怪我《けが》をします。これを着て行って下さい。くれぐれも気をつけて」

京はそう言うと、泥でよごれた自分の手で、勘七の顔を一撫でする。そして、くくく、と笑う。

「立派な貧人《ひんじん》ぶりですよ」

「まあ、今でも豊かとはいえないが」

勘七は苦笑してから、ぐっと拳を握る。

「行ってくる」

勘七は店の裏手から出て、蔵前へと急いだ。


蔵前へ向かって駆けていく先々で、壊された商店や、呆然と立ち尽くす人を見た。そして、進むごとに群衆の数は増しているようにも見えた。その声は怒号から、次第に囃《はや》すような調子に変わり、さながら祭の行列にも似た狂騒へと変わっていく。

勘七は、いつか紀之介が向島でやった御進発ごっこを思い出す。あの時感じた、ぞっとするような町人たちの力を、嘉右衛門という男は「時の流れだ」と言った。そして勝が言っていた「龍の片鱗《へんりん》」とやらも、勘七が今ここで目にしているものなのかもしれないと思った。

勘七が蔵前にたどり着いたころには、既に何十人という群衆があった。それらは一気に蔵前に雪崩《なだ》れ込む。金で雇われていたはずの札差の用心棒たちも、この群衆の前に刀を振るうことを諦めていた。

一部の札差は既に彼らを見るなり米俵を表へ並べ、それを差し出す。しかし、沈黙を守り、店を閉ざしたものたちには容赦なく破壊が繰り広げられていた。

新三郎がいる大口屋は、蔵前の中でも入り組んだところにある。勘七は人の波を掻《か》き分けて大口屋へと急ぐ。水茶屋の並びにある大口屋の住まいは、既に群衆に囲まれており、中の手代たちと攻防を繰り広げていた。その中に新三郎の姿を見つけた勘七は、人波を掻《か》い潜《くぐ》り、新三郎の側に駆け寄る。

「新三郎」

新三郎は棒切れを持ち、鍬で襲い掛かる男と対峙《たいじ》していた。勘七を一瞥《いちべつ》して、男に向かって棒を振るって撥《は》ね除《の》ける。

「何をしに来た」

「逃げよう。うちへ来い」

勘七は新三郎の腕をつかむ。しかし新三郎はそれを振り払う。

「ばかか」

新三郎は肩で息をする。

「新三郎」

新三郎は再び呼びかけた勘七を見やる。

「数日前から、打ちこわしの話は聞いていた。だから札差仲間で町奉行所には捕り手なりを出してもらうように頼んでいた。だが、実際はこのざまだ。用意の良いところは一部の米を他の蔵へ移し、連中にくれてやる米を出しておいたそうだが、うちはしくじった。この期《ご》に及んで、お上を信じてしまったな」

近くにある書替《かきかえ》奉行の役宅も、御蔵奉行の役宅も、人気《ひとけ》がないのかしんと静まり返ったまま動きがない。既に、この暴動とも言うべき事態に関わらぬことを決めているのだろう。

常に身なりを気遣う新三郎であったが、今は髪は崩れ、着物も乱れ、いまだかつて見たことのない必死の形相をしていた。怒りとも空《むな》しさともとれる視線で、店を荒らす人々を見ている。新三郎のほかの手代たちも、既に茫然自失《ぼうぜんじしつ》といった有様で、床に座り込んでいる者もいたし、怪我で動けぬ者もあった。

その時、奥のほうから甲高い叫び声がした。

「お嬢さん」

新三郎がはたと我に返ったように店の奥へと駆けていく。勘七もそれについていった。群衆は、店の奥の居間にまで及び、そこにいた大口屋の娘と遭遇したらしい。

奥の部屋へ駆け込むと、そこには三人の男たちがいた。整然としていたであろう部屋は、既に荒らされ、箪笥《たんす》は引き倒されており、障子も破れていた。その奥で、十八になる大口屋の娘、琴は震えて座り込んでいる。勘七の隣に立つ新三郎は、ぐっと拳を握ると、三人の男たちを撥《は》ね除《の》けて琴を背に庇《かば》った。

「新三郎」

琴は新三郎の背中にしがみつく。新三郎は膝をつき、男たちを見上げる。

「お引きください」

「何だと」

新三郎は真《ま》っ直《す》ぐに男たちを見据えた。

「引いてください」

「頭を下げろよ」

新三郎は手をついた。そして深く頭を下げた。

「引いてください」

男の一人が新三郎の前に座り、手にしていた棒で新三郎の後頭部を更に押し下げる。

「お前らのような連中が着飾っている中、俺たちの家族は飢え死にしているんだ。これはな、自業自得なんだよ」

勘七の目には、新三郎が小刻みに震えているのが分かった。静かな怒気が新三郎の身から立ち上る。じっと動かない沈黙のときが続いていた。

だが次の瞬間、新三郎は頭を下げた姿勢のままで腕を伸ばし、目の前にいる男の足を払った。男は唐突な攻撃に体の均衡を崩してどうと倒れる。新三郎はそのまま起き上がり、男が手にしていた棒を手に取ると、その男のみぞおちめがけて突き出した。倒れていた男は、鈍い叫びと共にのたうつ。新三郎はその男のみぞおちを片足で踏みつける。その有様を見ていた残りの二人は、呆気《あっけ》にとられていたが、慌てて鋤や棒を構える。男たちは完全に腰が引けていた。片や新三郎は、さながら美しい剣術のような所作で、真っ直ぐに立っている。

「不幸を翳《かざ》して人を襲えば、大人しく頭を下げるとでも思ったか。札差が自業自得だと。ならばお前らは何だ。人の家に押し入って女子どもにまで無体をする。外道じゃねえか。屑《くず》は屑らしく、地べたを這《は》いずり回りやがれ」

「何だと」

男たちが改めて身構える。勘七はいよいよ抗戦しようと自らも構えた。

「蔵が開いたぞ」

遠くで声が響いた。三人の男たちは互いに目を見合わせ、倒れていた男が立ち上がる。そしてそそくさと引いていった。

「新三郎」

勘七が声をかける。しかし新三郎は何も言わず、肩で息をしている。そして男たちが去って行った先をまだ睨《にら》みつけていた。

「新三郎」

勘七が再び声をかける。しばらく返事がない。新三郎はそのままそこに座り込み、天を仰ぐ。

「ああああああ」

雄叫《おたけ》びに似た声を上げた。それは部屋の空気を劈《つんざ》き、びりびりと震わせた。

「金を儲けたら悪か。稼げなかったあいつらは、悪くないのか。善なのか」

「新三郎」

「あれは何だ。さも己に義があるように言いやがって。所詮《しょせん》、負け犬の盗人《ぬすっと》どもではないか。クズが、クズが、クズが」

「新三郎」

勘七は新三郎の肩を摑み、揺すった。新三郎は目を覚ましたように、勘七を見た。

「新三郎、ともかくここは危ない。既に店の表も壊されて、奴《やっ》らがいつ舞い戻って来るか知れない。お嬢さんを連れて、ひとまずはうちに来い」

部屋の隅で震えている琴を新三郎は振り返る。そしてその傍らに寄る。

「旦那さまと、寮にいらっしゃるはずでは」

新三郎が問うと、琴は首を横に振る。

「これ、これを忘れて、帰って来て、すぐに戻るつもりでいたのに、お店が囲まれてしまって、女中は逃げてしまって、動けなくて」

琴は、小さな桐《きり》の箱を示して見せた。そこには撫子《なでしこ》の意匠が彫られた銀の平打ち簪《かんざし》が入っていた。新三郎はそれを見てため息をつくと、琴に背を向けた。

「負《お》ぶさってください。そこから舟で行きましょう」

琴は小さくうなずくと、新三郎の背に負ぶさった。勘七は店の裏手から、斥候のように群衆の行方を見回し、舟着場まで二人を導いた。

三人は、蔵前から日本橋まで舟に揺られていた。新三郎は終始口を開かない。琴はようやっと震えが止まってきたようだった。そして誰に問うともなく口を開く。

「これから、どうなってしまうのかしら」

勘七は答えられずに新三郎を見る。新三郎は静かに視線を上げると、ぞっとするような冷たい目をした。そして静かに作り笑いを見せる。

「旦那さまのことです。お嬢さんと、ご家族の分の暮らし向きのことは、きちんと考えておいでですよ」

そしてそれきりまた、黙った。琴は空《うつ》ろな目で水面《みなも》をじっと見詰めている。

船は静かに下っていった。

夜が更け、どこか遠くで犬の遠吠《とおぼ》えが聞こえていた。昼の騒動から一転、人々は息を潜めてじっと夜を過ごしている。

永岡屋の母屋の縁に、勘七は新三郎と並んで座る。そこへ京が静かにやって来た。

「お嬢さん、お休みになられましたよ」

大口屋の琴は、永岡屋に着いてほっとしたのもつかの間、先ほど打ちこわしの面々に襲われた恐ろしさを思い出し、取り乱して泣きだした。最初のうちは新三郎がそれを宥《なだ》めていたのだが、なかなか止《や》まない。傍《はた》から見ても分かるほど、新三郎が苛立《いらだ》ちだしたので、京と千代が琴を引き受けて、落ち着かせた。ひとしきり泣き終えると、琴は崩れるように眠ってしまった。

「お手数をおかけして、申し訳ない。お嬢さんももう、十八におなりなのですが」

新三郎はため息をつく。京は苦笑する。

「いいえ、私でさえ今朝の有様は恐ろしかったのですから、無理はございません。何か、お酒でもお持ちしましょうか」

「いえ、こちらのお茶で結構。こんな夜に飲んだら、悪酔いしそうですから」

新三郎は手元の湯のみを掲げて見せた。

「お京さんも、もう休んでいいですよ」

勘七の言葉に、京は静かにうなずき、部屋へと下がった。その後姿を見送った新三郎が苦笑する。

「いつの間にか、すっかり所帯持ちだな」

「まあな」

勘七が曖昧《あいまい》に返事をする。そして、すっかりぬるくなった茶を啜《すす》る。

「お嬢さんは、十八か。もうそんなになるか」

勘七がしみじみと言うと、新三郎は、ああ、と言って黙った。

新三郎が大口屋への奉公が決まったのが、十三の年だった。小僧というにはやや年かさではあったが、元々、賢い子でもあり、仕事の覚えは早かった。その分、生意気な口を利くというので、年若い手代には、ことあるごとにいびられていた。その有様をみかねた番頭が、新三郎を少し手代たちから離そうと、大口屋の母屋の仕事を任せることになった。そして、その主な仕事がお嬢様のお世話というものだった。

まだ七歳のお嬢様は、遊びたい盛り。大口屋の主人夫婦をはじめ、みなに甘やかされていたので、遊びたいと言い出したらきかない。折角、仕事を覚え始め、算盤《そろばん》も誰よりも得意だというのに、新三郎は来る日も来る日も、ままごとに付き合わされていた。

「あのころ、お前はすっかり腐っていたなあ」

勘七が言うと、新三郎は笑う。

「今でも十にもならない幼い娘が通ると、逃げ出したい気持ちになる」

母屋の仕事を一年やり、子守に振り回されてから、再び店の仕事に戻った。年上のものが算盤の失敗をしても、それを居丈高《いたけだか》に指摘するのは止めようと思った。命じられたことは、おとなしくやろうと思った。そうしないとまた、あのままごとの日々に戻されると思うと、耐えられた。

「今にして思えば、旦那さまや番頭さんは、私をよく分かっていたのだろうな」

しかし、それからもことあるごとに母屋から女中が店にやってきては、

「新三郎さん、お嬢さんがお呼びで」

と言われては飛んでいくことは多かった。行ってみると、

「越後屋で誂《あつら》えたい」

「袋物屋の新しい品が欲しい」

「琴の弦が切れた」

といった、他の者でも事足りることばかり。懐かれているのはいいが、困ったものだと思っていた。

「お嬢さんは、お前を好いているんだろう」

勘七が言うと、新三郎はふっと笑う。

「そうかもしれないな」

「分かっているのなら、もう少し優しくしてやれば良いものを」

勘七はつい先ほどの舟でのやりとりを思い出す。不安に震える琴を、新三郎は冷た

く突き放していた。そのやりようが、勘七は気にかかっていた。

「仕方ないだろう」

新三郎は、頰杖《ほおづえ》をついた姿勢で、空を睨んでいた。

「そもそも、お嬢さんはいずれ他の誰かに嫁ぐのだから、余計な気を持たせたところで、あとで恨まれるだけだろう」

「お前が、養子に入るとか」

「あの旦那さまに限って奉公人を娘の婿《むこ》になんて、考えたくもないだろう。誰もがお前の旦那さまのように、奉公人をわが子のようにかわいがっていると思うのは大間違いだ」

新三郎は、くくく、と肩を震わせて笑う。そして一つため息をつくと、空を見た。

「己の人生すら何も分からないのに、お嬢さんのことまで考えられるか」

そう言うと、新三郎は額を手のひらで覆った。

長い沈黙が続いた。勘七は、何かを喋《しゃべ》ろうと、何度か口を開いては閉じ、開いては閉じた。新三郎は、心を鎮めるように何度も息を深く吐き出す。そしてようやっと話し出す。

「何かと言うと、札差が悪だという。金の亡者か何かのように罵《ののし》る声を、これまでも幾度も聞いてきた。だがな、そもそも札差がいなければこの国の金は回らない。そういう風に作ったのはお上だろう。それなのに打ちこわしにあっても何一つ助けはない。いつかもこうして打ちこわしで潰れた札差があったというが、まさか己のところになるとは思わなかった」

勘七はかける言葉も見つからず、ただ黙ってその声を聞いていた。

「今日、ああして打ちこわしに加わっていた連中は、みながみな今の飢饉《ききん》や物価高で飢えている者ではない。私の兄のように食いはぐれて加わった腐れ侍もいるし、端《はな》から働いたことさえない無頼の連中も混じっている。これまで寝る間も惜しみ、己を捨てて働いてきた私たちの何を責めることができる」

新三郎は静かに視線を上げると、勘七を見た。

「お前も他人事《ひとごと》ではないぞ」

「私が」

勘七が問う。新三郎はうなずく。

「今日のこの有様を、お前のような商店主たちは戦々恐々と見ていただろう。だが、長屋住まいの貧しい町人たちの中には、商人たちめ、ざまを見ろと笑って見ていた者も多い。金があると思われればそれだけで妬《ねた》まれる。これ以上、この物価高と無法が続けば、この町は壊れる」

町奉行所さえ一歩も動かず、商店主たちは恐れて戸板を閉めた。笑顔で人々が行きからはずの大通りは、打ちこわしの群衆が踏み荒らした足跡しか残っていない。今の有様よりひどいことが起きるとは思いたくなかったが、容易に想像することができた。

「長州征伐ごときに将軍様が出向くことはなかった。本丸の江戸が、刀ではなく鋤や鍬に滅ぼされるかもしれぬというのに」

淡々とした口調ながら、新三郎の胸中が激しく揺らいでいるのが分かった。

「お前はこれからどうする」

勘七が問いかける。新三郎はふと勘七を見てから、しばらく黙る。そして思い出したように笑った。

「いつぞやは、菊十でお前と紀之介の前で、腐れ役人の接待で恥をかいたことがあったな」

「ああ」

つい先日のように思い出されることである。

「あんなまねまでして稼いだ金も、これで無に帰した。今、懐に残っているのはわずかなものだ」

新三郎は自らの懐をとんとんと叩いて見せた。

「帰れる実家があるわけでもない。金のなくなった私に、父も兄も用はなかろう」

「そんなことは」

と、口にして、勘七は黙る。自らももう何年も生まれた家とは縁が切れたままだ。年末年始の付け届けのほか、会うことすらない。

新三郎は勘七を見て、静かに笑う。

「どうしてお前は来たんだ」

「え」

「ろくろく武器すら持たず、汚い着物を羽織って、全く役にも立たないのに、お前はどうして大口屋に来たんだ」

勘七は首を捻った。

あの時、番頭の与平が蔵前が危ないと言った。そのことに思い至ったときにはもう走り出そうとしていた。京もそれを止めなかった。だから行った。それだけのことだった。

「行かなければと思ったからだ。理由はない」

「そうか」

「役立たずで悪かったな」

「いや」

新三郎はうつむいて目を閉じた。

「ありがたかった」

思いがけない言葉に、勘七は新三郎を見た。新三郎はぐっと唇をかみ締めて動かない。そして再び顔を上げると、空を見上げる。

「正直、あれだけの無謀な群衆に囲まれて、刀はなくても死ぬかと思った。こんなところでただ殴り殺されて捨て置かれるのかと思った。だがお前を見つけて、せめても看取《みと》ってくれるものが来たと思った」

そして新三郎は勘七を見た。

「直次郎も、お前がいてくれて良かったと、思っただろうな」

勘七はそこまで聞いてぐっと息を呑《の》む。

自分の腕の中で冷たくなっていった直次郎の感触が、はっきりと思い返された。

勘七の目から涙がこぼれ、次々に落ちていく。

「相変わらず、格好のつかない奴だな」

新三郎はそう言って、勘七を笑う。勘七は、すまん、と言いながら手の甲で何度も涙を拭《ぬぐ》う。新三郎はその勘七の肩を何度か叩き、そして再び真っ直ぐに宵闇を睨んでいた。

翌朝、新三郎は店の様子を見に行くといって出かけて行った。

「寮にもお嬢さんの無事を知らせておきます」

琴にそう告げると、琴は不安げにうなずいた。新三郎は昨日よりも晴れ晴れとした顔をしており、琴にも優しく話しかけていた。

「気をつけろよ。くれぐれも」

勘七が言うと、新三郎は笑った。

「お嬢さんを頼む」

勘七は琴を振り返る。

「まあ、早めに戻れよ」

新三郎はうなずくと、そのまま踵を返した。

それから夕刻になるころに、目黒《めぐろ》の寮から女中と用心棒が二人そろって永岡屋を訪れたが、その時になっても新三郎は戻ってこなかった。

「新三郎が戻るまで、帰るわけには参りません」

琴は奥の間で座り込んだまま頑として動かない。困惑する女中と用心棒を後目《しりめ》に、京はとっとと目黒の寮に帰らない旨の知らせを出してしまった。

「お嬢さんが新三郎さんに義理を果たそうとなさるのはなかなか見上げた心意気です。大事にされたらよろしいじゃありませんか」

京に説き伏せられて、女中たちも仕方なく永岡屋に泊まることになった。

しかし夜になっても、新三郎は戻らない。

勘七は何度も通りへ出ては、提灯《ちょうちん》の明かりなりが通らないかと目を凝らす。夏の湿った風が吹く中、勘七は気が気ではなかった。

何度目かに外に出たとき、京が一緒に出てきた。右に左に様子を見る勘七の腕を、京は静かに摑んだ。

「もう、よろしいじゃありませんか」

勘七は京を見る。

「戻られませんよ」

薄々は感じていたが、そうして言葉にされると、思った以上に胸に痛かった。

「あいつは、実家もないし、店が壊れた今、住むところもない。金もわずかしかない。どこへ行くって言うんだ」

勘七の言葉に、京は黙ってうなずき、勘七の背を小さな手で撫でた。

「殿方の意地というのは、厄介でございますね。あなたやお嬢さんがこんなに思っているのに、薄情な新三郎さまです」

結局、新三郎は帰らなかった。

二日後、町奉行所に「御政事売切申候」という痛烈な批判をこめた貼り紙が出るころには、打ちこわしは落ち着き始め、町は日常を取り戻しつつあった。

しかしそれでも新三郎は帰らず、琴も業を煮やした女中たちに、引きずられるように目黒へと連れて行かれた。

その後の新三郎の行方は杳《よう》として知れなかった。

〇

勘七は、京と共に横浜に来ていた。

九月、打ちこわしから三月が経《た》ち、秋になっていた。踏み抜かれた天井や、叩き割られた戸板の修繕も終わり、永岡屋は常に戻りつつあった。

打ちこわしは思いのほか長引いて、この夏まではあちこちで起こっていた。物価高は変わらず、町中には餓死するものも増えており、長屋などから遺体が運び出される有様を時折目にしていた。日本橋の商店の中にも、店を畳むものも出てきたことで、少しずつ活気が失われていた。永岡屋も一時はにぎわいを見せた小売りもぱったりと客足が落ち、大口の発注は減っている。

「何か、新しいことを考えなければなりませんね」

勘七がいつものように唸《うな》り、与平が大福帳を睨みながら、算盤を弾《はじ》いていた。そんな折、紀之介から文があった。

御進発ごっこ以来、懇意にしている嘉右衛門の下で働いている紀之介が、横浜で商いを始めたのだという。遊びに来いと、以前から誘いはあったのだが、忙しさを理由に断っていた。

「じっとしていたところで仕方ないのです。この際、いらしたらいかがですか」

与平に言われ、横浜という地を見に行くことに決めた。

「せっかくならお京さんもおいでなさい」

と、大内儀《おおおかみ》の千代が嬉々《きき》としてすすめたので、夫婦で同道することとなったのだ。

初めて訪れる横浜は、忙《せわ》しない活気の中にあった。つい数年前までは、長閑《のどか》な海辺の町であったという横浜だが、今はあちこちに、見たことのないような建物が次々に建っている。その横浜尾上町《おのえちょう》に高島屋《たかしまや》という西洋風の館があった。紀之介には二人でそこに来るように言われていた。

「こちらでしょうか」

京はその洋館を前にして立ち止まる。勘七も、ああ、と曖昧に返事をしたまま、中へ入ることを戸惑っていた。先ほどから道中のあちこちで異人に会う度、わけもなく身を縮めてしまっていた勘七にとって、洋館の戸を開けるのはひどく緊張するものだった。

「勘七」

頭上から声が聞こえて見上げると、そこに紀之介が手を振っていた。

「待っていろ」

しばらくして、建物の扉が内側から開いた。開かれた扉の向こうには、すっかり洋装を纏《まと》った紀之介が立っていた。

「紀之介」

「ようこそ、高島屋へ。どうぞ」

紀之介は大仰な所作で挨拶《あいさつ》をすると、勘七と京を中へ招きいれた。

中に入ると、大きな階段があり、高い天井からは豪奢《ごうしゃ》な灯《あか》りが下がっていた。勘七はしばし呆然と見上げている。

「まだ開業前なのだが、ここは嘉右衛門さんがこれから始める異人のための旅館さ」

「これが旅館か」

勘七はしばらくその内装と様子に見入っていた。

「今、俺はこの中に飾る陶器や絵、調度や寝具の手配をしている。まあ、大半が異国からの品だが」

建物のあちこちを案内して歩く紀之介の後をついて歩きながら、勘七は問いかけた。

「嘉右衛門さんは、何をしている」

紀之介は嬉々として振り返り、そして勘七と京を手招いた。一つの部屋の中へ入ると、その外にせり出した見晴台の上に立つ。そこからは、横浜の様子がよく見えた。

「この辺りで建てられている洋館、あれらの材木は全《すべ》て、嘉右衛門さんの店のものだ」

勘七は目を見開く。

カンカンと甲高く響く槌《つち》の音、そして普請に走る大工たち。そして、積み上げられた材木。その全てが、嘉右衛門の商いによるものなのだという。つい昨年、牢《ろう》から出てきたばかりで、同じように御進発ごっこで踊っていた男とは思えない。

「元々、異人相手の商いを安政のころからやっていたそうだからね」

異人が求める伊万里《いまり》焼や磁器などを商う肥前《ひぜん》屋《や》という商店をやっていたのだという。そして昨年、獄《ごく》を出てから店を借りて材木商を始め、瞬《また》く間にここまでに上り詰めた。勘七たちは紀之介と共に嘉右衛門の邸《やしき》へ招かれた。嘉右衛門の邸もまた、美しい洋館であった。

玄関を入ると、そこには美しい女が一人、立っていた。顔立ちは日本人であるが、洋装がよく似合う。

「お久しぶりです、勘七さん、お京さん」

明るい声で女は言う。

「小糸ちゃん」

京が、その女の手を取る。

「小糸さん」

勘七は改めて女を見た。よくよく見れば、確かに小糸だ。芸者の顔とも素顔とも違うが、確かに見覚えがあった。

勘七は、後ろにいる紀之介を振り返る。

「連れてきたのか」

「ついてきたんです」

勘七の問いに、紀之介ではなく小糸が答える。

「横浜に行くといって、その翌日にはいなくなっていたんですから。薄情にもほどがある。腹が立ったので、押しかけてきました」

「まあ、それはそれは」

京の感嘆に紀之介はばつが悪くなったのか、さっさとその場を後にした。

「今は一緒に暮らしているんですか」

「ええ。迷惑そうですが」

京の問いに、小糸は嬉しそうに答える。勘七は小糸の笑顔と、紀之介が逃げた先の部屋を見比べる。

「あなたほどにもなれば、あんな風来坊より良い男がおりましょう」

小糸は肩を竦《すく》める。

「仕方ありません。あの人といると楽しいので」

はっきりとそう言い切ると、小糸は部屋の中へと二人を導いた。

そこには、西洋風の燭台《しょくだい》の置かれた食卓があった。整然と皿が並んでいる。

しばらくして扉が開き、嘉右衛門と紀之介が入ってきた。嘉右衛門は紀之介とは異なり、着物を着て、いかにも材木商の旦那といった風情であった。

「お久しぶりですね、勘七さん。内儀さんもようこそ」

大仰な手振りで勘七を出迎えた嘉右衛門は、満面の笑みを浮かべた。

「折角の横浜ですから、異国風に楽しんでいただく趣向です。後ほど、あちらの料理でおもてなしさせてください。高島屋はご覧になりましたか」

嘉右衛門は勘七に問いかける。

「ええ。美しい洋館でございました。異人の旅籠《はたご》になさると聞きましたが」

「そうです。これから交易はますます活発になる。そうなれば、異人は大勢やってきます。高島屋はただの旅籠というよりも、むしろあちらの高官も泊まる本陣に近い」

嘉右衛門は上機嫌で語る。

「ここへ来る途中にも、異人を見かけました。江戸では、未《いま》だに異人が来たとなれば人だかりができますが、横浜では当たり前のことなのですね」

京がしみじみと言うと、嘉右衛門はうなずいた。

「ここにはこれから更に多くの異人が参りますよ。驚いてなどおれません」

そして、嘉右衛門は懐から小さな時計を取り出して見る。

「夕餉《ゆうげ》までには今しばらく時があります。勘七さん、少しお付き合いいただけますか」

勘七は傍らにいる京と紀之介を振り返る。京は黙って深く頷《うなず》き、紀之介にも、行って来いと背を押された。

勘七と嘉右衛門は洋館を出て並んで歩く。海の潮の香りが風に乗って届いた。通りの向こうから、異人が一人歩いてきた。金の髪に青い目をした大きな体軀《たいく》の男の姿に、勘七は知らず身を硬くした。

「ミスタータカシマ」

異人の男は、嘉右衛門に声をかける。嘉右衛門もそれに応え、何やら話をする。異人の男は傍らにいる勘七を覗《のぞ》く。そして勘七に向かって何かを話しながら、手を差し出した。勘七は困惑しながらも手を差し出すと、それを強く握り返された。

更に二言三言、嘉右衛門と話をすると、そのまますれ違っていった。

「存外、堂々としていらっしゃるじゃありませんか」

嘉右衛門は勘七を揶揄《やゆ》するような口調で言った。勘七は首を振る。

「いえ、全く恐ろしいとさえ感じてしまって」

嘉右衛門は豪快に笑った。

「慣れなければいけませんよ」

そして再び並んで歩き始めた。

「いまだに攘夷《じょうい》などとのたまうものがいますからね。私のように異人相手に商いしていると、それだけでも何度も斬られかけております。昨年の大火も、一説には攘夷派の無頼《ぶらい》が放火したのではないかという噂もありますが、実に下らない。もう、開国の流れは止まりはしませんよ」

勘七もそれは痛感していた。今はまだ建物さえ少ない小さな町に過ぎないが、ここには熱気が溢《あふ》れている。大工たちが威勢よく掛け合う声が響き、人が行きかう。つい先日まで日本橋にあったものが、今、ここにあるのが分かる。それは、異国や異人の侵略に怯《おび》える小さな海沿いの村ではない。横浜という土地が、既に抗《あらが》いがたく動いていることを感じさせた。

「嘉右衛門さんはなぜ、横浜に来られたのですか」

「最初は成り行きではありますが」

嘉右衛門が盛岡藩の不払いで二万両の負債を抱えたのを見かねて、かねてから付き合いのあった佐賀《さが》藩の家老が横浜での商いを斡旋《あっせん》したのがはじまりだった。その中で、為替の禁に触れて牢に入ることになったという。

「もっとも今は、江戸所払いの処分を受けておりますから、江戸にはおられません。どこに行こうか迷っていたのですが、今の私には横浜が吉方位《きっぽうい》でもあるんです」

「易者のようなことをおっしゃる」

嘉右衛門は、ええ、と返事をした。

「牢にいる間、易経を読みふけりましてね、そこらの易者なんぞより、私のほうが当たりますよ」

「ならば、見ていただきたいくらいです。私の行く末というのを」

勘七の言葉に、嘉右衛門は首を横に振る。

「占いというのは、売らないからこそ占いというのです。己の道を己で決める、その助けでしかありません」

「己の道ですか」

勘七が言うと、嘉右衛門はうなずいた。

「私は、この横浜の商人になるのが己の道と決めたのです。それは単に儲かるからというだけではない。国を開いたまま、商人がいなければこの町は異国に蹂躙《じゅうりん》されていくだけでしょう。港町というのは、国の砦《とりで》です。ここに私という商人がいる。金にうるさく、欲を張った商人が。それはこの国にとっても、悪いことにはなりますまい」

風が心地よく吹きつけて、勘七と嘉右衛門の間をすり抜けていく。

「無論、そんなことを考えているのは、私だけではありません。札差の泉屋《いずみや》などは、大分前からこちらに店を構えていますからね」

嘉右衛門はそこまで話して立ち止まり、ふと勘七を振り返る。

「あそこにあるのが、私の蔵のひとつです」

嘉右衛門が指す先には、堅牢《けんろう》なつくりの蔵が建っていた。そしてその前には三人ほどの異人が番をするようにして立ちはだかっている。

「ハイ」

嘉右衛門は軽く片手を挙げて、異人に挨拶をする。異人のほうも慣れた様子で手を挙げて、先ほどと同じように言葉を交わした。そして嘉右衛門は手にしていた鍵で錠前を開けると、中へと入り、勘七を手招いた。左右を異人に見守られる中、勘七は蔵の中へと足を踏み入れる。

そこには、異国の文字が焼印された木箱がいくつも積み上げられていた。

「何ですか、これは」

嘉右衛門はその中の一つの箱を開ける。おがくずの奥から出てきたのは、黒々と光る筒である。

「鉄砲ですよ」

勘七は顔を上げて嘉右衛門を見上げる。嘉右衛門は勘七の顔を試すように見据える。

「持ってごらんになりますか」

嘉右衛門から差し出された鉄砲を、勘七は思わず手に取った。そのずしりとした重さと、鉄の冷たさに目を見開く。

「私の客であるイギリス公使がね、持ち込んだのです」

嘉右衛門はぐるりと蔵の中を見渡した。

「この中にあるのは、鉄砲以外にも、弾薬や砲弾などなど。穏やかならぬものばかりです」

「これを売るおつもりなのですか」

「どうしたものかと思っておりましてね」

嘉右衛門は勘七を振り返る。そして、勘七が手にしている鉄砲を受け取ると、それを壁に向かって構えて見せた。勘七が思わず身を縮めると、嘉右衛門は笑う。

「空ですよ。第一、こんなところで撃てば、この中の火薬が大爆発で、私もあなたも木っ端微塵《こっぱみじん》だ」

嘉右衛門は鉄砲を弄《もてあそ》ぶ。

「これは、必ず売れます。儲かります。それは疑う余地がない」

薩長《さっちょう》だけではなく、今では名も知れぬ小藩にいたるまで、不穏な空気に恐れをなして武装をし始めている。戦《いくさ》になるかどうかはともかくも、鉄砲、武器、弾薬の市場は、急激に伸びているのは確かな話ではあった。

「嘉右衛門さんは、武器商をなさるおつもりですか」

勘七の問いに、嘉右衛門は曖昧に笑う。嘉右衛門は、鉄砲を元の箱にしまいこむと、今度は己の懐に手を入れた。そこから同じように黒く小ぶりな短筒《たんづつ》が出てきた。

「ピストールというものです。異人の高官たちは護身用に持ち歩いているのです。私もこの町では、手放さない。開国が進めば、こういうものを求める人は尽きぬでしょう」

再び差し出されたピストールを、勘七は手に取ることを拒んだ。

いつか、桜田門外の雪の中、浪人の一人が空に向けて放った虚《うつ》ろな音が、勘七の耳に蘇《よみがえ》る。不穏な幕開けの音だった。

嘉右衛門は、黙り込んだ勘七を前に、ピストールを再び懐に仕舞う。

「そんなに怖い顔をするものじゃありませんよ」

勘七は、知らぬ間に顔が強張《こわば》り、誤魔化《ごまか》すように瞬《まばた》きをした。嘉右衛門はそれを見て苦笑する。

「いかんせん、私は江戸に店を構えることができません。所払いですからね。できれば江戸にお店をお持ちの方に、仲介を担っていただければと考えていたのです。紀之介さんは、ああいう方だから、この危ない橋を渡る相方としては少々、心もとない。あなたはその点、信が置けると思ったのです」

「私を呼んだのは、そのためですか」

「紀之介さんには内緒ですがね」

嘉右衛門はおかれた木箱を撫でるように歩く。

「あの人は謀《はかりごと》には向かない」

「私は向いているとでも」

「いいえ」

嘉右衛門は振り返り、勘七に笑いかける。

「あなたも謀は得手《えて》ではないでしょう。しかし、あなたは今、商いを立ち直らせたいという強い思いがおありだ。あなたにとって大切な店を守るためならば、多少の危ない橋なら渡る覚悟があるのではないかと思ったのです」

勘七は胸が大きく波打つのを感じた。ここに積みあがる全てが、大金に化けていく。そうすれば今、汲々《きゅうきゅう》としている永岡屋は、大店《おおだな》へと変貌《へんぼう》を遂げることは間違いない。

そう思ったとき、蔵の中に微《かす》かに香る火薬の臭気が、ひどく甘美なものにさえ思え、足元がふらつき、思わず傍らの箱に手をついた。

「大丈夫ですか」

嘉右衛門が問う。

「ご心配なく。少し、火薬の臭いに酔ったようです」

「では、出ましょう」

勘七は嘉右衛門にしたがって蔵を出た。嘉右衛門は来たときと同じように、錠前にしっかりと鍵をかけた。

蔵の外に出ると、再び潮の香りがした。海鳥が空高く舞い飛び、穏やかな波が見えた。

勘七は、自分が肩で息をしていることに気づいた。動悸《どうき》はまだ治まらなかった。

嘉右衛門と共に洋館に戻り、夕餉の席を囲んだが、心ここにあらずで、何を食べたのかよく覚えていない。傍らに座る京が、楽しそうに小糸と話しているのが聞こえていたし、時折、紀之介が自分に話しかけるのも聞いていた。だが、蔵の中の鉄砲の黒光りする影だけが、頭の中を巡り続け、勘七はそれを打ち消そうとして、目の前に置かれたぶどう酒の杯を重ねた。

「勘七さん」

隣の京が、案じるように声をかけたのを聞いて、振り返ろうとしたとき、グラグラと視界が揺らぐのを感じ、卓へと突っ伏してしまった。

ふと目を開けると、視界に見知らぬ天井が広がった。ふわふわとした寝台の上に横たわっていることに気付く。ゆっくりと起き上がると、頭が割れるように痛んだ。辺りを見ると、まだ夜なのか暗い。

立ち上がって窓へ歩み寄り、その窓を開いた。風が心地よく吹き付ける。微かな潮風が香り、宵闇の中に建てかけの洋館が立ち並んでいるのが白く浮き上がって見える。

「あら、気付かれました」

背後の戸が開く音がして、盆に切子《きりこ》の水差しを載せた京が入ってきた。

「酔って寝ていたようだ」

京は、寝台の傍らにある台に盆を置く。

「飲みすぎるからですよ。紀之介さんと嘉右衛門さんが二人がかりで運んでくださって」

京はそう言いながら、寝台の上にある布を取って、窓辺に立つ勘七の肩に掛ける。それは思いのほかずしりと重みがあって、暖かい。ただその色は、暗がりにも鮮やかな赤い色をしていた。

「すごい色だな」

「ぶらんけっとというそうです。羊の毛だそうで」

「何けっと」

「ブランケット」

勘七は、酔いから醒《さ》めて冷えた体を温めるようにブランケットにくるまる。

「何だってこんな色を。遊郭の夜具みたいだな」

「異人が日本人は赤が好きだからと、売り込んだそうですよ」

勘七が怪訝《けげん》な顔をする。

「そうだろうか」

京はふふふ、と声を潜めて笑う。

「紀之介さんが言うには、その異人が茶屋の緋毛氈《ひもうせん》を見て勘違いしたとか」

「まあ、毛氈に似ているかな」

「売れずに山と残っているそうですが」

勘七は京と顔を見合わせて笑った。

そして、勘七は自分のいる部屋を見回した。広々とした部屋に、天蓋《てんがい》のある寝台。床には異国の絨毯《じゅうたん》が敷き詰められている。それを見詰めているうちに、勘七は頭に鈍い痛みを覚えた。

「どうなさいました」

京が燭台を片手に歩み寄り、勘七を覗き込む。勘七は思わず京から目を逸《そ》らした。

「何でもない」

勘七はブランケットを肩からかけたまま、寝台に体を投げ出した。京は寝台の傍らの台に燭台を置くと、そのまま寝台の端に腰掛けた。

「何でもないことがあるものですか。嘉右衛門さんと出かけられてから、様子がおかしいですよ」

京は静かにそう言うと、勘七に微笑みかける。

「話せば楽になることもあります」

勘七はぐっと息を吞んで起き上がり、項垂れる。京は何も言わない勘七から視線を逸らし、寝台の側の窓のほうを向いていた。燭台の灯《あか》りに照らされた横顔は白く映えていて、改めて美しい女だと思った。

「お京さんにも、苦労をかける」

勘七はそうつぶやく。京は勘七を振り返る。勘七は溜息をついて続けた。

「私にもしも、嘉右衛門さんのような商才があれば、楽だったろうに」

昨年の御進発ごっこの時に、盛岡藩の踏み倒しにあって二万両の負債を抱えたという話を聞いて、勘七は勝手に嘉右衛門に親近感を覚えていた。そして同時に、勘七は自らの負債がたかだか二千両であることに、安堵してもいた。

しかし、一年経《た》った今でも、返したと思っても利息で膨らみ、大きな仕事がないので、小売りで少しずつ埋めていくだけの自分に比べ、嘉右衛門は横浜の土地で大きな普請を手がけ、城のような洋館に住み、新たな商いに手を伸ばそうとしている。もしも借財が完済されていれば、今、こうして思い悩むことさえなかっただろう。

京はくすくすと笑い声を漏らす。

「何を考えていらっしゃるかは知りませんが、私はあなたが嘉右衛門さんのような方なら、一緒になりませんでしたよ」

勘七は、怪訝な顔で京を振り返る。

「なぜ」

「嘉右衛門さんは勢いがおありになる。周りを気にかけておられません。あの方についていくだけで四苦八苦しそうです。連れ合いはさぞご苦労でしょう」

「そういえば、なぜ、嫁に来てくれたんですか」

「な……何を」

京は驚いたように声を上げ、暗がりでも分かるほどに顔を赤くして狼狽《ろうばい》した。

「いや、勢いで一緒になってしまって、どうしてうちに嫁に来たのかと思いまして」

「それは、あなたがおっしゃったからじゃありませんか」

「それはそうですが」

京が嫁ぐ際、日本橋界隈《かいわい》の旦那衆から京の噂を聞いた。多少、年増《としま》ではあるが元奥勤めという肩書きを好む家も多く、薬種問屋の後添《のちぞ》いや、医学所の嫁にという話があったのだが、全て断っていたらしいことを聞いた。

勘七がじっと見詰める先で、京は目を逸らす。

「つまらぬことを気にせずに、酔っ払いは早くお休みなさいませ」

勘七はその言葉を聞き流す。

「私は、相変わらず迷ってばかりでどうしようもないのになあ」

京は苛立ったように勘七を睨む。

「小難しく考えずとも、あなたはあなたの道を突っ走っていらっしゃるじゃありませんか」

京の言葉に、勘七は首を傾げる。京は、聞こえよがしなため息をつき、勘七の傍らに座る。

「私の実家に夜盗が入ったと聞けば駆けつけ、新三郎さんの札差が打ちこわしに遭ったと聞けば走る」

呆れたような口調で言われ、勘七はうん、とうなずく。

「そうして聞くと、何にも考えない阿呆《あほう》みたいだな」

「なかなか大したお人です」

勘七が京を見ると、京は真っ直ぐに勘七を見返して笑う。

「私なぞは、どこか狡猾《こうかつ》なんでしょうね。得にならねば走れません。あなたは掛け値なしで人のために走れる。それがあなたの道なんじゃございませんか。そんな阿呆なわがままが、いつかどこかで商いにつながるかもしれません。私や、与平さんや店のみなが、そういうあなただから、信じてついていけるんですから、もっと自信をお持ちなさいませ」

勘七は幼いころ、内儀の千代に誉《ほ》められた時のように照れくさかった。京はその顔を見て、笑いながら勘七の頭を撫でる。そのままその額を小突かれ、勘七は寝台に横たわる。

「ほら、頭の痛む方は早く寝てください。明日は日本橋へ帰りますよ」

京はそう言うと赤いブランケットを勘七の頭まですっぽりとかける。勘七はそれを引き被《かぶ》る。

「誉められたのか、馬鹿にされたのか分からないな」

ブランケットの向こうで京が笑う声がする。

「誉めているんですよ。私が選んだ旦那さまではありませんか」

顔を覗かせると、京は優しく微笑んだ。そして再び勘七の額を小突く。

「お休みなさいませ」

そう言うと、ふっと燭台の灯りを消した。

翌朝早く、勘七は海を見に出かけた。海の波に朝日が映え、辺りを眩《まぶ》しく照らしていた。

この海の向こうには、見たことのない国が広がっているのだという。いつか勝の邸で見た地球儀のことを思い浮かべた。

「こちらでしたか」

嘉右衛門が歩み寄る。

「昨夜は酔いつぶれてご迷惑を」

勘七が頭を下げると嘉右衛門は笑う。

「なかなかな飲みっぷりで」

勘七と嘉右衛門はしばらく黙って並んでいた。空高く海鳥の鳴く声がした。

「やはり、武器商は私には向きません」

勘七は一気に息を吐き出すように言った。

「みすみす、富を逃すとおっしゃる」

「阿呆だと思われますか」

「そうですね。惜しいことをなさる」

しばらくの沈黙が続いた。どこかの船が汽笛を鳴らす音が辺りの空を裂く。

「では勘七さんは紙だけを売るおつもりですか。多かれ少なかれ世が変わるときに、そんなことでは生き残ってはいけませんよ」

勘七は渋い顔で頭を掻《か》いた。

「いえ、何も紙だけにこだわると言っているわけではありません。おっしゃるとおり、否応《いやおう》なく変わらざるを得ないのも分かっています。私たちも御用商人というものではいられないのも事実です。でも、変えてはいけないものもあるだろうと思うのです」

「何ですか、それは」

嘉右衛門は眉を寄せる。

「嘉右衛門さんからすれば、笑われてしまうようなことかもしれません。ただ、商いは、福を届けるものであるべきだと、私はそう信じたい」

勘七は嘉右衛門に向き直る。

「たとえ店を畳む日が来ても、私はこのわがままを貫いてみようと思うのです」

嘉右衛門はしばらく勘七の顔をじっと見詰めていたが、やがて微笑んでうなずいた。

「あなたは存外、頑《かたく》なですね。紀之介さんの言うとおりだ」

「紀之介が、何と」

嘉右衛門は笑って勘七を見る。

「仲間内で一番、大人しそうに見えて、その実、一番、融通がきかない頑固者。何やかやとみなを流して、気付けば全て勘七さんの思い通りになるものだと」

勘七は首を傾げた。

「私は紀之介に振り回されているように思いますけれどね」

嘉右衛門は、大きく伸びをする。

「今、まさに武器商は、雨後の筍《たけのこ》。なりたいという連中は、有象無象《うぞうむぞう》が集まっています。私は信の置けない人に頼む気はないので、あなたに断られたのなら、しばらく様子を見ることにしましょう。目下、私は材木商としては儲かっているわけですからね。これもまた、武器商よりは、あなたの言う福を届ける商いでしょう」

「そうですね」

嘉右衛門は勘七に向き直り、片手を差し出した。勘七はその手を見詰めてから、嘉右衛門を見る。

「英国風に挨拶をしましょうか」

嘉右衛門に言われて、昨日、異人としたように手を握る。嘉右衛門はそれを上下に振った。

「シェイクハンズと言うそうです。あなたももし、異国のものを扱いたくなったら、いつでも私なり紀之介さんなりに文をください。あなたのわがままに付き合いましょう」

「ありがとうございます」

勘七は嘉右衛門の強張った熱い手を強く握り返した。

○

将軍家茂公が大坂城で逝去し、新たに水戸藩の一橋慶喜公が将軍になったという話が、江戸の町に聞こえてきた。

明けて慶応三年（一八六七）。

二月の肌寒い夕方。永岡屋の裏木戸に来客があった。

「あなた、お客さまです」

京に呼ばれて勘七が母屋に向かうと、そこには中年の女が一人、立っていた。それは永岡屋の隣で糸物を扱う藤屋の内儀、タエであった。藤屋の主人とは、いつぞや一緒に隅田川沿いを御進発ごっこで歩いたこともある、昔馴染でもある。

「おタエさん、どうなさったんですか」

勘七が言うと、タエはしばらく黙っていた。だが、迷いを断ち切るように顔を上げた。

「店を畳むことになったよ」

藤屋の主人は元々、安房《あわ》の生まれだということで、裸一貫から店を起こした男である。良い糸が手ごろな価格で仕入れられると評判の店であったが、この不況の最中に、ついに立ち行かなくなったのだという。

「亭主はね、黙って行こうって言ったんだけど、それもあんまり寂しいじゃない。江戸を捨てたくはないけれど、やはり戦は怖い。それに、今なら路銀も何とかなるけれど、これ以上になるともう身動きができなくなりそうで」

タエは俯《うつむ》きがちにそう話す。

昨今ではこうして江戸を去るものがあとを絶たない。しかも「江戸に残るか」「江戸を捨てるか」で諍《いさか》いが生じることもあった。それだけにタエは、このことを話すのが辛《つら》いのだろう。

勘七は、小僧の時分からこの藤屋のことを知っていた。外で掃き掃除をしている勘七に、タエは時折、飴《あめ》や干し柿をそっと分けてくれたこともある。

「寂しくなります」

勘七が言うと、タエは微笑んだ。

「あの小さかった勘七ちゃんが、今では立派にお店の主をしているんだからね。こんなお嫁さんまで貰《もら》って」

タエは、勘七の隣に立つ京を見て笑顔を見せた。だが、しばらく話すと表情からは、そのままふと笑顔が消える。

「いつ、発《た》たれるんですか」

タエはその後、店の奥へ上がった、千代と思い出話に花を咲かせ、そのまま帰っていった。

「四日後に」

勘七と京は二人で並んでタエの出て行った先を見詰める。

「新しい出発というのは、良かれ悪しかれ気を張るものです。ましてや、今回のように寿《ことほ》ぐこともままならぬのでは、見送ることも辛いばかりでございますね」

京の言葉に勘七はうなずいた。だがふと思い立ち、京を振り返る。

「祝いの品を贈らないか」

京は眉を寄せた。

「何故《なにゆえ》、祝いです。店を畳み、金に困り、故郷に帰るというのに」

勘七は首を横に振った。

「何もそれは、藤屋さんが招いたことじゃない。それに、安房に帰ればまた、商いを始められるかもしれない。予《あらかじ》め祝っておけば、真《まこと》になることもあるだろう」

勘七の言葉に、京はしばらく呆気にとられたように勘七を見上げていたが、やがてふっと微笑んだ。

「相変わらず、そういうことはすぐに思いつくんでございますねえ」

京はそう言うと、しばらく黙り、首を傾げた。

「道中守でも贈りましょうか。荷になりませんし」

「それはそうだが、何かもっと入用なものはないかな」

京は苦笑する。

「荷はせいぜい荷車一台。それを筵《むしろ》で覆って運ぶのですよ。暮らし向きのものを載せたらそれで一杯です。浴衣《ゆかた》を一枚くらいにせねば、却《かえ》って迷惑というものです」

勘七は、うん、と腕を組み唸《うな》る。京はその勘七を後目に、とっとと家の仕事に戻ってしまった。しばらくじっと縁に座っていると、春とはいえ、肌寒さはまだ残る。荷を抱えていれば、安房とはいえどもどこかで夜を迎えねば帰れないかもしれない。野宿することもあるだろう。寒さを凌《しの》ぐものがないだろうか、と、勘七は思い巡らせた。

そして、ぽんと手を打つと、家の中へと飛び込んだ。

「お京さん、あれがいい、あれにしよう」

台所で女中と話していた京は、飛び込んできた夫を振り向き、顔を顰《しか》めた。

「何です、大騒ぎして」

「あれだ、横浜の赤けっと」

京は勘七の言葉の意味を摑みかねて、なお一層、眉を寄せた。

「ああ、ブランケットのことですね」

「そう、そのブランケット。まだ外は寒い。あれならば、荷車の覆いになるし、いざとなれば暖もとれる。赤はいささか派手かもしれないが、この際、祝いと思えばいいじゃないか」

勘七はそこまで言い切ると、早速、奥へ戻ると慌ただしく硯《すずり》を出して、紀之介への文を書き始める。

「ああいうものが、商えたらいいのかもしれないなあ」

勘七はさりげなくそうつぶやいた。顔を覗かせた京が勘七に歩み寄り、すとんと、勘七の隣に座った。

「今、何とおっしゃいました」

「いや、あのブランケットとやらを売るというのはどうかと思っただけだよ。先代が言っていた、福を届けるというのはそういうことかと……」

善五郎が最期に言っていた、福を届けるということは、こういうものではないかと、思い立った。だが、勘七はその考えを振り払うように頭を振る。

「阿呆な話だ。紙屋が何で舶来の夜具など売るんだろうな」

「勘七さん、待ってください」

「え」

「文を書くのを待ってください」

京は思いのほか表情が硬い。勘七はわけも分からず筆を止めた。京はすぐさまその場を立つと、しばらくして与平を連れて戻ってきた。

「舶来の、赤い夜具ですと」

与平は難しい表情を浮かべて、京に連れられて勘七の部屋に入ってきた。京は勘七と与平の間に座る。

「これは、あるいは売れるものになるやもしれぬと思いましてね」

京の言葉に与平は腕組みをする。勘七は、二人を見詰めてから首を傾げた。

「売るのか」

自分で言い出しておきながら、勘七はやや不安に思いつつ問いかけると、京がうなずく。

「言ったじゃありませんか。あなたは考えずに動き出すときは、面白いことをするんです。それはなかなか商いには結びつかぬことが多いのですが、今回のこれは商いになります」

京の言い分に、与平は低い声で、たしかに、とつぶやいた。京は言葉を接《つ》いだ。

「紀之介さんは、あの夜具が売れずに在庫を抱えていると聞きました。そしてあなたが言う通り、江戸を旅立つ人にとっては重宝するものになるでしょう。この有様がどれほど続くかは分かりませんが」

与平はしばらく黙って考えていた。そして一度深くうなずいた。

「旦那さま、紀之介さんにまず百枚持って来させてください」

勘七は驚いて目を見開く。

「そんなに」

「とりあえずつけておいてください。今、うちの店には手持ちがほとんどありません」

勘七は、再び筆をとり、その旨を紀之介への文にしたためる。

「紙問屋がねえ」

勘七は書きながらつぶやく。与平は首を横に振る。

「紙は変わらず売りますよ。ただ、ついでに他のものも売ってみる。それだけのことです」

「それもまた面白いか」

勘七は笑いながら文を記した。

そうして藤屋が旅立つ朝、紀之介が永岡屋にやって来た。これ見よがしに洋装で、赤い毛布を一枚携えていた。

「百枚は後から荷車が来るからね。ただ、隣の藤屋さんは俺も知り合いだから、一緒に見送るよ」

藤屋の店の裏手には、既に荷を積んだ荷車が置かれていた。裏口から訪ねると、タエと一緒に藤屋の主人、仁平《にへい》と、十四になる娘、カヨが顔を見せた。

「おお、勘七さんと紀之介かい。いつぞやは、御進発、楽しかったな」

仁平は紀之介と勘七を見て一頻《ひとしき》り笑ってから、気まずそうに口の端を歪《ゆが》めた。

「こんなことになっちまったよ」

肩を落とす仁平に、紀之介は笑う。

「何、元気でいられればどこにいたって同じですよ。俺なんて、店を出て横浜に行ってからのほうが、よく働いているくらいですから」

ははは、と明るい声が響き、藤屋の三人も釣られて笑った。勘七は、紀之介から受け取っていた赤い毛布を取り出すと、それを荷車の上にかけた。

「餞別《せんべつ》です。藤屋さんの新しい旅立ちに、幸多かれと思い、祝いの赤にしましたよ」

勘七が言うと、ずっと黙っていたタエが、嗚咽《おえつ》を漏らして泣き出した。

「何を泣くんだ、みっともねえ」

仁平はそう怒鳴りながら、語尾が震えていた。

「永岡屋は当面、残ることに決めています。また無事に会えることを祈っていますよ。道中、くれぐれも気をつけて」

勘七は、タエの手を取った。続いて仁平の手を取った。仁平は、ぐっと勘七の手を握り返す。

「お前さんは、いい男になったなあ」

「いえ、私なんぞ」

勘七が驚いて首を振ると、仁平はさらに強く勘七の手を握る。

「いずれ、安房の藤屋に遊びに来いよ」

「はい」

「紀之介、お前さんもな」

「横浜にもぜひ」

「おう」

仁平はそう言うと、荷車を引く。三人は、ゆっくりと日本橋の通りを通っていく。

通りを行く人たちは、緋毛氈にも似たものをかけた荷車を見て、怪訝な顔で振り返る。

遠目に見ると、赤という色それだけで、何やらめでたいものを運んでいるように見えるのが、勘七は嬉しかった。

「いいんじゃないか」

紀之介の言葉に、勘七はうなずく。

夕刻になって届いた百枚を、勘七は奉公人たちとともに店に並べる。すると京が、その作業を見ていて、何度か首を傾げた。

「いっそ、外に荷車を一台置いて、それにこれを掛けましょう」

奉公人たちは日ごろ紙を積む荷車に、空の古い行李を五つほど積み重ねると、そこに赤い毛布をかけた。奥へ行っていた京は、何やら書いた二枚の紙を持って戻ってきた。そして一枚を荷車にぽんと貼り付けた。

「旅立ち寿《ことほ》ぎ申し候」

そして、もう一枚を店の中に置かれた毛布の上にひらりと置く。

「赤けっと」

紀之介はそれを声に出して読む。

「何ですかね、これは」

京はにっこりと微笑む。

「ブランケットと言っても何やら言いなれぬ言葉過ぎて広まりますまい。赤毛氈では新しさがありませんし、赤毛布も味気ない。先だってこの人が、ブランケットを思い出せずに、赤けっとだと言っていたのです。船来の雰囲気もあるし、言い易《やす》い。この名前で広まれば、新し物好きの江戸の人は、買いに来ますでしょう」

勘七は、店先に並んだ赤けっとを眺め、そして外に設《しつら》えられた荷車と、そこに書かれた文字を見た。

「旅立ち寿ぎ申し候、か」

そして勘七はふと、紀之介を振り返る。

「お前が、御進発ごっこで不安な町中を、緋毛氈を羽織って練り歩いたけれど、私も似たようなことをしているな」

勘七が笑うと、紀之介はその傍らに立ち、同じように荷車を見る。

「つまらないことは笑い、つらいことは笑い飛ばすのが粋ってもんだ。真っ赤な装いで花道を歩く役者みたいで、なかなかいいじゃないか」

値は与平が六百文に決めた。舶来の品とすれば安いが、元値は二百文なので、三倍だ。

「いずれ値下げをするにしても、はじめはこれでお客の様子を見てみましょう」

与平は緻密《ちみつ》に算盤を弾いてうなずいた。

翌日、ふらりと客がやってきた。

「外の荷車を見たけれど」

小奇麗な身なりをした男である。

「これ、何だい」

「はい、舶来の品でして。羊の毛を使った毛布です。丈夫で暖かいので、旅にはもってこい。無論、日ごろの夜具にお使いいただいてもよろしゅうございます」

勘七の言葉にその男はしみじみとそれを眺め、そして、

「いただこう」

と言った。

この品に関しては、現金掛け値なしの商いに徹することを、店で決めていた。

「旅立ちのための品ですからね。つけにして旅立たれたら掛取《かけと》りできません」

与平は厳しくそれだけは言っていた。

その後も、多少の値切りはあったけれど、瞬く間に二十枚、三十枚と売れていく。

これまでの紙とはまるで違い、値が大きいにもかかわらず、飛ぶように売れていた。

そのため、紀之介には何度か品を追加してもらうことになったほどだ。

「こんなものが、こんなに売れるなんて」

勘七は、どんどんとはけていく品を見て、しみじみとつぶやく。

「私なんぞが考えていたら、永遠にたどり着けない答えでしたね」

与平は、帳場格子の中で大福帳を書きながらそう言った。そして、筆を置くと、満面の笑みを浮かべた。

「旦那さま、これで借財は完済できる算段でございますよ」

それは、赤けっとを売り始めてから二月が過ぎた四月の終わりのことであった。

○

「辻斬《つじぎ》りだ」

その声が日本橋にこだまする。

勘七と与平が顔を上げる傍らで、京がびくりと体を硬くする。

「また、ですか」

気丈な京の声が震えていた。

十月に入ってからというもの、江戸市中では数え切れぬほどの刃傷沙汰が横行している。つい先日は、この永岡屋から程近い本銀町《ほんしろがねちょう》、袋物屋の手代が斬り殺された。京が千代と共によく訪れていた店だった。

その理由というのは、一人の武家が袋物を買うと言って店先に座り込み、あれやこれやと値にけちをつけたからだという。

「どういった品がお望みでしょう」

と、問いかける手代に、

「いけんもこげんも、早よせんか」

と、怒声を上げ、それでも丁寧に対応しようと努めた手代を、

「役立たずは斬っ」

と刀を抜いて切りつけたというものである。

その言葉に薩摩の訛《なま》りがあったことから、薩摩藩の浪士であるという噂が広まっていた。しかしそれを皮切りに、薩摩のものと思われる武士たちが、江戸市中を我が物顔に徘徊《はいかい》するようになる。

それは一目でそれと分かる。

「何分、野暮でございましょう」

永岡屋の並びの白粉《おしろい》屋の内儀は、永岡屋の母屋の縁で嫌悪を隠そうともせず、罵った。

「あんな煮しめた布巾のような薄汚れた着物、江戸の町人は恥ずかしくて着やしません」

白粉屋は、言いがかりをつけられてはたまらないからと、とっとと店を閉めている。

「町奉行所が追い払ってくれたら、店を始めるつもりです」

しかし、こうした薩摩浪士による騒動はまだ続いている。もう一月になる。

その間には盗みも度々起きていた。

聞いた話によれば、鉄砲を構えた二十人あまりが、蔵前の札差伊勢《いせ》屋《や》近くに舟で乗り付け、中に押し入ると手代たちを鉄砲で脅した。そうしているうちに、次々に千両箱を舟に積み込み、悠々と帰って行ったというのである。よく鍛錬された軍のようなその連中は、千両箱と共に、薩摩藩の上屋敷《かみやしき》に帰って行ったのだという。

また、刀を持った浪士たちが、抜き身を晒《さら》して往来を歩き、逆らえば襲い掛かってくることもしばしば。この前は呉服町、昨日は本石町、今日は小伝馬町《こでんまちょう》。金を盗《と》るだけではなく、命までも奪い、刀傷を負った町人は数知れない。そして盗人たちは決まってこう名乗る。

「これは天朝《てんちょう》の御用である」

市中警固に当たる庄内藩士たちが、奔走していたが、それでも収まるものではない。下手人は薩摩藩だと知れているのだから、いっそ叩いて欲しいという町人の願いとは裏腹に、江戸城の本丸は沈黙を守っていた。既に大政奉還《たいせいほうかん》をして、幕府は江戸の町を見捨てたのだというのが、瓦版の言い分であった。

「そもそも、大政奉還とは何だ。城はあるじゃないか」

町人たちは互いにそう言い合う。

城はいまだここにあり、これまでと変わらず幕府の役人たちが政《まつりごと》を担っているという。それなのに、なぜこの無法は収まらないのか。

「鉄砲相手に縮み上がって手も足も出ないとは情けない侍もあったものだ」

そう悪態をつくものもいる。

この時勢の中、江戸を出る者は後を絶たず、幸か不幸か、赤けっとは売れ続けていた。旅立つ人のためにと、少し値を下げたところ、更に続々と売れていた。

「要《い》るものを支度するのが商人の仕事。今、江戸から逃げるためのものが求められている以上、これは、商人である私たちの仕事ですよ」

与平はそう言う。

この不穏な町の中で、奉公人と家族、全ての命と財産を守りぬくのはなかなか難しい。そこで勘七は、ここまでで得た財の一部で、江戸を去る商人から土地を買った。去る者にとっては旅の助けになるし、勘七にとっては金をそのまま持つより安心だ。更に、残ったものは千代に預けて、千代と小僧の正助を高輪《たかなわ》の寮に行かせることにした。

「またすぐに、日本橋に帰って暮らしたいものだね」

千代は、寂しそうであった。昨今では、こうして女子供を郊外の寮へ逃がす人が後を絶たない。勘七は京も一緒に行くようにと諭《さと》したのだが、

「私がいなくてどうします」

と言って、日本橋を動こうとしない。

千代を見送ったその夜、勘七は一人、帳場に座っていた。入ってきた金は、こまめに地下蔵に入れて藁《わら》をかけ、土を被せている。いざとなったら自分たちも、江戸を捨てて逃げるしかなくなるのかもしれない。そう思い悩み始めていた。

「まだ、起きておいででしたか」

京が店を覗きに来た。勘七は、うん、と小さくうなずいた。京は勘七の傍らに座ると、その背に頭を預けた。

「江戸は、変わってしまいました」

市中を刀を抜き身で持ち歩くものなど、つい数年前まで見たこともない。竹光《たけみつ》をさしている侍を笑ったこともあったが、そのほうがまだ良かった。商人は武士より身分が下と言われても、江戸の武士は町人を重んじ、共に芝居を楽しみ、共に衣食を楽しみ、花見を楽しんだ。お上の御政事を半笑いで批判したところで、それでもお上を信じてもいた。

「江戸を出れば良かったものを」

「いやですよ」

そして、京は、すっと勘七から離れた。そして項垂《うなだ》れたまま口を開く。

「帝《みかど》が討幕の詔《みことのり》を出されたというのを聞いたとき、畏《おそ》れ多くも腹立ちました。そして今、あの無頼の野暮な輩《やから》どもが、天朝の御用だなどと吹いているのを聞くと、口惜しい。どれほど政がなっておらずとも、幕府が江戸を傷つけることなど、これまでなかったのですから」

その時、カンカンカンカンと半鐘の音が聞こえた。

「また、か」

勘七は立ち上がる。思いのほか、半鐘の音が近いことから火元が近いことに気付いた。引き戸を開けたとき、煙の臭いがした。火元は二町先らしい。

「消せ」

怒号と共に、纏《まとい》を持った火消したちが駆けていく。その粋な背中は、これまでにも何度も見た江戸の華だった。

赤く染まる空の下、勘七と、近くの商店の連中は、みな通りの外に出て火を見詰めていた。騒ぐものは誰もいなかった。繰り返される所業に、静かな怒りが燃え上がっているのが分かった。

火元から、三人の男が歩いてくるのが分かった。白粉屋の内儀が言う、煮しめた布巾のような着物の浪人だ。我が物顔で歩いてくる彼らを、町人は見ないように視線を逸らす。しかし、その時、一人の男が永岡屋の前でぴたりと足を止めた。

「舶来物の赤い夜具とやらを売い、不当に儲けとうのはこん店か」

ちらと聞くだけで、薩摩訛りと分かる言葉である。勘七は形ばかり膝をつく。

「おかげさまをもちまして」

勘七は頭を下げずにそう言った。

「怪しかもんを売って、金を稼ぐとは、商人らしゅう汚か輩じゃ。せめて天朝の御用に金を出せ」

勘七はきっと顔を上げる。そしてにっこりと笑って見せた。

「それは致しかねまする」

「何じゃと」

浪士はすらりと刀を抜いた。そしてその刃《やいば》を勘七の首筋に突きつける。

「逆らう気か」

「何の代金でございますか」

勘七は微動だにせずにそう問うた。

「何だと」

「何もせず、金が入ると思うているのは、武士ですらない賊の申し分。民を守るわけでもない、刀すら持たぬものを刃や火やらで傷つけるものに、びた一文渡す気はありませんよ。それでも天朝の御用というのなら、私どもはその天朝にこれっぽっちの恩義もない。天朝とは、天下の大泥棒でございます」

みるみるうちに浪士の顔が、怒りへと変わっていった。そして、浪士は刀を振り上げる。

その時、浪士の頭に、ばさりと赤けっとが被された。そして、竹ざおが勘七の背後から伸びてきて肩先を通り、浪士の首元をどんと突いた。浪士はどうとその場に倒れる。勘七が振り返ると、竹ざおを握り締めた京が、肩で息をしていた。その傍らには、与平が縄を握り締めて立っており、その脇には佐吉が棒切れを握り締めていた。

残る二人の浪士が刀を構えたとき、通りに出ていた町人たちが、石を投げつけ始めた。

「いつまでも貴様らの言うなりになると思うなよ」

「田舎侍め」

「野暮は引っ込め」

たまりにたまった怒りは、怒号となって響く。勘七は立ち上がる。

「火付け、盗人、ここにあり」

その声と共に、辺りの町人は、わっと沸き上がる。刀を構えた三人に、二階から一階から、辺りの商店から物が投げつけられ、布が投げられ、浪士たちは視界をふさがれる。一人につき五人がかりで刀を奪うと、与平をはじめ、近くの町人たちが縄を持ち、三人をぐるぐるに縛り上げる。暴れる男たちの上に、この辺りで一番、目方が多いと言われる米屋の手代が座り込み、その上に向こう五軒の小僧たちが乗っかった。

「江戸をなめるな」

「芋野郎」

「この泥棒め」

火が消し止められたころには、背中の彫り物も鮮やかな、腕っ節の強い火消しの連中も集まり始めた。

「こいつらが火付けですよ」

町人が告げると、火消しは大笑いする。

「とんだ屑だな。刀もなければ何もできねえ」

「ざまあねえな」

頭からすっぽりと赤けっとやら、赤子のむつきやら、女物の襦袢《じゅばん》やらをかぶせられていた。

「おっといけねえ、忘れるなよ」

火消しの男はそう言うと、永岡屋の手代、佐吉が奪った浪人の刀を手に取った。そして、赤けっとを剝《む》くと、その男の髷《まげ》を切った。さらに、残る二人の髷も切る。

「刀と髷が残っていると、頭の堅い連中は、武家の仕業と見逃しかねねえ。こいつらが、武士だという証《あかし》は全部剝《は》いでおこうぜ」

火消しの男はまた、ご丁寧に襦袢やむつきを頭にかぶせる。赤けっとは永岡屋に返した。

「こいつは舶来もので粋すぎる。誰かふんどしもってこいよ」

算盤屋の手代が、赤いふんどしを一枚、持って来る。火消しの男はそれを丁寧に男の首から下げてやる。

「地蔵みたいでいいじゃねえか」

男はなにやら言い返したが、三十人以上の町人たちの笑い声に囲まれて、その声は聞こえない。

「なになに、負けたでごわすって」

火消しの男が大声でそう言うと、どっと笑い声が起こった。

大笑いに見送られながら、三人の浪士は火消しの連中に連れられて行った。

勘七は、店に入ると力が抜けて座り込む。

「旦那さま」

与平や佐吉が勘七を支える。京は、竹ざおを支えにしゃんと立っていた。勘七は顔を上げてみなを見回した。

「ありがとう」

「全く、肝が冷えました」

与平は困り顔で言う。

「金を出す支度をしようとしたところに、内儀さんが竹ざおを持ち出したから」

京は、表情を引き締める。

「あれは勘七さんの言う通り、天下の大泥棒。一切、従うことはできません」

京は言い放つ。つい先ほどは、江戸が変わってしまったと項垂れていたとは思えない。

「内儀さんの言う通りです。俺らの町なのに、びくびく歩くのはもう御免です」

佐吉が言うと、京は力強くうなずいた。そして、不意に噴き出した。

「それにしても、ふんどしと襦袢とむつきを被って、なかなか格好よろしいものでしたね」

勘七も、あのどうしようもなく無様な侍たちの様子を思い浮かべて笑いがこみ上げた。与平も険しい顔をしていたが、思い出してしまったのか、笑い出す。みなで顔を見合わせると、その笑いは止まらなくなっていた。そのみなの顔を見ながら、勘七はしみじみとここが、己の居場所なのだと思った。

十の時から日本橋に住まいながらも、どこかでまだ奉公に来た子供の気持ちが残っていたのかもしれない。だが今、こうして賊を払うとき、己の場所を、町を守ろうという思いに突き動かされていたのだと思った。

「やはり私は日本橋が好きなのだな」

勘七がしみじみと言う。

「当たり前じゃございませんか」

京が言う。

「何です旦那さま。今更ですよ」

佐吉が声を張り上げた。

そしてまた、みなで声をあわせて笑った。勘七は、久しぶりに、大笑いしたように思えた。

○

十二月も末の二十三日、一人の客が永岡屋に訪れた。暖簾《のれん》を潜り、店に姿を現したのは、青碧《せいへき》の地味な小袖の娘であった。娘は静かに勘七に頭を下げる。

「ご無沙汰《ぶさた》してございます」

勘七は応じて頭を下げながら、すぐにはそれが誰か気付かなかった。すると、奥から顔を見せた京が、娘に駆け寄る。

「お嬢さん。お達者でしたか」

勘七は改めて娘を見る。札差大口屋主の娘、琴であった。ふっくらとしていた頬は引き締まり、天真爛漫《てんしんらんまん》に見えた大きな目は、やや落ち着いて影があった。華やかな振袖姿しか見たことがなかったが、目立たぬ町娘の装いである。

奥の座敷に招き入れ、茶を出すと、琴は静かに茶を飲んだ。

「みなさま、お変わりありませんか」

勘七が問うと、琴は苦笑した。

「いろいろと、変わりましたが」

琴は、ゆっくりと話す。

打ちこわしの際、大口屋の主はいくらかの私財を持って逃げていた。また、札差の命とも言うべき札は持って出たが、回収がなかなか難しく、今のままでは再び札差を始めるには間に合わぬ額である。完全に店が壊れ、建て直すことも難しい。奉公人たちは、途方に暮れて、琴たちも逃げていた寮にやってきた。主は彼らに旅費を渡し、里へ帰るように話した。しかしそんな額では納得せぬ者も多く、金はすぐに底をついた。

「父や母、私の着物や帯、簪などを売ったのですが、こんなご時世で安く買い叩かれまして」

商いのあてもなく、農民としての土地もない。蔵前の土地はあるが、今はそこに店を始めることもできない。

「ただ、これだけは手放せずにおりました」

琴は髪に挿した撫子の平打ち簪を取って見せた。それはあの打ちこわしの日に、琴が桐箱に入れて持って出たものである。

「まあ、かわいらしい」

京が言うと、琴は静かにうなずいた。確かにかわいらしい品ではあるが、琴がほかに身に着けていた豪華な品々からすると、いくらか見劣りするようにも見えた。

「新三郎からもらったのです」

勘七は琴を見る。琴は簪をじっと見た。

「私がいつぞやねだって買わせたのですよ。今思えば、さぞかし迷惑でしたでしょうが」

京は、慰めるように琴の肩を撫でた。琴は力なく笑う。勘七は琴に膝を進める。

「新三郎はその後、お嬢さんのところに参りましたか」

琴は顔を上げると、静かに首を横に振った。そして再び顔を上げる。

「人に聞きましたところ、四谷《よつや》あたりで新三郎を見たというのです。二本さして、さながら武士のようであったと」

「武士、ですか」

勘七は唇をかみ締めた。

幼いころから、武士の子であることに誇りを持っていた。いつかは御家人株を買うと言っていた新三郎のことを思い出す。

「武士に、なりたかったのかもしれません」

勘七の言葉に、琴は真っ直ぐに勘七を見た。

「江戸は戦になると噂を聞いています。新三郎は、死んでしまいはしないかと」

琴の視線の先で、勘七は一つ息をした。

「あいつは子どものころから剣術が得意だったのですよ。易々と死にはしますまい」

琴はその言葉に表情を緩ませた。

琴を見送りながら、京は勘七を見上げる。

「嘘が、お上手になりましたね」

「何が」

「鉄砲相手に、剣術もないものです」

勘七は苦笑する。

「せめて、一人でも新三郎の無事を本気で信じている人がいれば、あるいは無事だろう」

冬の風が吹き込んできて、勘七は肩をすくめて店へ入る。京もそれに続き、店の小上がりに置かれた火鉢に手を翳《かざ》す。寒さが増して、最近はまた、赤けっとが売れていた。

「武士と申しても、昨今では浪士組のようなものがあちこちでできているようですよ。御家人株も買わずとも、頭数が増えることのほうが、大切なのでしょう」

勘七もその噂は聞いていた。あちこちで浪士を募り、集めているものがいるという。

先だって薩摩浪士に斬られた袋物屋の手代の弟とやらが、刀を手に、その浪士組らしきものに入ってしまったという。

「薩賊が一掃されない限り、この無体《むたい》は続くのでしょうか」

京がため息をついたとき、再び店先に一人の客が現れた。

「よう」

「勝先生」

勝麟太郎は、勘七を見て笑みをこぼす。

「店が開いていてほっとしたよ」

京は、座布団を火鉢の横へ敷く。勝は刀を置いて小上がりに座った。

「お忙しいのでは」

勘七が問うと、勝は苦笑した。

「正直、目が回りそうだ。今しがた城を抜け出した。そうしたら馴染の店があちこち閉まっていてね」

「お上が悪いんじゃございませんか」

勘七が答えるより先に、京がはっきりと口にする。

「厳しいね」

「当然です。何人、死んだかご存知ですか」

辻斬りに火事に夜盗。それに巻き込まれて、勘七たちが聞いただけでも二十人は死んでいる。

勝は、京に出された茶を苦そうに啜った。

「今日は、叱られに来たようなもんだ」

勝は一言の言い訳もせず、京と勘七を見る。

「贔屓《ひいき》の菓子屋も閉まっていたし、刀商は死んでいた。言い訳のしようもねえ」

勘七は、火鉢をはさんで勝の隣に座る。

「なぜ、取り締まれないのですか」

勘七の問いに勝は唇をかみ締める。しばらくの沈黙が続き、勝はふと目を閉じた。

そして思い切ったように口を開いた。

「薩摩はわざとやっているのさ。幕府から戦を仕掛けさせ、幕軍を賊軍、自らを官軍として討ちたい。そのために、江戸市中を乱して回っている。この挑発に乗るわけにはいかねえ」

「ならば江戸町人はただ、耐えろと」

勘七は静かに問う。勝は勘七をじっと見た。

「それでも、江戸を戦場にしないことが肝要なんだ。この町は、ただの城下町じゃねえ。この国の要《かなめ》なんだ。そのことを薩摩だって分からないはずがねえ」

「薩賊なんぞに何が分かるものですか。言葉もろくろく喋れぬ芋侍が」

勝は、京から飛び出す悪態に、笑う。

「笑い事ではありませんよ」

勘七も思わずそう言う。勝は、すまん、と言って笑いをおさめた。

「しかし、それでも戦はできねえ。こいつは俺の譲れねえ道ってやつだ」

そして勝は、勘七と京を真っ直ぐに見据えた。

「逃げていいんだぜ」

勝の目に、本気が宿っているのを見た。

「俺は何が何でも江戸を戦場にしねえ。この町が壊れたら、幕府だけじゃなく国が壊れる。戦を避けるためなら何でもすると覚悟を決めている。だが、俺が決めたからって、相手が思い通りになるとは思わねえし、運命ってものもある。もしかしたら、この国そのものも危ういのかもしれない。もっと、恐ろしいことが起きるかもしれない」

勝は、一気に吐き出すようにそう言うと、肩で大きく息をして、勘七を見た。

「だから、お前さんたちも、逃げていいんだ」

勘七はその視線を真っ直ぐに見返して、ふと、笑った。勘七が笑ったことに、勝は驚いたように目を見開く。

「何か、おかしいか」

「いえ、すみません」

勘七は、そう言って表情を引きしめた。

「いつぞや、勝先生がおっしゃった。時の龍の片鱗とやらを見失わなければ、時代を渡っていけるだろうと。覚えておいでですか」

勝は無造作に頭を掻いた。

「そんなことを言ったかな」

勘七はうなずく。

「恐らく今、ここから逃げたら、私はその龍とやらを見失いましょう。腐っても枯れても商人として生きていくことを決めました。だから私は、ここにいます」

勘七がそう言い切ると、勘七の背後に座った京が、勘七の羽織の端をぎゅっと握っているのが分かった。

「そうかい」

勝はそう言うと、ふと目を伏せる。そして膝に置いた手でぐっと固く拳を握る。

「そうかい」

同じ言葉を繰り返した。

それからしばらくの沈黙が続いた。火鉢の火がぱちんと炭を弾く音がした。

「先生」

「ん」

勘七の呼びかけに、勝は顔を上げなかった。

「うちの人気の品を買っていってくださいませんか」

勘七の言葉に勝は顔を上げた。京は、赤けっとを持ってきて勘七に差し出した。勘七はそれを勝の肩にかけた。

「これは、町人たちの陣羽織みたいなものですよ。こいつを持って帰って、私たちが城下で戦っているということを、思い返してください」

勝は赤けっとを受け取ると、それを広げてみる。

「こいつが人気かい」

「ええ。舶来の夜具ですが」

勝はそれを肩からかける。

「赤とは粋だね。気に入った」

「最近では、四百文ですが。仮にも直臣《じきしん》様には元の値で。六百文をいただきましょう」

勘七が笑うと、勝は財布を広げて、六百文を置く。そしてそれを肩から掛けたまま、外へ出る。外には、供の侍が三人と駕籠《かご》が待っていた。勘七は見送りに立ったが、京は店から出てこなかった。

勝は、駕籠に乗りかけてからやめ、勘七を真っ直ぐに見た。

「来年も、再来年も買いに来る。気張れよ」

勘七は、頭を下げようとしてやめた。そして、真っ直ぐに勝を見詰める。

「あなたも」

勘七のやや無礼な呼び方に勝は驚いた顔をしたが、昔ながらの人好きのする笑顔を見せた。

「おう」

そして、駕籠は城のほうへと去っていく。

それぞれにそれぞれの場所で戦うことしか残された道はないのだと、遠ざかる駕籠を見ながら思った。

その夜、江戸の城が炎上した。

北西の風が吹きつけ、日本橋へも火の粉は飛んだ。

「いよいよ始まった」

その声がそこかしこで聞こえてくる。官軍を名乗るものたちが、ついに江戸城に火を放ったのだと誰もが思った。

勘七と京と、永岡屋の面々はその中で、江戸の町を守ろうと走る火消したちとともに、桶《おけ》を持ち、町人同士で声を掛け合う。大声を張り上げて、いつもの火事のようにふるまう。

だが、そこかしこの人々が、荷車一台を押しながら、永岡屋の前を通り過ぎていく。怒号と悲鳴、子どもの泣き声が響いている。そしてその道行く荷車の上には、赤けっとがかけられていた。

「花道を歩く役者みたいだ」

以前、紀之介はそう言った。

「旅立ち寿ぎ申し候」

京は赤けっとにそう記した。

勘七は瓦解していく町の只中《ただなか》に立っているのだと思った。そしてそれが嘉右衛門の言う時流であり、勝の言う龍の片鱗ならば、何一つ見逃すことなく見届けようと思った。

「明るい唄でも、聞きたいものだね」

勘七は、隣にいる京に話しかける。京は、真っ直ぐに勘七を見上げる。

「これが幸いへの旅立ちであるように」

勘七のつぶやきに京は静かにうなずいた。

「今はただ、祈るばかりですね」

暗がりに遠くの赤い火が時折強く光る。京の白い頬に赤が映え、そして強いまなざしに光が宿る。隣にこの人がいて良かったと、勘七は思った。そして後ろを振り返る。そこには永岡屋の面々が、同じように逃げる人々を見ていた。そして、勘七の視線の先で力強くうなずいた。

「ここは私たちの町なのだから。江戸は私たちが踏ん張る限り、終わらないよ」

勘七の静かな声にみなが微笑んだ。

ただ流れるままに主となり、みなに支えられてここまで来た。闇雲に走ってきたけれど、ここのほかのどこにもたどり着くことはできなかっただろうと思う。

思うままにはならぬことばかりではあるが、ままならぬ全てを寿ぐ覚悟を、ここで固めようと、勘七はグッと拳を握り締めた。

終

藍染の暖簾《のれん》をくぐると、外の通りを馬車が通り抜けていく。勘七は生えそろった月代《さかやき》を撫《な》でつけながら、よく晴れた空を見上げた。

明治三年（一八七〇）、三月三日。

勘七の背後でまた暖簾が上がり、京が顔をのぞかせる。

「まだ斬髪頭《ざんぎり》に慣れませんか」

そう言いながら勘七の羽織の襟もとを直した。

「何だか滑稽《こっけい》に見えないか」

勘七が月代のない頭のてっぺんをさすりながら問いかける。

「仕方ありませんよ。紀之介さんがあなたの髷《まげ》を切ってしまうんですから」

京は苦笑交じりに答えた。

年末に横浜から帰って来た紀之介が、酔った勢いで勘七の髷を切ってしまった。

「いつまでも、日本橋の旦那が時代遅れは粋じゃない」

というのが紀之介の言い分である。酔いが醒《さ》めてからは恐縮していたが、

「いやいや、このほうが男前だから」

と言って、勝手に仕立てた洋服と帽子を送ってきた。道行く人の間では、斬髪と丁《ちょん》髷《まげ》とが混ざっており、ほんの数年前までとは町の様子が変わりつつあった。

店ではもう、赤けっとは売っていない。

今は、赤けっとの取引で付き合いのある異国の商社から、羅紗《ラシャ》を卸している。昨今では、洋装店も増えており外套《がいとう》の素材などとして重宝されている。もちろん、紙の商いも続けており、特に柳橋《やなぎばし》辺りの芸者衆には人気が高く、店は繁盛していた。京はというと、日本橋に戻った千代と共に「淑女の教養」と称して、女筆《にょひつ》指南を続けている。

「お京さん、ちょいと」

奥から千代の声がして、京が中へ入っていく。そしてしばらくして、京が再び出てきた時には、腕に赤子を抱いていた。

「どうした」

「芳子《よしこ》が泣くものですから」

芳子は、昨年末に生まれた勘七と京の娘である。

「今日は初節句だから、あられでも買ってこようか」

勘七は芳子のふっくらとした頬を指で触れる。機嫌よく笑う芳子を見ながら、勘七の頬がほころんだ。京は芳子をあやすように抱きながら、勘七を見上げた。

「紀之介さんに会いに行かれるのなら、どうしたって遅くなりましょう。桃の節句は女の祭。この際、お留守で良いですよ。あられは明日、いただきますから」

「帰ってくるよ」

勘七が言うと、京は笑った。

「期待せずに待っています」

勘七は、ああ、と答えて歩き始める。

道すがら、白酒売りの声が聞こえた。豊島屋は今年も変わらず行列になっていることだろう。そんなことを思っていた。

「お、永岡屋さん、出かけるのかい」

白粉屋《おしろいや》の旦那が声をかける。

「ええ」

そう言って見やると、何やら大きな板を大工たちが店に運んでいるところである。

「何か、新しい普請ですか」

「いやね、看板だけでもちょっと西洋風に新しいものにしようじゃないかって」

そう言って見せてくれたのは、木彫りの看板に、何やら西洋唐草の模様が入った瀟《しょう》洒《しゃ》なつくりの看板である。

「建物を取り替えるわけにはいかないが、少しは気取らないとね。新参者に負けているわけにはいかない」

そう言って白粉屋が睨《にら》む先には、かつて藤屋があったところに新たに建ちつつある洋館の雑貨屋がある。

藤屋は結局、江戸には戻ってこないらしい。つい先だって、房州《ぼうしゅう》で店を開いたという文があった。赤けっとは重宝したと、礼を言われたばかりである。そして藤屋の跡地には、何でも上方《かみがた》から来たという商人が、洋館を建てて商いを始めることになった。

「上方だか何だか知らないが、江戸のお人の好みはこちらのほうが知っているって、思い知らせてやらないと」

白粉屋は腕をまくる。勘七は笑う。

「そうですよ。江戸っ子なんですから」

二人は笑い合い、そして別れた。

そして横山町へと向かいかけて、勘七はふと足を止めた。そして踵《きびす》を返すと、日本橋の橋の上へと向かった。行きから人波を分けながら橋の上に立つと、改めて通りを眺めた。

あの慶応三年（一八六七）の江戸城炎上から、数多くの商店が江戸を去った。その跡地はしばらく空いており、一時は町そのものが死に絶えたように活気を失っていた。だが今、槌《つち》の音が響いており、新しい店が立ち並び始めている。戦《いくさ》の恐怖に震え、侍の刀に怯《おび》える影は消え、行きかう人の顔は、忙《せわ》しないが、明るさに満ちていた。

物売りの声がこだまし、どこからともなく大工が振るう槌の音が聞こえる。立ち止まる勘七の横を忙しなく馬車が駆け、同時に棒手振《ぼてふ》りが魚をかついで通り過ぎていく。洋装の役人が歩き、傍らを芸者が去っていく。その誰もが、生き生きとして見えた。土煙を上げて通り過ぎていく人々の様子は変わったけれど、かつてはじめてこの橋に立ったときと同じように、心躍る憧れの町は、変わらずにそこにあった。

時代の狭間《はざま》を越えたのだと、思う。

怒濤《どとう》の日々は終わりを迎え、今また新たな時代が幕を開けたのだろう。それは少しずつ広がる町の気配から感じられた。

勘七は再び日本橋の町を歩く。

横山町へと足を延ばすと、菊十へ向かった。表玄関を通り過ぎて裏手に回ると、そこには、洋風の洒落《しゃれ》た建物が建ちつつあった。

「おう、勘七」

紀之介が顔を覗《のぞ》かせる。すっかり洋装が板についた紀之介は、シャツの腕をまくりながら勘七に歩み寄る。

「これが、お前さんの店かい」

「これからは洋服が流行《はや》るからな。舶来ものも扱うし、仕立てもできる。お前のところから布も仕入れてやるからな」

紀之介は得意げに胸を張る。

「お前は、横浜から帰ってこないかと思ったが」

「まあ、嘉右衛門さんの商いはすっかり軌道に乗ったし、横浜はそろそろ飽きた」

高島嘉右衛門は、今や横浜のあらゆる商いを牛耳っていた。旅館、商店、学校などあらゆるものを手掛けていた。紀之介は次第に大きくなった嘉右衛門の商いが窮屈になったらしい。

「結果として、お蔦《つた》さんにも迷惑をかけているな」

勘七の言葉に、紀之介の姉、お蔦は、忙しなく職人たちにお茶を出していた。

「全く、とんだろくでなしで」

と悪態をつきながらも、嬉《うれ》しそうだった。そうして立ち働く中には、相変わらず小糸がいた。

「小糸さん、まだいたんですか」

勘七が言うと、小糸は頬をふくらます。

「まだって何ですか」

「とっくにこいつに飽きたかと思えば」

「いいえ、まだまだ。店を建て終えたら、洋行するそうですから、それについて巴里《パリ》へ参りますよ」

「巴里」

勘七は驚いて紀之介を見る。紀之介はにやりと笑う。

「何でも、役人以外でも洋行できるらしいからね。近いうちに向かうよ」

それならば、帰ってきてから建てればよいのに、というつぶやきは、紀之介に一蹴された。

「思いついたとき、金のあるときにいろいろやっておくのが、俺の流儀だからね」

紀之介は、笑いながら、庭にしつらえられた椅子に座る。テーブルの上には、紅茶が置かれており、勘七にもそれをすすめた。

「永岡屋はどうだ」

「おかげさまで、それなりに」

慶応三年から売り始めた赤けっとは、わずか数か月で永岡屋の借財を完済するほど売れた。その後も着実に売れ続け、気付けば永岡屋は相応の財を成すに至った。

「しかし、お前の店もよく立ち直ったものだ。小諸藩の一件も、今となってはあそこで縁が切れて良かったな」

「ああ」

勘七は渋い顔でうなずく。

小諸藩は、藩札の一件から全く付き合いが途絶えていた。その後、前藩主の嫡男康済の下で一度、藩札が発行されたらしいが、永岡屋は一切、関わっていない。しかしそれからも藩の御家騒動は続き、元号が変わった明治になっても燻《くすぶ》り続け、つい昨年にようやく終わったというのである。

永岡屋のように、ご一新前に御用を止めたものは良かったが、ぎりぎりまで藩や幕府の御用をいただいて稼いでいた商店には痛手を食らった店も少なくない。多くの商店が店を畳んでいた。

「どこぞの呉服問屋は江戸城の御用達《ごようたし》だったのだが、この瓦解で大いに踏み倒されたとか。何やら別の事業に変えると、てんやわんや《や》の騒ぎだそうだ」

「まあ、他人事《ひとごと》とは思えないね」

「それもそうだ」

紀之介はそう言って笑うと、普請中の店の中から鞄《かばん》を持ち出し、そこに入っていた酒瓶を見せる。

「こいつを飲んでみないか」

「何だそれは」

勘七は瓶を受け取り、栓を抜く。すると強い芳香が漂う。紀之介は猪口《ちょこ》にそれを注《つ》ぐと勘七に差し出した。舐《な》めてみると、舌に痺《しび》れる辛さと、濃厚な味わいがあった。

「酒か」

「ブランデーというそうだ。こういうものも入ってくると楽しくなるな」

次々に新しいものが入ってきて、紀之介はそれが楽しくて仕方ないらしい。しかし、勘七はその速さに時折ついていけなくなる。前の時代と言うには、まだ置いてきたものが多すぎるのだ。

「また、いつぞやのように飲みたいな……三人で」

勘七がつぶやく。すると紀之介はブランデーの瓶に栓をして勘七に向き直り、表情を硬くした。

「新三郎のことは何か知れたか」

紀之介が問いかける。勘七はゆっくりと首を振った。今ではこれが、二人で顔を合わせる度に、挨拶代わりになっていた。

新三郎の行方は未《いま》だ知れない。

琴が話していたように新三郎は恐らく武士として、彰義隊《しょうぎたい》に入ったのだろうと思われていた。

あの慶応三年の江戸城炎上は薩摩藩の放火であると断じ、その直後、いよいよ不満を募らせた幕府と庄内藩を中心とした兵が蜂起《ほうき》した。そして、薩摩藩邸と支藩の佐土原《さどはら》藩邸に火を放ち、江戸市中をかく乱していた浪士らは捕らえられたのだ。その知らせが江戸に広まったとき、江戸市中は歓喜した。

やはり幕府は江戸を守ってくれたのだと思っていた。しかし、それを皮切りに、官軍と幕軍は戦《いくさ》へと突入し始める。鳥羽伏見《とばふしみ》という上方での戦が始まり、それはやがて江戸市中にも飛び火していった。

その際、戦に乗り出したのが、武士のみならず町人も含めて結成されていた彰義隊であった。

「彰義隊はともかくもてたなあ」

紀之介は彰義隊の話になると、決まってそう言う。彰義隊は江戸を守る最後の侍だと言われていた。吉原の花魁《おいらん》たちは、彰義隊を名乗る若者はただでも上げた。しかし一方で薩摩訛《なま》りの武士を袖にしたことで、斬られた花魁もいたという。

その彰義隊で新三郎を見かけたという者がいた。行き場をなくした新三郎が、武士として死ぬことを求めていたのだろうことは、想像に難くなかった。

上野戦争が起こったのは、慶応四年（一八六八）の五月十五日のことである。しかし、元より寄せ集めの軍でしかない彰義隊は、連戦を続けてきた官軍を相手に、一夜にして壊滅的な敗北を喫した。翌朝には、上野の山には百を超える隊員たちの遺体が散らばっていたのだ。

勘七はその夜から、何度となく上野山に足を運んだ。そこでは何人かの見知った商家の者も、縁者を探しに来ていたし、知人の遺体を見つけることもあった。提灯《ちょうちん》を片手に身内の姿を探す人の中に、勘七は大口屋の琴を見つけた。鬼気迫る横顔に、勘七はなかなか声をかけられなかった。しかし、その頭に変わらず撫子《なでしこ》の平打ち簪《かんざし》があるのを見て、勘七は思わず歩み寄った。

「お嬢さん」

ついに声をかけると、琴は困ったように笑った。

「見つかって欲しくないけれど、探さなければならないのです」

必死で目を凝らす琴の隣で、勘七はいつかの打ちこわしを思い出す。

「殺されて捨て置かれるのかと思った」

そう言っていた新三郎の顔が浮かんだ。

しかし結局、新三郎を見つけることはできなかった。

「堅物のあいつのことだ。下手《へた》をすれば箱館《はこだて》くんだりまでついていっているかもしれないぞ」

紀之介は、案じながらもそう言う。

戦はつい昨年の五月、箱館の五稜郭《ごりょうかく》で終わったばかりだ。

「帰ってくるのが面倒になって、蝦夷《えぞ》で暮らしているのかもしれん」

紀之介は紅茶を片手に笑おうとしながらも、頬がひきつるような、妙な顔をした。

そしてそれを誤魔化《ごまか》すように立ち上がり、大きく伸びをした。

「おお、ここにいたか」

明るい声がして、勘七と紀之介が振り返る。そこには、勝が立っていた。今は号を海舟《かいしゅう》といい、勝海舟と名乗っている。

「永岡屋へ行ったら、お前さんがここだと聞いてね」

勝は勘七の肩を軽くたたくと、当たり前のようにテーブルにつく。紀之介は、肩をすくめる。

「何だ、俺の店を見に来たわけじゃないんですか」

「俺は洋服の贔屓《ひいき》が別にあるんでね」

紀之介は、大仰にがっかりして見せた。勘七は笑って紀之介を見て、勝に視線を転じる。

「店にいらしてくださったんですか」

「ああ、ちょいと帳面をもらおうと覗いてね、ついでに世間話の一つもしようと思ったんだが」

話しながら、紀之介が入れた紅茶を美味《うま》そうに啜《すす》る。

「幕臣の罪が赦《ゆる》されて、安心しましたよ」

紀之介はテーブルに肘《ひじ》をつきながら勝の顔を覗き込む。

「まあな」

勝は感慨深げにうなずいた。徳川宗家《そうけ》、そして幕臣たちを守るために勝が奔走していたことを、勘七は聞き及んでいた。昨年、戊辰《ぼしん》戦争が終わり、将軍徳川慶喜公は謹慎を解かれ、駿府《すんぷ》へ居を移したという。

「勝先生のご尽力の賜物《たまもの》ですね」

勝は頭を掻《か》く。

「ご尽力ってほどじゃねえ。後始末はきちんとつけないとな」

勝は苦笑しながら頭を掻いて、再び紅茶を啜った。

「そういえば、浜口さまが新政府に誘われておいでだと聞きましたが」

「あの人もねえ、苦労が絶えないね」

勝は苦笑する。

浜口儀兵衛は、紀州藩の勘定方に呼ばれてからほどなくして、明治元年（一八六八）には商人の身分でありながら紀州藩の勘定奉行にまでなった。そして最後の藩政改革に携わっていたのだが、その手腕を高く買われ、新政府から誘いが来ていると聞いている。

「まあ、あの人にはあの人の流儀があるからね。どうするのかね」

勝は首を傾《かし》げる。

「勝先生も、新政府とやらに、誘われておいでだという噂《うわさ》ですよ」

勘七の問いに勝はまるで臭いものでも嗅《か》いだように鼻に皺《しわ》を寄せた。

「誰がそんなことを言って歩いているのかね。そのことでお前さんとこの嫁に、こっぴどく叱られたよ。新政府の片棒を担いだら、もうご縁はないものと思ってください、とさ」

京の薩摩嫌いは筋金入りになっている。薩摩訛《なま》りの客が来ると、とっとと引っ込むし、出て行った後に塩を撒《ま》く。相変わらず、新政府のことを、

「何が政府でしょう。天下の大泥棒ですよ」

と、臆面《おくめん》もなく言い放つ。そしてそれは、京に限ったことではなく、江戸の商家の内儀たちの間では、当たり前の言い分らしい。

「遠からず、徳川様が天下を取り戻してくださいますよ」

そう実《まこと》しやかに言うものが後を絶たず、薩摩の府兵たちは目くじらを立てている。

「おいこら」――

という薩摩訛りの怒鳴り声に、眉を寄せるものは未だに多い。

勝は、幕臣であり、最後まで江戸を守るために奔走したと言われているだけに、町人たちも親しみを持っている。その勝が新政府に誘われているという噂には、とかく強い反発もあった。

「お京はともかく新政府が気に食わないのです。この前なんぞ、芝居が面白くないのも、新政府のせいだと怒っていましたよ」

京が言うには、昨今の芝居はまるで新政府が悪い幕府を倒したかのように見せる茶番劇だと怒っていた。芝居小屋の後ろには、薩摩訛りの府兵とやらが立っていて、それが余計に芝居をつまらなくさせるのだという。

その言葉に紀之介は大いにうなずく。

「お京さんの言うとおり。東京になったのに、江戸に里心がつくのはいけないとか言うんだろう。獅子舞《ししまい》や三味線まで取り締まられては、退屈で仕方ない」

「違いねえ。もう少しして落ち着けば、また面白い芝居もできるだろうよ」

勝は快活に笑った。勘七はその笑顔を見つめる。

「私はいっそ、勝先生が今の政府に物申してくれたほうが良さそうにも思いますがね」

勝は以前と同じように、無造作に頭を掻いた。

「まあ、必要とあれば、俺は俺に求められた仕事をするだけだが、今はまだやる気にはならねえな。でも、お前さんたちが達者そうで良かった」

勝は二人を見比べて笑う。

「まあ、紀之介は、どうやっても立ち上がるだろうと思っていたよ。お前さんのように常識知らずは、人が越えられないと思っていたような壁を、感じもせずに越えちまう。変なところで逞《たくま》しいお人だからね」

紀之介は、ひどいなあ、と言いながらまんざらでもないのか、嬉しそうだ。そして勝は勘七に視線を転じる。

「例の陣羽織は、今では夜具で重宝しているよ」

勘七はにやりと笑う。

「それはようございました」

「あんたも、存外、逞しかったな」

「何を嘆いても仕方ないですからね。今更ですが、江戸っ子なんですよ、私も」

「ほう」

「元号変わって明治と言われれば、新しい気がするし、めでたいように思えてしまう。それでいいかと思いまして」

勝は、ははは、と笑うとパンと手を打った。

「何はともあれめでたいって。そいつはいっそ粋でいいや」

勝の笑い声は、庭中に響いた。すると、菊十の母屋の戸が開いた。紀之介の姉のお蔦が顔を覗かせる。

「あら先生、うちで昼餉《ひるげ》を召し上がってくださいな」

勝は紅茶を飲み干すと、蔦を見て手を振る。

「おう、じゃあ、いただいていくかな」

勝が立ち上がるのに合わせて、勘七も立ち上がり、勝に礼をする。勝はそれを見て立ち止まる。

「どうした、俺に頭を下げるのかい。今や四民平等だし、俺はもうお奉行様じゃないぜ」

勝の言葉に勘七は頭を上げ、そして改めて頭を下げた。

「いえ。今年も、来年も、再来年も。うちの店に来てくれてありがとうございます」

勝は照れたように笑う。

「いつぞや、約束したからな」

勝は勘七の目を真っ直《ます》ぐに見た。勘七は、あの「江戸」の終わりの十二月のことを、今でも鮮やかに思い返す。勝もまた、同じように思い出すことがあるのだろう。

そして勝は静かに目を瞬《まばた》き、笑顔を見せた。

「お京さんにも言っておくれ。気風《きっぷ》がいいのは江戸の内儀さんらしくていいが、お客相手にもうちっと優しくするのが当世風だって」

「しかと申し伝えます」

勘七の言葉に勝はうなずき、お蔦に導かれるまま菊十の店の中へと入って行った。勝を見送ると勘七は大きく伸びをする。

「さてと、私も行くかな」

「どこへ」

紀之介が問いかける。勘七は、ん、と口を開いてから、言いよどむ。紀之介はその様子を見て黙って立ち上がる。

「ちょっと出てくる」

紀之介は小糸に向かってそう言うと、勘七の腕を摑《つか》んだ。

「今日のこの日は三月三日の節句の日だろう。白酒を買いに行こう」

勘七は苦笑して歩き始める。

表通りで紀之介は白酒を買った。そして、そのまま紀之介は店から遠い方向へと歩き始める。

「おい」

勘七が呼び止めると、紀之介は笑う。

「付き合ってやる。陰気くさいのは嫌いだが、一人で行かせちゃ、義理が立たねえ」

勘七は紀之介と共に歩いた。

道の先に、城が見えてきた。一部は焼け落ちているというが、堀の向こうに見える部分は、以前と変わらず威容が保たれている。ここには今、帝《みかど》がおわすという。勘七は、城を仰ぎながら歩いていく。そして、桜田門の前にたどり着いた。

「清めの酒ってやつだな」

紀之介は白酒の栓を抜くと、足元にひたひたと零《こぼ》した。勘七もまた、それに倣《なら》った。甘い酒の香りが日差しに当たって鼻腔《びこう》をついた。香りだけでも酔いそうな心地がした。

「直次郎が生きていたらどうしただろうな」

勘七はふとつぶやいた。紀之介は腕組みをする。

「あいつも半端に武士だからな。新三郎と同じように、戦に突っ込んでいたかもしれんな」

「それもそうか」

真っ直ぐすぎるほど武士というものに憧れていた直次郎の姿があったからこそ、無闇に刀を振りかざす連中に、自分は真っ向から歯向かうことができたのかもしれない。

勘七はそう思った。

「墓も参るか。空だけどな」

紀之介の言葉に、勘七はうなずく。

紀之介は、道々歩きながら、小唄を歌った。

〽春霞　立てるやいずこ　みよし野の　山口三浦うららと……

弥生《やよい》の空に冴《さ》え冴《ざ》えと、紀之介の声が響いていく。歌舞伎「助六」の河東節《かとうぶし》だ。相変わらずの芸達者ぶりに、花見をしている娘たちが、紀之介のほうを見るのが見えた。そして紀之介は昔と変わらぬ調子で娘たちに手を振る。

「こういう楽しさがあれば、お上が何者に替わろうと、東京って名乗ろうと、江戸は江戸だね」

紀之介はまた、声を張って唄を歌う。

谷中にある天王寺が見えてくる。かつて威容を誇っていた五重塔は、辛くも保たれていたものの寺のあちこちは、上野山戦の火によって焼け落ちていた。その境内を直次郎の墓を探しながら歩く。紀之介が前を行き、勘七は後ろに続いた。

ふと、紀之介が足を止める。勘七は勢い、紀之介の背にぶつかる。

「どうした――」

勘七が怪訝《けげん》に思って紀之介を見上げると、紀之介が真っ直ぐに前を指差す。勘七が目を凝らすと、一人の男がそこにしゃがんで手を合わせていた。

その男は、断髪し、煤《すす》けた黒い軍服のような洋服を着ており、顔は髭《ひげ》が生えてやつれていた。顔は確かに見覚えがあった。

「新三郎」

勘七が呻《うめ》くように言うが早いか、紀之介は、にわかに走り出す。勘七はそれを追って走った。勘七が駆け寄り声をかけるより先に、紀之介はいきなり白酒の栓を抜き、墓前で手を合わせる新三郎の頭から酒をかけた。

新三郎は驚いて立ち上がり、紀之介を振り返る。紀之介はそのまま新三郎にしがみつく。

「生きてやがるか馬鹿野郎」

新三郎は、白酒でべたべたになった手を前に垂らし、唖然《あぜん》としている。

「新三郎」

勘七が言う。

新三郎は、何とも言えない苦い笑いを浮かべたが、やがて静かにうなずいた。

「勘七がいるということは、ここにしがみついている子泣き爺《じじい》は紀之介か。何しやがる、べたべたじゃねえか」

新三郎は、紀之介を引き剝がす。紀之介は新三郎から離れると、今度は直次郎の墓に向き直り、その墓にも白酒をだくだくと掛ける。

「おう、直次郎。新三郎まで空の墓を立てる羽目になるところだったぜ。こいつの墓は俺たちが立てるつもりでいたんだが、無事に帰してくれてありがとうな」

紀之介は、臆面もなく泣きながら、直次郎の墓を撫《な》でる。新三郎と勘七は、その紀之介を見ながら思わず顔を見合わせた。

「おかえり」

勘七はやっとその一言が言えた。新三郎は、静かにうなずいた。

「ああ」

「帰ってこないかと思ったよ」

勘七の言葉に、新三郎は顔を伏せた。

たとえ戦で死ななくとも、新三郎にとってこの江戸はもはや、故郷ではなくなっているのではないかと思った。

「武士だ何だと言いながら、恥ずかしながら戻って来た」

「何が恥だ」

紀之介が新三郎の頭をはたいて胸を張る。

「恥をかいてこそ、人は大きくなるものだ。恥くらいで死んでたまるか馬鹿野郎が」

新三郎が泣き笑うような妙な顔をした。勘七は堪《たま》らず笑いだす。

「それならば、お前はさぞかし大物なのだろうな」

勘七の言葉に紀之介は深くうなずく。

「見れば分かるだろう」

「分からん」

新三郎が無愛想に言い放つ。

「よし、飲みに行こう」

紀之介は新三郎の肩に腕を回すと、引きずるように歩き始める。

「お前の頭には、相変わらず飲むことのほかに何もないのか」

「ほかに何をすることがある」

「お前のおかげで、みっともない有様だろうが」

新三郎が紀之介を突き飛ばす。紀之介は新三郎をしみじみと見る。

「かーっ、何て野暮な格好だろう。それは洋服じゃねえ。袋みたいな代物《しろもの》を着やがって。どの道みっともないのだ、気にするな。俺がいいのを仕立ててやるからついて来い。粋じゃないのは許せねえ」

二人の言い合いを聞きながら、勘七は一頻《ひとしき》り笑う。

その間に一陣の風が吹きわたり、桜の花びらが一斉に舞い散った。辺りを薄紅に染め上げる桜の中で、勘七はふと振り返り、直次郎の墓を見た。

「お前も来るか、直次郎」

そう声をかける。十年年少のまま時を止めた友が、すぐそばに立っているような気がした。
そして、勘七は先行く二人の背を追った。また、紀之介が歌いだす。
桜が散りゆく春の道を、三人は並んで歩いていった。

解説

細谷正充

寿《ことほ》ぐべし、寿ぐべし。この本と出合えたことを寿ぐべし。無数にある本の中から、あなたがどのようにして本書を選んだのか分からない。でも、とても喜ばしいことである。なぜなら本書は、面白い時代エンターテインメントであり、心に沁《し》みる物語であるからだ。と、この調子で書いていると、単なるベタ褒めになってしまう。少し落ち着いて、まず作者の紹介をすることにしよう。

永井紗耶子は、一九七七年、静岡県島田市に生まれる。慶應義塾大学文学部を卒業後、新聞記者を経て、フリーのライターとなった。ビジネス雑誌で、経営者へのインタビューや記事などを執筆。二〇一〇年、第十一回小学館文庫小説賞を、時代ミステリー「絡繰《からく》り心中」で受賞する。『恋の手本となりにけり』と改題し、同年九月に単行本を刊行して、作家デビューを果たした（文庫化に際して、さらに『部屋住み遠山金四郎 絡繰り心中』と改題、新装版文庫時に『絡繰り心中』に戻す）。以後、堅実なペースで、『旅立ち寿ぎ申し候』、『帝都東京華族少女』（現『華に影 令嬢は帝都に謎を追う』）、『横濱王』『大奥づとめ』（現『大奥づとめ よろずおつとめ申し候』）等の作品を発表。二〇二〇年の『商う狼 江戸商人 杉本《すぎもと》茂十郎《もじゅうろう》』で、第三回細谷正充賞・第十回本屋が選ぶ時代小説大賞・第四十回新田次郎文学賞を受賞。ちなみに細谷正充賞は、一般社団法人文人墨客が主催し、私が一年間に発表された作品の中から、優れた五作を選ぶ文学賞である。

そして二〇二二年の『女人入眼《にょにんじゅげん》』で第百六十七回直木賞候補になり、翌二三年の『木挽町《こびきちょう》のあだ討ち』で、第三十六回山本周五郎賞と第百六十九回直木賞を受賞。その後も、文庫書き下ろし時代小説の『とわの文様』や、歴史小説『きらん風月』『秘仏の扉』を刊行。今、脂の乗った創作活動をしているのである。

本書『旅立ち寿ぎ申し候』は、二〇一二年三月、小学館から単行本で刊行された、書き下ろし時代小説だ。二〇一六年三月にタイトルを『福を届けよ 日本橋紙問屋商い心得』と改め、小学館文庫に入る。そしてこのたび、タイトルを元に戻し、再び小学館文庫から刊行されることになったのだ。同一の出版社で、このようにタイトルが元に戻ることは、ちょっと珍しい。

安政《あんせい》七年（一八六〇）三月三日から物語は始まる。日本橋本石町《ほんごくちょう》の紙問屋「永岡《ながおか》屋《や》」の手代の勘七《かんしち》は、姫の初節句がある旗本邸《やしき》に祝いの品を届ける途中、彦根藩主で大老の井伊直弼《なおすけ》の登城の行列を見物しようとした。勘七の幼馴染《おさななじみ》で、商家の出だが彦根藩の足軽になった直次郎《なおじろう》が、行列に加わっていたからだ。しかし行列は水戸脱藩浪人を中心とした浪士の襲撃を受け、直次郎は奮闘空《むな》しく勘七の眼前で斬り殺される。強いショックを受けながらも勘七は、死ぬ寸前の直次郎に大老は無事だと嘘《うそ》を吐いてしまうのだった。

という「序」で読者にインパクトを与えて、作者は時間を三年進める。十歳から「永岡屋」に奉公している勘七だが、主《あるじ》の善五郎《ぜんごろう》とは血縁関係にあり、息子のように扱われている。桜田門外の変のときのある行動で、善五郎に認められた彼は、若くして店の主となった。プレッシャーを感じながらも、頑張ろうとする勘七。そんなとき、小諸《こもろ》藩から呼び出された。善五郎が病で倒れていたため、藩邸に赴いた勘七は、大仕事を依頼される。小諸藩が作る藩札（主に領内で通用する紙幣）の支度を任されたのだ。一所懸命に藩札を作った勘七。

ところが店に三人の賊が侵入し、藩札と版木を入れた行李《こうり》を盗まれてしまった。その際に善五郎も斬られて、死ぬことになる。賊のひとりが、藩札の件で一緒に動いていた小諸藩の山岡三太夫《やまおかさんだゆう》だと気づいた勘七は、訳が分からないまま藩邸を訪ねるが、相手にされない。どうやらその裏には、小諸藩の内紛があるらしい。藩札の代金二千両も貰《もら》えず、「永岡屋」は莫大《ばくだい》な借金を背負った。それをなんとか返済しようと、勘七は苦悩するのだった。

本書は勘七という紙問屋の若き主が、理不尽な借金と幕末動乱の混乱に翻弄されながら、自分なりの商人の道を見つけ出していく物語だ。勘七には死んだ直次郎の他にも、料亭「菊十《きくじゅう》」の倅《せがれ》の紀之介《きのすけ》と、元御徒士《おかち》の子で今は蔵前の札差《ふださし》「大口屋《おおぐちや》」に奉公している新三郎《しんざぶろう》という幼馴染がいる。それぞれ性格の違う三人だが仲はいい。喧嘩《けんか》することがあっても、強い絆《きずな》で結ばれている。紀之介と新三郎も、いいキャラクターだ。特に、日本橋界隈《かいわい》で人気の芸者・小糸《こいと》のひもになった紀之介の予測不能な人生が愉快である。一方で新三郎も、思いもかけない人生を歩むことになる。

また、弘前藩《ひろさき》の祐筆《ゆうひつ》を辞め、実家の商家に戻ったお京《きょう》も、勘七の人生に深くかかわってくる。最初の方に、まだ祐筆のお京が直次郎の墓参りをしているシーンがある。お京と直次郎の関係は途中で明らかになるが、かなり驚いた。デビュー作の『絡繰り心中』や『華に影　令嬢は帝都に謎を追う』など、優れた時代ミステリーを書き、『木挽町のあだ討ち』でもミステリー的な趣向を取り入れた作者のことである。ちょっとしたサプライズによって読者の興味を惹《ひ》くのはお手のものなのだろう。こうした部分にも留意すれば、本書の味わいがさらに深まるのである。

さて、主人公を含めて主要人物は作者の創作だが、その他に実在人物も登場する。勝麟太郎《かつりんたろう》（海舟《かいしゅう》）と浜口儀兵衛《はまぐちぎへえ》だ。勝麟太郎については説明不要だろう。滅びゆく徳川幕府のために尽力した幕臣である。勝と知り合いになった勘七は、時代の流れを教わると同時に、大切なアドバイスを受ける。なかでも、

「俺はね、時代っていうのはな、龍みたいなもんだと思っている。一度に頭から尻尾まで見ることは叶わない。だが、そいつの片鱗が見える瞬間がある。あの桜田門外の変は、その片鱗だ。それを見失わなければ、お前さんは時代を渡っていけるだろうよ」

は、世界情勢から科学技術まで激しく変わっていく現代を生きる私たちにとっても、実に有益な言葉である。一方、浜口儀兵衛は、亡き善五郎と面識があったことで、勘七のことも気にかける。作中で書かれているように彼は、醤油醸造業を営む老舗広屋《ひろや》(現・ヤマサ醤油株式会社)の当主だ。しかも世の中のために、単なる商人を超えた活動もしている。あまり歴史時代小説に登場することはないが、面白い人物をピックアップしたものだ。

そういえば作者は、『横濱王』で原三溪《はらさんけい》、『商う狼 江戸商人 杉本茂十郎』で杉本茂十郎と、従来の歴史時代小説ではほとんど扱われてこなかった実業家や商人を取り上げている(本書に登場する、もうひとりの実在の商人・高島嘉右衛門《たかしまかえもん》も、あまり小説では取り上げられていない)。文化人枠だが『きらん風月』で扱われた、江戸時代の戯作者・絵師の栗杖亭鬼卵《りつじょうていきらん》も同様だ。このように、いままで小説の世界では注目されていなかった人物にスポットを当てたところに、永井作品のひとつの特徴がある。二千両の借金で想《おも》い迷うようになった勘七は、善五郎の商いの道に疑いを抱き、儀兵衛に教えを乞う。このときの儀兵衛のアドバイスもいい。

「借財を抱えるくらいのことは、商いをしていれば誰でもあることです。それを、さも父の仇討ちのような奇麗事に掏《す》り替えて怒っているのは筋違い。商いが上手くいかないのは、他にも理由があるのです。そのことに気付けないのは、あなたが見ているものがとても矮小《わいしょう》だからに過ぎません」

辛辣《しんらつ》だが真理を突いた言葉である。商いだけでなく、何か上手くいかないことがあると、原因を誰かに求めることはよくある。だがそれは逃げだ。本当に解決したいなら、問題の本質を見極め、真っすぐに向き合わねばならない。そのことを儀兵衛の言葉が教えてくれるのだ。

また儀兵衛、近江《おうみ》商人たちのいう〝売り手よし、買い手よし、世間よし〟の三方よしが、商人のひとつの道だと思っているともいう。それを受けて勘七は、自分の商いの道が、善五郎のいっていた〝福を届ける〟ことだと確信した。主人公の悩みや苦しみを見続けてきただけに、この場面は胸が熱くなる。

紀之介、新三郎、お京たちの協力もあり、「永岡屋」の商売の仕方を変えながら、少しずつ前進していく勘七。やがて江戸でも騒動が起こるようになり、日本橋からも商人たちが去っていくが、ここに新たな商機があった。それが何かは、読んでのお楽しみである。温かな気持ちになれるラストまで、勘七とその周囲の人々の人生を堪能してほしい。

寿ぐべし、寿ぐべし。この本と出合えたことを寿ぐべし。この時代のこの国に生まれ、永井紗耶子の作品を、リアルタイムで読めることを寿ぐべし。作者が小説を書き続ける限り、この喜びが続く。こんなに嬉《うれ》しいことはない。

（ほそや・まさみつ／文芸評論家）

本書のプロフィール

本書は、二〇一六年三月に刊行された文庫『日本橋紙問屋商い心得　福を届けよ』を改題改稿、新装版にしたものです。

小学館文庫

旅《たび》立《だ》ち寿《ことほ》ぎ申《もう》し候《そうろう》
〈新装版〉

著者 永井紗耶子《ながいさやこ》

二〇二五年二月十一日 初版第一刷発行

発行人 庄野 樹
発行所 株式会社 小学館
〒一〇一-八〇〇一 東京都千代田区一ツ橋二-三-一
電話 編集〇三-三二三〇-五九五九
販売〇三-五二八一-三五五五
印刷所 ―― 大日本印刷株式会社

この文庫の詳しい内容はインターネットで24時間ご覧になれます。
小学館公式ホームページ https://www.shogakukan.co.jp

ISBN978-4-09-407431-4